009

REKI KAWAHARA abec bee-pee

SWORD ART ONLINE
Alicization beginning

「桐人、桐人！振作一點啊!!」
結城明日奈
§大型電子機器製造商「RECT」CEO結城彰三的女兒。過去曾因為玩了哥哥所購買的VRMMO「SAO」而被囚禁在遊戲當中。

「亞絲娜，抱歉……」
桐谷和人
拯救被囚禁在惡夢MMO「SAO」裡眾多玩家的
「黑色劍士」。遊戲裡的暱稱是「桐人」。
在「SAO」與真實世界裡都和明日奈是一對戀人。

「這其實還滿難的唷，我剛開始的時候根本
沒辦法準確地砍中切面喔。」
尤吉歐§
桐人在這個世界裡最先遇見的居民。
身負砍斷惡魔之樹「基家斯西達」的「樵夫」天職。

「不試試看怎麼會知道呢？」
桐人§
不知為何闖進謎樣奇幻風
「假想世界」的少年。

「今天是怎麼了～
又有兩隻白伊武姆的
小鬼闖進來了～！」
「怎麼辦，要把他們
也抓起來嗎～？」
「聽好了，
我們要救出賽魯卡。沒問題吧？」
「我……
從來沒揮過劍啊。」

「真是麻煩，這兩個就
在這裡殺掉直接做成肉塊吧。」
蜥蜴殺手屋卡奇
§
哥布林族的隊長。
一族都躲藏在通往盡頭
山脈的北方洞窟裡頭。

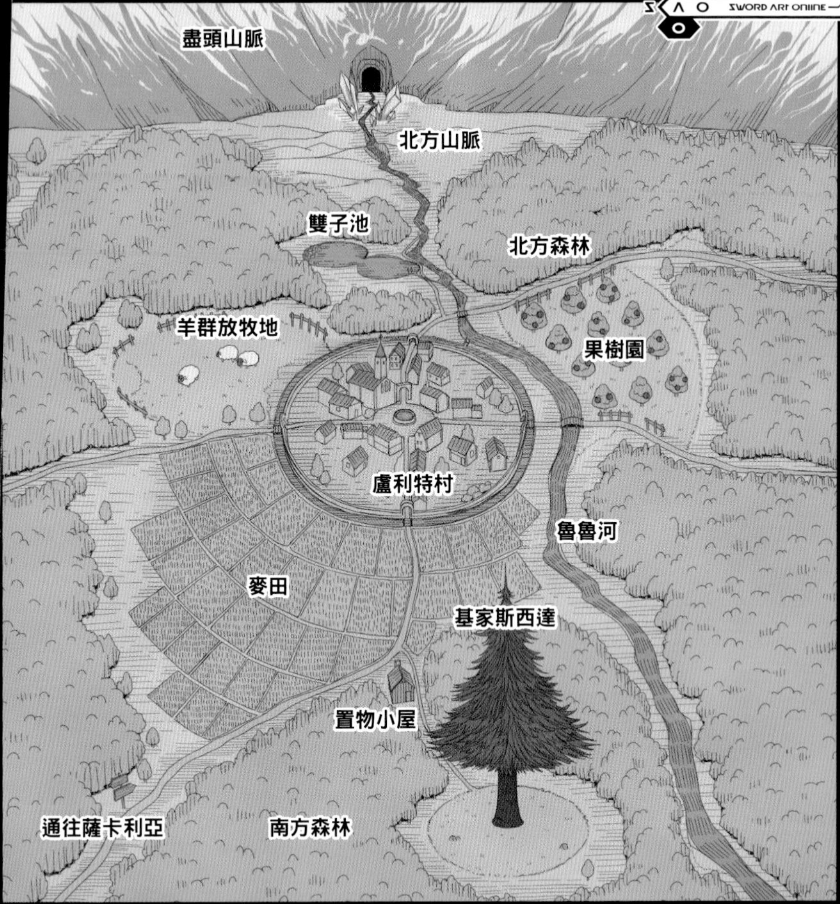

盡頭山脈
北方山脈
雙子池
北方森林
羊群放牧地
果樹園
盧利特村
魯魯河
麥田
基家斯西達
置物小屋
通往薩卡利亞
南方森林

盧利特村 周邊地圖

地底世界的居民・尤吉歐所生活的村莊盧利特村，位於分割統治「人界」的四大帝國之一「諾蘭卡魯斯北帝國」最北邊邊境的「人界世界盡頭」處。雖說村子已經有三百年的歷史，但因為北、東、西三方面都被險峻山脈所包圍，所以居民的生活相當貧困。如果想要拓展田地或放牧地就只能開墾南方森林，但森林入口處卻被吸光周邊土地養分的「惡魔之樹」基家斯西達的樹根所阻擋。因此村裡便有使用足以斷鐵的「龍骨斧」砍伐「基家斯西達」這種代代相傳的天職存在。而從盧利特村再往北方前進，將會遭遇到「盡頭山脈」。山脈的另一邊是連光線也無法到達的闇之國「黑暗領土」。此外村莊南方的道路可通往薩卡利亞城鎮，更加往南前進則可到達統治四帝國的公理教會所在地央都聖托利亞。

「這雖然是遊戲，
但可不是鬧著玩的。」

──「SAO刀劍神域」設計者．茅場晶彥──

SWORD ART ONLINE
Alicization beginning

REKI KAWAHARA

abec

bee-pee

序幕I　人界曆三七二年七月

1

握住斧頭。

往上舉起。

用力揮落。

雖然只是幾個簡單的動作，但劈砍之處只要稍有不慎便會有偏差，堅硬的樹皮將無情地把力量反彈回雙臂上。只有在呼吸、節奏、速度以及重心移動都完美配合的情況下，蘊含在沉重斧頭刀刃中的威力才能傳達到樹上，讓這一砍發出清澈悅耳的聲音。

不過，儘管腦子明白這個原理，實踐起來卻不怎麼容易。尤吉歐從十歲那年的春天接下這個工作後，很快地已到了第二個夏天，但十下裡面大概只能出現一下這樣漂亮的一擊。教導他如何揮動斧頭的前任伐木手卡利塔爺爺可是百發百中，無論揮多少次沉重的斧頭也不會露出疲態，但尤吉歐只不過揮動五十次就已經兩手麻痺、肩膀發疼，甚至連手都抬不起來了。

「四十……三！四十……四！」

他彷彿要鼓勵自己一般，邊拚命大聲數著數字邊將斧頭往大樹上砍去，然而噴出來的汗水已經讓視野一片模糊、手掌更滑得握不緊斧頭，使得命中率不斷降低。這時開始有點自暴自棄的他，連身體也跟著手裡緊握的伐木斧甩了出去。

「四十……九！五……十……！」

揮出最後一下時，尤吉歐已經完全失去準頭，直接砍中樹幹深邃缺口之外的樹皮，發出了一陣相當刺耳的金屬聲。他因為這足以讓眼睛爆出火花的反作用力而放開斧頭，直接往後退了幾步並跌坐在滿是苔蘚的地面上。

一陣劇烈喘息之後，他便聽見右邊傳來一道帶著笑意的聲音。

「五十次裡只有三次成功啊。全部加起來嘛，呃……四十一次嗎？看來今天你要請喝西拉魯水囉，尤吉歐。」

聲音來自躺在稍遠處的同齡少年。尤吉歐無法馬上回話，只能坐在地上用手摸索皮革水壺並把它抓起來。大口喝下已經變溫的水之後，稍微感到舒服一點的他便用力蓋上壺蓋並說道：

「哼，你還不是只有四十三次而已。我立刻就會追上你了。來，換你囉……桐人。」

「好啦好啦……」

這名叫桐人的少年，是尤吉歐從小認識的超級好友。而自從去年春天尤吉歐開始這令人憂鬱的「天職」後，桐人也成了他的搭檔。這時桐人撩起被汗水濡濕的黑髮瀏海，將兩腳往正上方抬後「嘿」的一聲跳起。但他並沒有馬上撿起斧頭，而是把手插在腰部抬頭往上看。尤吉歐也跟著將視線往空中移去。

七月中的夏季天空可說一片蔚藍，高掛在中央的陽神索魯斯正從空中放射出無限光芒。然而光線卻被大樹朝四面八方擴散的枝椏遮住，幾乎照不到尤吉歐與桐人所站的樹根處。

當兩人抬頭仰望天空時，大樹依舊不斷地以無數枝葉搶奪陽神的恩賜，更利用樹根無止盡吸取地神提拉利亞的恩寵，持續修補著尤吉歐與桐人辛苦砍下的裂縫。不論白天再怎麼努力，休息一晚之後隔天再來到這裡，馬上就會發現昨天所砍的裂縫已經補回了一半。

尤吉歐輕聲嘆息，同時將目光從天空轉到大樹上。

村人之間以代表「巨神的大杉樹」之意的神聖語──「基家斯西達」來稱呼這棵大樹。它是一棵樹幹直徑有四梅爾，樹根到最頂端的樹枝足足有七十梅爾的怪物。就連村裡最高的教會鐘樓也只有它的四分之一高，對於今年身高好不容易才超過一梅爾半的尤吉歐與桐人來說，它看上去確實就像古代巨神一般。

光憑人類的力量，說不定根本沒辦法砍倒它──每當尤吉歐看見樹幹上那砍出來的斷面後，總是忍不住會有這樣的想法。這個楔形裂痕好不容易才有了大約一梅爾左右的深度，但樹幹卻足足還有超過斷面三倍的厚度呢。

去年春天，尤吉歐和桐人一起被帶到村長家裡，除了接下「巨樹的伐木手」這份工作之外，還聽見了幾乎要讓他昏過去的一段話。

這棵基家斯西達，遠從兩人生活的「盧利特村」建立前就已經在這裡落地生根，而打從開拓者時代起，村民們便不斷地砍伐著這棵大樹了。從初代伐木手開始算起，到前任的卡利塔爺爺已經是第六代，尤吉歐與桐人則算是第七代；到目前為止，村民們在這棵樹上已經花了超過三百年的時間。

——三百年！

當時剛過完十歲生日的尤吉歐，實在難以想像那是多麼漫長的一段時間。當然，現在已經十一歲的他依然無法理解。他唯一知道的是，從自己父母、祖父母以及之前甚至是再之前的世代起，伐木手們就已經揮動過無數次斧頭，而所得成果就是這不到一梅爾的斷面。

至於為什麼非得砍倒這棵大樹的理由嘛，很快村長就用嚴肅的語氣對他們做出了說明。基家斯西達靠它的巨大軀幹以及旺盛生命力，奪走了周圍大片土地的陽神恩惠與地神恩惠。遭到大樹影子所覆蓋的土地，就算灑上種子也長不出任何作物。

盧利特村位於分割統治「人界」的四大帝國之一「諾蘭卡魯斯北帝國」北部邊境。換言之，這裡是真正的世界盡頭。而且村莊的北、東、西三面全被險峻的山脈包圍，想要拓展田地或放牧地就只能開墾南方森林。但是森林入口已經被基家斯西達的樹根盤據，所以不先除掉這個麻煩，村子就沒辦法繼續發展下去。

事情看起來似乎相當單純，但大樹的木質就跟鐵一樣硬，而且點火也無法燃燒；就算想將它連根剷除，也因為根部長度已經與樹高差不多而辦不到。因此我們只能用開村祖先所留那柄足以斷鐵的「龍骨斧」來砍伐樹幹，然後把這份工作一代代傳承下去——

當聲音由於沉重使命感而開始發抖的村長講完這段話時，尤吉歐才畏畏縮縮地問出「既然如此，為什麼不乾脆放著基家斯西達不管，直接開拓更南方的森林」這樣的問題。

結果村長馬上就以恐怖的聲音回答——砍倒那棵樹是歷代祖先的願望，而將伐木手這份天職委託給兩名村民早已是村裡的慣例。緊接著，桐人則是用懷疑的態度質疑為何祖先們要在這種地方建立村子。村長聽見後稍微愣了一下，但他隨即火冒三丈地用拳頭敲著桐人，然後也順便敲了尤吉歐的頭好幾下。

那天之後已經過了一年又三個月，這段日子裡兩個人就這樣輪流揮動龍骨斧，不斷挑戰著基家斯西達。不過，可能是運用斧頭的技巧未臻純熟吧，大樹上的斷面看起來似乎完全沒有變深。不過在這之前已經花了三百年才有這樣的成果，所以兩個小孩子努力一年依然看不見什麼顯著變化似乎也是理所當然。但對兩名當事人來說，這份工作實在感覺不到半點成就感。

當然——只要有意願，他們也可以選擇不要單純地觀察大樹外表，而用更加簡單明瞭的方式來確認自己的力量究竟有多渺小。

一旁默默瞪著基家斯西達的桐人似乎也想到了這點，於是走到樹旁並伸出左手。

「喂，算了吧桐人。村長不是也說別頻繁窺探大樹的『天命』嗎？」

尤吉歐急忙出聲制止，但桐人只是稍微轉過臉來，露出慣例的促狹笑容並低聲說道：

「上次已經是兩個月前的事了。所以這不算頻繁，只是偶爾啦。」

「真拿你沒辦法。喂……等一下，我也要看。」

呼吸好不容易才恢復平穩的尤吉歐，也像桐人一樣利用腳的反作用力站起身，然後跑到搭檔旁邊。

「好了嗎？要開囉。」

桐人低聲說道，然後伸在前面的左手馬上豎起食指與中指，剩下的手指則是緊緊握起。然後他便於空中畫出了宛若蛇在爬行的圖案。在奉獻給創世神的結印中，這是最為簡單的一種。

桐人畫完印後，馬上用指尖敲了一下基家斯西達的樹幹。這時發出來的並非原本那種清脆敲擊聲，反而變成一種類似輕彈銀器的清澈細響。接著，立刻從樹幹內部浮現一道小小的四方型光亮視窗。

只要是存在天地之間的物體，無論能否活動，掌管生命的創世神史提西亞皆會賦予其所謂的「天命」。小蟲與花草的天命相當短暫，貓與馬等動物的天命就會稍微長一點，而人類的天命當然比這些動物還要長。至於森林裡的樹木以及長滿苔蘚的岩石，則又擁有比人類多出好幾倍的天命。這些天命通常在剛誕生時都會不斷增加，接著在某個時間到達頂點並開始慢慢減少。最後天命用盡時，動物或人類便會停止呼吸，而草木、岩石則會枯萎、粉碎。

這種用神聖文字記錄天命殘量的東西，就是所謂的「史提西亞之窗」了。只要擁有相當神聖力的人，就能夠在畫完印後敲打對象而叫出這個窗戶。一般人大多都能夠叫出石頭與草木的「窗戶」，對象若是動物則會略為困難，如果要叫出人類的「窗戶」，就一定得修習初步的神聖術才辦得到。當然——對任何人而言，觀看自己的窗戶都是件令人感到恐懼的事情。

一般來說，觀看樹木的窗戶要比看人的窗戶容易多了，但基家斯西達既然能夠被稱為惡魔之樹，所需要的神聖力當然也高出一般樹木許多，尤吉歐與桐人大約是在半年前才好不容易能夠叫出它的窗戶。

據說過去在央都聖托利亞的「世界中央公理教會」獲得元老地位的神聖術師，曾經連續舉行了七天七夜的盛大儀式——最後成功叫出了大地，也就是地神提拉利亞的「窗戶」。但在看見大地的天命後，該術師便陷入恐慌狀態，最後不知道消失到哪裡去了。

自從聽見這個傳聞之後，尤吉歐不但害怕看見自己的窗戶，也對窺看包含基家斯西達在內的大型物體感到有些恐懼，不過桐人倒是完全不在乎的樣子。現在也一樣，可以看見那張臉急切地靠到發光的窗戶旁邊。雖然兩人是從小便認識的好友，但尤吉歐經常會覺得桐人的行為超出常軌，不過他現在同樣因為好奇而從旁邊窺看著窗戶。

發出淡紫色光芒的四角形窗戶裡，出現了一排由直線與曲線所組合成的奇妙數字。尤吉歐雖然能夠看懂這些由古代神聖文字所寫成的數字，卻被禁止實際將它們寫出來。

「嗯……」

尤吉歐用手指一個一個指著它們確認，然後用嘴巴將數字念了出來。

「二十三萬……五千五百四十二……」

「啊……上上個月是多少？」

「我記得是……二十三萬五千五百九十左右吧。」

「…………」

聽見尤吉歐的話之後，桐人馬上用誇張的動作高舉起雙手，整個人跪到地上。接著他又用手指抓亂那一頭黑髮。

「才減少五十！努力了兩個月，才讓23萬多減少了區區50！照這樣下去，這輩子根本沒辦法砍倒這棵樹嘛！」

「拜託，原本就不可能了好嗎！」

尤吉歐只能苦笑著這麼回答。

「我們之前六代的伐木手，努力了三百年才好不容易減少了四分之一……大略算一下，應該還得花上十八代，也就是再九百年左右才能完成吧。」

「我~說~你~啊~~」

抱頭蹲在地上的桐人昂首狠狠瞪了尤吉歐一眼，然後突然纏住對方的的雙腿。嚇了一跳的尤吉歐立刻失去平衡，整個人往後仰倒在滿是苔蘚的地面上。

「怎麼會有你這種乖乖牌啊！你就不會為了這種不合理的工作感到懊惱嗎！」

桐人口氣雖然憤怒，本人卻帶著滿臉笑容坐到尤吉歐身上，然後開始不停搔弄好友的頭髮。

「嗚哇，你幹什麼啦！」

尤吉歐雙手抓住桐人的手腕用力一拉，然後利用桐人身體想抵抗而往後倒的力量站起來垂直轉了半圈，最後換成他坐在桐人身上。

「看我怎麼回敬你！」

尤吉歐邊笑邊用髒手抓著摯友的頭髮，但跟他自己那頭亞麻色柔軟頭髮相比，桐人的黑色頭髮本來就到處亂翹，所以這樣的攻擊根本沒有什麼意義。於是這名少年馬上又轉為在桐人的側腹部搔癢。

「嗚哇，你這傢伙……這樣太、太卑鄙……」

當尤吉歐壓制住呼吸困難而拚命掙扎的桐人並繼續搔他的癢時，忽然從背後傳來一道尖銳的聲音。

「喂——！你們兩個又在摸魚了！」

尤吉歐與桐人立刻停止對抗。

「嗚……」

「糟糕……」

兩個人縮著脖子，慢慢轉過頭去。

稍遠處的岩石上，果然有道雙手插腰並挺起胸膛的人影。尤吉歐臉上出現抽搐的笑容，然後對著那個人說：

「哈……哈囉，愛麗絲。今天來得真早啊。」

「一點都不早，跟平常一樣的時間。」

人影不悅地抬起下巴，綁在頭部兩側的長髮，立刻在穿過樹葉間隙的陽光下發出炫目光芒。一名穿著鮮豔藍色裙子與白色圍裙的少女，就這麼以靈巧的動作從岩石上跳了下來，而她的右手上還拿著一個大藤籃。

少女的名字是愛麗絲．滋貝魯庫。身為村長女兒的她，年紀與尤吉歐和桐人一樣是十一歲。

依照規定，盧利特村的——不對，應該說生活在北部邊境區域的所有小孩子，在十歲時都會被賦予「天職」並開始實習該種工作，但愛麗絲卻是唯一的例外。她目前仍在教會的學校裡上課。為了讓她充分發揮村子小孩中最優秀的神聖術才能，她正在學校裡接受阿薩莉亞修女的個人課程。

雖然這個女孩既有天賦又是村長的女兒，但貧窮的盧利特村實在沒辦法讓一名十一歲女孩整天待在學校裡讀書。這裡只要是還有力氣的人就得幹活，如果不拚命擊退持續削減作物或家畜天命的日照、梅雨、蟲害——也就是「闇神貝庫達的惡作劇」，村民們將很難平安度過嚴寒的冬天。

歷代祖先都是農夫的尤吉歐家，在村子南邊擁有一片開墾出來的廣大麥田，他的父親在聽見三男尤吉歐被選為基家斯西達伐木手時雖然表示開心，但心裡應該因為少了一個人手而感到相當遺憾才對。當然村內金庫還是會支付伐木手的薪水給尤吉歐家，但田裡少了一個人手的事實依然沒有任何改變。

依照慣例，各家長子大概都會被賦予跟父親相同的天職。若是農家，女兒與次子、三子基本上也會繼承。道具店老闆的小孩將繼承道具店，侍衛的兒子將成為侍衛，而村長的位子當然也會由他的後代來繼承。盧利特村就靠著這樣的傳統，讓村子數百年來都維持著差不多的模樣。大人們都說，完全是靠史提西亞神庇護，村子才能維持如此長久的和平生活，但尤吉歐卻對這些話感到有些難以形容的懷疑。

他實在搞不懂，大人們是不是真的想擴大村子，或者他們其實只想要維持現狀。如果真的

想擴大農地，便不該理會這棵麻煩的大樹，直接開拓更遠一點的南方森林就好。然而，就連村裡最有智慧的村長，也從未想過去改變村子裡一些不合時宜的慣例。

因此，盧利特村不管過多少年仍舊一樣貧困，村長的女兒愛麗絲也只有上午能在學校上課，下午就得回家忙著照顧家畜與打掃屋子。而幫尤吉歐與桐人送飯就是她每天第一件工作了。

右手掛著藤籃的愛麗絲靈巧地從大岩石上跳下來。她那深藍色的眼珠，依然緊緊瞪著停止打鬧的尤吉歐與桐人。就在她嬌小嘴唇劈出下一道雷之前，尤吉歐便已經迅速撐起身體，不停搖著頭說：

「我們真的沒有摸魚啦！上午的工作已經結束囉！」

他解釋完後，後面的桐人也馬上跟著「對啊對啊」地附和。

愛麗絲再度用兇狠的眼神瞪了兩人一眼，然後才露出「真受不了你們兩個」的輕鬆表情。

「做完事情竟然還有力氣在這裡打鬧，看來我還是請卡利塔爺爺增加你們兩個人砍樹的次數比較好哦？」

「拜、拜託千萬不要啊！」

「開玩笑的啦——來，快點吃午飯吧。今天很熱，得在食物壞掉前趕快把它們吃掉才行。」

愛麗絲把整個藤籃放到地上，然後從裡面拿出一塊大白布並啪一聲將它張開。接著桐人馬上脫鞋跳到鋪在平坦地面的白布上。當尤吉歐也跟著坐了下來後，各式各樣的料理便出現在兩名饑餓的勞動者面前。

今天午餐的菜色有醃肉、豆子派、夾著起司與燻肉的黑麵包、數種乾果、早晨剛擠好的牛奶等等。雖然除了牛奶之外都是些保存性良好的食物，但七月的艷陽還是無時無刻都在奪取這些料理的「天命」。

愛麗絲像在訓練小狗般制止幾乎要撲到食物上的桐人和尤吉歐，接著迅速在空中結印，從裝在素燒壺裡的牛奶起將料理的「窗戶」一個個打開，確認它們的天命。

「哇，牛奶還剩下十分鐘，派也只能再撐十五分鐘。我都已經用跑的了耶……你們也都看到啦，所以要快點吃喔。不過還是要好好咀嚼才行唷。」

天命用盡的料理就是「餿掉的料理」，除非身體特別強健，否則只要吃到一口就會引發腹瀉以及其他症狀。於是尤吉歐與桐人說完「開動」之後，馬上就咬起了切得很大塊的派。

於是，三個人便默默地吃著午餐。這兩個餓扁了的少年暫且不論，就連瘦削的愛麗絲也發揮出不可思議的大胃王功力，不斷解決放在眼前的料理。切成三等份的派首先消失，接著九個黑麵包及一整壺牛奶也全被他們吞進肚子裡，三個人這才終於停下來休息。

「——味道如何？」

愛麗絲側眼看著兩個人並低聲這麼問道，而尤吉歐馬上用自己最誠懇的聲音回答：

「嗯，今天的派很好吃唷。愛麗絲做菜的技術也愈來愈厲害了。」

「真、真的嗎？我總覺得好像還少了點什麼味道……」

可能是為了掩飾自己的害羞吧，愛麗絲說完就把臉別到一邊去，這時尤吉歐馬上趁這個空檔向桐人使了個眼色，兩人會心一笑。據說愛麗絲從上個月起就負責製作兩個人的便當，但愛麗絲的母親莎蒂娜大嬸在旁邊幫忙與否，依舊對料理的口味產生了相當大的影響。其實，做什麼事都需要長年練習才能真正習得箇中訣竅——而尤吉歐和桐人也是到最近才學會了把料理口味時好時壞這件事隱瞞下來。

「不過呢——」

桐人從裝有乾果的瓶子裡抓起一顆黃色馬利果果實，開口這麼說道：

「真希望可以慢慢享受這麼好吃的便當耶。為什麼天氣一熱便當就馬上會餿掉呢……」

「什麼為什麼……」

尤吉歐這次不再隱藏苦笑，直接用誇張的動作聳了聳肩。

「你這傢伙怎麼老是說些奇怪的話。夏天時天命本來就耗損得比較快啊。肉也好、魚也好，就連蔬菜和水果也一樣，只要放置一會兒就會壞掉。」

「所以說，我才問為什麼會這樣啊。如果是冬天，就算把醃漬的生肉扔在外頭，一樣可以放個好幾天都不會壞啊。」

「那當然是因為……冬天很冷嘛。」

聽見尤吉歐的答案後，桐人就像個不聽話的小孩般用力扭曲著嘴唇。他那在北部邊境非常少見的黑色眼珠裡，也浮現了挑戰的光芒。

「對啊，就像尤吉歐說的，是因為很冷所以食物才能夠保存那麼久。所以並不單純是因為冬天。這麼說來……只要能變冷，就算是這個時期的便當應該也能保存一陣子才對吧。」

這下子，尤吉歐真的覺得桐人不可理喻，直接用腳尖輕輕踢了踢好友的小腿。

「別說得那麼容易。還變冷呢，夏天就是很熱才叫夏天。難道說，你想用被視為絕對禁忌的天氣操縱術讓老天爺下雪嗎？隔天就會被央都來的整合騎士抓走喔。」

「嗯、嗯……真的不行嗎……我總覺得應該有更簡單一點的辦法才對啊……」

當桐人板起臉來這麼嘟囔時。原先靜靜聽著兩人對話的愛麗絲，突然用手指繞起了長辮子的尖端，開口插話：

「聽起來很有趣耶。」

「怎、怎麼連愛麗絲都開始胡說八道起來了！」

「我又不是說要使用禁術。其實也不用誇張到把整個村子都變冷，只要想辦法把這個便當籃裡頭變冷不就可以了嗎？」

聽見這說起來其實相當簡單的道理之後，尤吉歐忍不住和桐人面面相覷，接著一起點了一下頭。愛麗絲發出清脆的笑聲，接著說下去：

「說到夏天依然能保持冰涼的東西，還是有不少喔，像是深井裡的水或是西魯貝葉等。如果把這些東西放進籃子，裡頭會不會變冷呢？」

「嗯嗯……對耶……」

尤吉歐把雙手交叉在胸前，思考了起來。

教會前方廣場正中央，有一口自盧利特村建村時便已挖掘出來的深井。從井裡提上來的水，就算是在夏天也能讓手凍得受不了。此外還有生長在北方森林的稀有西魯貝樹，它的樹葉在摘下時會散發一股香氣，同時也會散發出一陣涼意，被視為治療跌打損傷的珍貴良藥。若是把深井水裝進壺裡，或者是拿西魯貝葉來包裹派，確實有可能讓便當在運送期間保持低溫。

但一起陷入沉思的桐人，這時卻緩緩搖了搖頭表示：

「光是這樣可能沒用喔。井水打上來之後，只要過一分鐘就會變溫，而西魯貝葉也只能稍微讓人覺得有些涼而已。若要讓籃子從愛麗絲家到基家斯西達都保持冰涼，我想應該辦不到。」

「不然你還有什麼好辦法嗎？」

少女聽見好不容易想出來的主意遭到反駁，當場噘起嘴這麼反問。桐人搔著那頭黑髮沉默了一陣子，但最後終於開口說：

「用冰塊。只要有許多冰塊，就可以讓便當保持冰涼了。」

「我說你啊……」

愛麗絲彷彿要表示「真受不了你」般搖了搖頭。

「現在是夏天唷，哪裡來的冰塊啊？就連央都的大市場也找不到啦！」

她像個叱責不聽話小孩的母親般迅速說道。

然而，尤吉歐心裡已經有了強烈的不祥預感，於是少年緊閉起嘴巴凝視著桐人的臉。根據他多年來的經驗，這名從小就認識的好友，只要眼裡浮現這種光芒且用這種口氣說話，腦袋裡通常都在想一些歪主意。以前去東山取皇帝蜂蜂蜜、在教會地下室打破百年前天命就已經用盡的牛奶壺等種種景象，先後閃過他的腦海。

「唉、唉呀，有什麼關係嘛，吃快一點就好啦。對了，我看也差不多該開始下午的工作囉，不然又得拖到很晚才能回家。」

尤吉歐迅速把空盤子放回藤籃，打算在這裡中止這個有些危險的話題。但在看見桐人眼睛已經放射出有了某種想法的光芒後，他就明白自己害怕的事情已經成真了。

「……怎樣啦，你這次又有什麼鬼主意了？」

放棄掙扎的尤吉歐一這麼問，桐人馬上笑著回答：

「我說啊……還記得你爺爺很久以前講過的故事嗎？」

「嗯……？」

「什麼故事……？」

這時不只是尤吉歐，就連愛麗絲也覺得有些不解。

尤吉歐的祖父在兩年前用盡天命而蒙史提西亞神寵召，而他那把白色鬍子裡頭，就像藏了無數的故事一樣。老人家還在世時，總會在院子裡搖著椅子，告訴這三個坐在腳邊的小孩各式各樣的事情。老爺爺曾經跟他們講過數百個令人感到不可思議、興奮或者是恐懼的故事，所以尤吉歐不知道桐人所指的究竟是哪一個。這名黑髮的青梅竹馬乾咳了幾聲後，才豎起一根手指表示：

「講到夏天的冰塊，也就只有那個了吧？就是『貝爾庫利和北方白……』」

「喂，你別開玩笑了！」

桐人還沒說完，尤吉歐馬上就劇烈搖頭打斷他的話。

在開拓盧利特村的祖先之中，貝爾庫利是劍術最為高明的人，同時也是村裡的初代侍衛長。那已經是距今三百年前的往事，所以關於他的英勇傳說也只有留傳幾則下來。而桐人剛才嘴裡所說的，正是當中最為異想天開的故事名稱。

某個盛夏之日，貝爾庫利發現流經村子東邊的魯魯河裡有一大塊浮浮沉沉的透明石頭，撿起來才發現原來是一大塊冰塊。覺得有些不可思議的貝爾庫利便不斷延著河流往上游走，最後他雖然已經來到人界終點處的「盡頭山脈」，但還是繼續跟著細小的水流往前走，結果看見一個巨大洞窟出現在眼前。

貝爾庫利不顧從洞裡吹來的寒風，毅然往裡頭走去，歷經許多危險之後來到最深處的一座大廣場。在那裡，他見到了傳說中守護人類東南西北四方的巨大白龍。這時貝爾庫利又注意到將身體蜷曲在無數財寶上的白龍似乎已經睡著了，大膽的他便躡腳往白龍身邊靠近。結果，他在寶物當中發現了一把精美長劍，非常想將其占為己有。正當故事主角悄悄拿起長劍，準備拔腿就跑時——內容大概就是這樣。而故事名稱正是「貝爾庫利與北方白龍」。

就算桐人再怎麼喜歡惡作劇，應該也不至於想破壞村裡的禁忌，越過北方山峰去找尋真正的白龍吧。心裡不禁如此祈禱的尤吉歐畏畏縮縮地問道：

「也就是說，你想監視魯魯河……在那裡等待流冰出現嗎？」

但桐人卻用鼻子輕哼了一聲，滿不在乎地說：

「要是在那裡等，說不定冰還沒出現夏天就先結束了。我也沒打算和貝爾庫利一樣找出白龍啦。但那個故事裡不是說，一進洞窟就能看到很多大冰柱嗎？我們只要折個兩、三根冰柱，應該就能拿來做實驗了吧。」

「我說你這傢伙……」

尤吉歐有好幾秒鐘的時間說不出半句話來，他最後只能看向旁邊的愛麗絲，希望少女能代替自己罵罵這個莽撞的小鬼。當他發現連愛麗絲的藍色眼睛裡竟然也閃爍著不尋常的光芒時，便只能在內心暗自感到沮喪。

雖然相當不願意，但尤吉歐和桐人早就被村裡的老人們視為最調皮搗蛋的兩個小鬼，日常生活裡也總是會聽到他們的嘆息、斥責與抱怨。然而很少有人知道，兩人之所以會做出那麼多惡作劇，其實都是村子裡看起來最乖的愛麗絲躲在後面煽動。

現在，愛麗絲就把右手食指放在那豐潤的嘴唇上，以看起來有些迷惑的樣子沉默了幾秒鐘，隨即眨著眼睛做出相當大膽的表示。

「——這確實是個不錯的想法。」

「喂、喂……愛麗絲啊……」

「確實，村子是有禁止小孩自己越過北方山峰的規矩。但你們仔細想想。規矩的正確內容應該是『小孩子在沒有大人跟隨的情況下，禁止越過北方山峰遊玩』對吧。」

「咦……是、是這樣嗎？」

桐人與尤吉歐不由得面面相覷。

村規，正式名稱是「盧利特村村民規範」，本體其實是保管在村長屋內厚達兩限左右的老舊羊皮紙。村裡的小孩開始到教會學校上課時，一定會先被要求背好這份規則。而且日常生活中也老是會聽到父母親與老人們講著「村規裡面……」「按照村規……」等話，所以到了十一歲的現在，他們也早就把所有條例記在腦裡面了——桐人和尤吉歐原本自認為已經相當熟悉規範，但看來愛麗絲是把全部條文一字不差地背下來了。

……她不會連足足比村民規範厚了兩倍的帝國基本法都……不，應該說不會連比帝國基本法還要厚上一倍的那個都完整地記住了吧……

尤吉歐邊這麼想邊以相當正經的眼神看著愛麗絲，少女則在乾咳了一聲之後便用更像教師的語氣繼續說道：

「聽好囉？規範是禁止去玩。但找冰塊不算遊玩。要是能找到長時間維持便當天命的辦法，除了我們自己有好處之外，也可以幫助許多在麥田或是牧場裡工作的人，不是嗎？所以這應該解釋成一件工作才對。」

聽完她行雲流水般的辯解後，尤吉歐與桐人再次交換了一下視線。夥伴的黑色眼珠裡原本還有那麼些微的猶豫，但現在已經像浮在夏天河川裡的冰塊般完全消失了——

「嗯，妳說的一點都沒錯。」

桐人將雙手交叉在胸前，一臉認真地點頭說：

「既然是工作，那麼就算翻越山麓到『盡頭山脈』去應該也不算違反村子的規範。那個巴爾波薩大叔不也老是說『人家命令才去做的不算是工作，一有空就要自己找事情做！』對吧？

到時要是挨罵，就把這句話拿出來當成藉口吧。」

巴爾波薩家是擁有盧利特村最大片麥田的富農。現在的一家之主納伊古魯．巴爾波薩是個年近五十且體格相當不錯的男性，但他即使已經有村裡絕大多數農家數倍以上的收穫，似乎還是感到不滿足，只要在路上遇見尤吉歐就一定會用諷刺的語氣說「還沒辦法砍倒那棵該死的大杉樹啊」。據說，他正在向村長要求砍倒基家斯西達後能夠開墾之土地的優先選擇權。而尤吉歐總是忍不住會在心裡對他嘟囔「在那之前你就會用盡自己的天命了吧」。

桐人認為，如果越過北方山峰被人問罪可以把納伊古魯大叔的台詞拿來當藉口，雖然這確實是個相當有吸引力的想法，但尤吉歐從以前就一直擔任三人當中負責踩剎車的角色，所以一句「但是……」依舊先說出了口。

「但是……禁止村民到盡頭山脈的不只是村規而已，就連『那個』也一樣吧？即使越過北方山峰，也只能到山麓附近，根本沒辦法進入洞窟啊……」

一聽到這裡，愛麗絲和桐人馬上露出了有些複雜的表情。

尤吉歐口中的「那個」權威遠高於「盧利特村村民規範」，甚至連「諾蘭卡魯斯北帝國基本法」都難以望其項背。那正是支配廣大人界所有人民的絕對法律——「禁忌目錄」。

發佈此法律的，是在央都聖托利亞建造了頂天巨塔的「公理教會」。這本由白色皮革裝訂起來的厚重書籍，別說是尤吉歐等人生活的北帝國了，就連東、南、西帝國的所有城鎮或村莊裡也至少會有一本。

禁忌目錄和村民規範與帝國法不同，內容就如上頭名稱所顯示的一樣，裡頭盡是羅列著一堆「絕對不可侵犯」的事項。從「反抗教會」、「殺人」以及「竊盜」等相當基本的禁忌起，直到一年裡能捕獲的野獸量、漁獲上限，甚至是不能餵食給家畜吃的飼料等細目，全都寫得一清二楚，總條文數超過一千條。小孩子們在學校裡雖然也學習寫字與計算，但最重要的還是要把禁忌目錄完完全全地背下來。或許該說——目錄裡已經禁止學校不教目錄的內容了。

雖然禁忌目錄與公理教會擁有絕大權威，但其實也有不受這兩者影響的區域。那就是存在於包圍住世界那道「盡頭山脈」另一端的闇之國——以神聖語來說就是「黑暗領域」了。因此，目錄也在一開始就明文禁止人民到盡頭山脈去。尤吉歐之所以會說就算到達山麓也無法進入洞窟，就是因為有這個絕對無法違抗的條文存在。

即使是愛麗絲也沒有那個膽子敢挑戰禁忌目錄才對，因為這種想法本身就是一種禁忌。尤吉歐這麼想著，同時凝視自己的另一個青梅竹馬。

愛麗絲那像是把極細金線並排在一起的長睫毛，在穿過樹葉空隙的日照下閃閃發光，而她本人則是保持沉默——但最後迅速抬起頭來的她，眼裡卻還是浮現出剛才曾經出現過那種充滿挑戰性的眼神。

「尤吉歐。你這次所說的禁忌條文也不正確唷。」

「咦……不、不會吧！」

「我是說真的。目錄裡寫的應該是這樣。第一章第三節第十一項，『不論任何人，一律禁止越過包圍人界的盡頭山脈』……所謂越過山脈，當然就是『攀登並越過』的意思吧。所以進入洞窟應該不包含在內才對。說起來，我們的目的根本不是到山脈的另一邊，而是要找到冰塊吧？翻遍禁忌目錄也找不到任何條文寫著『禁止到盡頭山脈尋找冰塊』喔。」

聽她用教會小鐘般的清澈聲音講出這一大串話之後，尤吉歐無法再做出任何反駁。甚至還覺得愛麗絲所說的話似乎很有道理呢。

——不過，我們目前最遠只到過魯魯河沿岸的雙子池而已，但那邊離北方山峰還有一段相當長的距離，根本不知道之後的道路是什麼狀況，而現在又是水邊會出現暴躁蟲的季節……

尤吉歐心裡不禁浮現這些消極的想法，然而這時桐人忽然用力地拍了一下他的背——似乎有「帶著拚盡最後一點天命的勇氣出發吧」的意思——然後大叫著：

「哎呀，尤吉歐，連村裡最會讀書的愛麗絲都這麼說了，一定不會有錯的啦！好，就決定在下一個休息日出發前尋找白龍……不對，尋找冰之洞窟！」

「看來還是用些能保存的食材來做便當比較好呢。」

尤吉歐交互看著這兩個臉上閃爍著光芒的青梅竹馬，內心用力嘆了一口氣，但他還是虛弱地回應了一聲「是啊」。

2

七月的第三次休息日，看來會是個天氣相當好的日子。

十歲以上的孩子們已經接下了天職，只有在休息日時可以回歸童年生活，在外面一直玩到晚飯的時間為止。尤吉歐與桐人通常是和其他男孩子一起釣魚或是玩練劍遊戲，然而今天卻在晨靄尚未散去前就已經離開家裡，直接來到村子外圍的老樹下等待愛麗絲。

「……太慢了！」

不想想自己也讓尤吉歐等了好幾分鐘的桐人，直接開口抱怨了起來。

「女生就是這樣，老是把打扮自己看得比準時赴約還重要。我看再過兩年之後啊，她就會像你姊姊一樣，說什麼會弄髒衣服而不願意到森林裡去了。」

「有什麼辦法嘛，女生就是這樣啊。」

尤吉歐嘴上苦笑著回答，心裡卻忽然想起桐人口中兩年後的事情。

由於愛麗絲在身分上仍然是未被賦予天職的孩子，所以周圍也還能認可她和兩人一起活動。然而她村長女兒的身分，已經註定她勢必得成為村裡女性們的模範了。不久後的將來，她一定會被嚴格禁止和男孩子一起玩，而且除了神聖術之外也得學習許多的生活禮儀。

然後……再接下來會變成怎麼樣呢。她也會和尤吉歐的大姊絲莉涼一樣，嫁到某個人家裡去嗎？自己身邊的搭檔，對這些事情到底有什麼想法呢……？

「喂，你在發什麼呆啊。昨天沒睡飽嗎？」

尤吉歐發現桐人突然帶著疑惑的表情望著自己，於是急忙點頭回答：

「嗯、嗯，沒事啦。啊……好像來了。」

他聽見了輕巧的腳步聲，因此馬上用手指著村子並這麼說道。

正如桐人剛才所說的一樣，像是撥開晨靄才出現的愛麗絲，那頭相當整齊的金髮已經用緞帶綁了起來，潔白的上衣也不停搖晃著。尤吉歐忍不住和摯友互看一眼後強忍笑容，接著回過頭來向女孩叫道：

「太慢啦！」

「是你們太早到了。怎麼到現在還像小鬼一樣啊？」

愛麗絲臉上完全沒有歉意，更在說完話後把右手的藤籃、左手的水壺分別朝兩人伸了出去。

兩人反射性地接下行李後，愛麗絲便轉向由村子邊境往北方延伸的小路，然後彎腰摘起腳邊的一根草穗。少女以它膨脹起來的前端用力朝聳立在遠方的岩石山一指，元氣十足地大叫：

「那麼……夏天的尋冰之旅，出發囉！」

雖然納悶著為什麼會變成像「公主與兩名隨從」，但尤吉歐還是再度和桐人交換了一下眼神，然後追上已經開始往前走的愛麗絲。

這條道路南北貫穿了村子，其中南側由於有許多人與馬車通過，所以地面已經被踩得相當堅固平整；北側的道路則少有人走動，因此滿是樹根與石頭而特別難行。但愛麗絲卻像是完全不受路況惡劣影響般踩著輕快腳步，哼著歌走在兩個男生前面。

尤吉歐心裡不禁覺得，她走路的模樣真是漂亮。幾年前愛麗絲偶爾還會和村裡的小鬼頭們混在一起玩著練劍遊戲，而尤吉歐和桐人也好幾次被她手裡的細枝痛擊，相對地他們手中木棒卻像遭遇到風之精靈般老是揮空。如果愛麗絲繼續練習下去，說不定真的可以成為村裡的第一名女侍衛呢。

「侍衛嗎……」

尤吉歐不由得在嘴裡這麼咕噥著。

在成為巨樹的伐木手之前，他曾經有過這種絕不可能實現的夢想。如果能被選為村裡所有男孩憧憬的「侍衛」，就不用再拿著只是剝掉樹皮的簡陋木棒，而能得到雖為中古品卻貨真價實的鋼劍，甚至還能學習真正的劍術。

還不只是這樣。每到了秋天，北部邊境各個村莊的侍衛便能參加在南方城鎮薩卡利亞所舉行的劍術大會。如果能在大會裡得到前幾名，將能成為城鎮的衛兵——也就等同於被承認為一名真正的劍士，可以獲頒由央都打鐵工房所鍛造出來的制式劍。但成為衛兵還不是尤吉歐最後的夢想。如果實力獲得衛兵隊的承認，便能得到參加央都聖托利亞正統「修劍學院」入學考的資格。雖然那是場相當困難的考試，但只要能合格並從兩年制的學院畢業，即可參加在諾蘭卡魯斯帝國皇帝御前舉行的武術大會。據說貝爾庫利當年就曾在這場大會裡獲得優勝。

而接下來就是夢想的頂點，也就是聚集了人界中所有英雄的大賽——由公理教會親自舉辦的「四帝國統一大會」。只有在這場據說連神明都會欣賞的戰鬥裡贏得最後勝利，才能夠站上所有劍士的頂點，接下維護世界秩序這項神命，成為一名能夠駕馭飛龍並且與黑暗領域惡鬼戰鬥的「整合騎士」——

憑尤吉歐的想像力，實在無法勾勒出那是什麼樣的一幅圖案，但他確實曾經懷抱過這樣的夢想。無法成為劍士的愛麗絲，說不定能以神聖術士見習生的身分離開村子，前往薩卡利亞的學校，甚至是央都的「修術學院」去學習。到時候，說不定自己能穿著綠色與淡茶色的衛兵隊制服，腰間吊著閃爍銀色光輝的制式劍，待在愛麗絲身邊擔任她的護衛呢……

「那個夢想還是有機會成真唷……」

走在旁邊的桐人突然這麼小聲呢喃，把尤吉歐嚇得馬上抬起頭來。看來剛才不小心嘆了一口氣被桐人聽見後，他就推測出自己內心所有的想法了。尤吉歐對這名心思依然相當敏銳的拍檔苦笑了一下，接著低聲回答：

「不，已經沒機會了。」

沒錯，作夢的時期已經結束了。去年春天，現任侍衛長的兒子吉克已經被賦予侍衛見習生的天職。但他用劍的技術根本不如尤吉歐與桐人，當然也差了愛麗絲一大截。尤吉歐嘆了一口氣，把湧起的些微不滿與數倍的死心一起吐了出來。

「就算是村長，也沒辦法改變已經決定的天職。」

「不過呢，還是有一種情形例外。」

「例外……？」

「就是完成工作的時候啊。」

尤吉歐這次又因為受不了桐人的頑固而露出苦笑。這個搭檔直到現在還沒有捨棄那個遠大的夢想——在自己這代便將比鐵還硬的基家斯西達砍倒。

「只要把那棵樹砍倒，我們的工作便漂亮地結束了，接下來就能選擇自己的天職啦，對吧？」

「是沒錯啦……」

「我一直覺得，自己的天職不是牧羊人或是小麥農真是太好了。因為那種工作根本沒有結束的一天，但我們的就不一樣了。我想，一定有什麼辦法能將那棵樹在三……不對，是在兩年內砍倒才對，然後……」

「去參加薩卡利亞的劍術大會。」

「什麼啊，你不也這麼想嗎，尤吉歐。」

「哪能讓桐人你一個人耍帥呢。」

不可思議的是，在和桐人閒聊時，尤吉歐總覺得自己那遠大的夢想將會成真。他一邊想像著領取制式劍後回到村裡讓吉克嚇得瞪大眼睛的模樣，一邊和桐人笑著往前走時，此時前面的愛麗絲卻忽然回過頭來看著他們。

「喂，你們兩個瞞著我在聊什麼？」

「沒、沒有啦。我們是在說還沒要吃午飯嗎～對吧？」

「嗯、嗯……」

「真受不了你們，才剛開始走沒多久而已呢。瞧，前面已經能看見河川了。」

兩人朝愛麗絲用草穗所指的方向看去，發現道路前方確實有水面閃閃發亮地搖晃著。這就是源自於盡頭山脈，流經盧利特村東方並一直往南到薩卡利亞的魯魯河了。而道路也在這裡一分為二，右邊的道路在渡過北盧利特橋後將通往東方森林，左邊的道路則沿著河流西岸往北延伸。三人的目標，當然是繼續往北方前進。

來到分歧點的尤吉歐在河邊蹲下，然後把右手放進透明的潺潺流水當中。盛夏的太陽果然威力驚人，就連初春時依然相當冰冷的河水也變溫了。如果脫掉衣服跳進河裡應該會很舒服才對，但他實在沒辦法當著愛麗絲的面這麼做。

「照這水溫看來，不像會有冰塊流過來啊。」

少年一回過頭這麼說，桐人馬上噘起嘴反駁道：

「所以才要到根源的大洞窟去啊。」

「可以是可以啦，不過得在傍晚的鐘聲響前回到村子裡才行。嗯……那麼索魯斯來到正上方時，我們就要往回走囉。」

「真沒辦法，那我們得走快一點才行！」

愛麗絲說完隨即踩著柔軟的草皮往前走去，而另外兩個人也快步跟在她身後。

左側突出來的樹木就像天篷般遮住日照，再加上右邊河面散發出來的涼氣，讓三個人在索魯斯高掛空中的現在也能舒適地往前走。寬一梅爾左右的岸邊，全被短短的夏季野草所覆蓋，路面上幾乎沒有什麼會絆腳的石頭或是洞穴。

尤吉歐現在才發現，雙子池之後的區域明明這麼好行走，自己卻從沒來過，這讓他稍微感到有些不可思議。

村規裡禁止小孩單獨通過的「北方山峰」，還在遙遠的前方。所以就算走到池子的另一邊，大人們應該也不會生氣才對，但可能是出於對規範的——沒錯，正是敬畏之心，使得小孩子們的腳步通常在遠離北方山峰處就會自動停下來。

自己明明平常總和桐人一起抱怨大人們只在意村裡的規範，仔細一想才發現，兩人別說是違反規範或是禁忌，甚至連想要違反的念頭都沒產生過。今天的小小冒險，已經算是他們前所未有的挑戰了。

尤吉歐這時竟然開始有點不安，於是看向走在前面的桐人與愛麗絲，卻發現兩人竟然輕鬆地合唱著牧羊歌。這兩個傢伙到底是怎麼搞的，就沒有什麼事情能讓他們擔心害怕了嗎？想到這裡，尤吉歐就忍不住想要嘆氣。

「喂，我說啊——」

尤吉歐一出聲，前方沒停步的兩人便回過頭來看著他。

「什麼事啊，尤吉歐？」

少年忽然想嚇嚇面帶疑惑的愛麗絲，於是故意用威脅的語氣詢問：

「已經離村子很遠了……這邊不知道會不會出現什麼兇猛的野獸耶？」

「咦～？我沒聽說過有這種事啊。」

愛麗絲稍微往旁邊瞄了一下，結果桐人也只是輕輕聳了聳肩。

「嗯……多涅提他們家的爺爺好像說有看過巨大長爪熊，那是在哪邊看到的啊？」

「那是在東邊的黑色蘋果樹附近吧？而且已經是將近十年前的事情了。」

「這邊就算有野獸，頂多也只是四耳狐之類的小東西吧。哎呀，尤吉歐你還真膽小呢。」

遭到兩個人同時取笑後，尤吉歐急忙反駁：

「我、我才不膽小呢，更不是害怕……我只是覺得，我們都是第一次來雙子池後面的區域，還是稍微注意一點比較好。」

聽尤吉歐這麼說，桐人那對黑色眼珠隨即發出惡作劇的光芒。

「嗯，這麼說也沒錯啦。對了，你們知道嗎？這座村子剛建立時，偶爾會出現從闇之國來的惡鬼……像是『哥布林』啦『半獸人』之類的生物，越過山脈到村裡來偷山羊和小孩哦。」

說完，他便故意往旁邊看去，但愛麗絲卻用鼻子冷哼一聲回答：

「幹嘛，你們兩個想嚇唬我嗎？這我當然知道啊，最後是有整合騎士從央都過來把哥布林的老大打跑了對吧？」

「——『從那之後，每到了晴天，就能看見盡頭山脈的遙遠上空有穿著白銀盔甲的龍騎士在飛翔』。」

桐人說出村裡每個小孩都知道的童話結尾，然後再度朝北方抬起頭來。而尤吉歐與愛麗絲也仰頭看著不知不覺間已經接近到覆蓋大部分視野的雪白連峰以及上頭的藍天。

瞬間，雲層中似乎有道小光點閃爍了一下，但定眼凝視之下卻又沒有任何發現。於是三人互相看著對方的臉，藉由笑容隱藏自己的不好意思。

「——果然只是童話故事嗎……住在洞窟裡的冰龍，一定也是貝爾庫利編出來的故事。」

「喂喂喂，在村裡說這種話一定會被村長揍哦。畢竟劍士貝爾庫利可是盧利特村的英雄嘛。」

尤吉歐的話讓愛麗絲再度發出銀鈴般的笑聲，並隨之加快了腳步。

「去看看就知道了。快點，要是你們再慢吞吞，中午之前就到不了洞窟啦！」

——愛麗絲雖然這麼說，但尤吉歐原本就認為步行半天不可能到達「盡頭山脈」。

盡頭山脈正如其名，位於世界的盡頭，也就是由東西南北四帝國所構成的人類國度最邊緣。就算盧利特村位於北部邊境的最北邊，光憑他們三個小孩子的腳力依然不可能這麼輕易走到這座山脈才對。

所以，當太陽明明尚未到達頭頂正上方，尤吉歐卻發覺自己已目睹變得相當狹窄的魯魯河流進眼前山崖底部的洞窟時，馬上就驚訝得說不出話來。

原本分佈在左右兩邊的一大片森林忽然完全消失，眼前只有灰色凹凸不平的岩壁筆直地往上隆起。若是抬頭仰望，雖然能看見橫切過藍天的純白稜線仍舊隱身於遠方的雲朵中，依然可以確定這道岩石斜面正是山脈邊緣。

「已經到了嗎……？這就是盡頭山脈……？不會太快了嗎……？」

桐人似乎也難以相信眼前的事實，只能張大了嘴吐出這麼一句話來。愛麗絲也睜大了藍色的雙眼這麼呢喃：

「那……『北方山峰』到底在哪裡啊？我們在不知不覺間就經過了嗎？」

說起來還真是很奇怪。對村裡的孩子——說不定對大人也同樣是絕對境界線的山峰，怎麼可能像這樣在不知不覺當中就通過了呢？回想剛才的路程，經過雙子池又走了三十分鐘之後，確實有一段路稍微顛簸不平，難道那就是所謂的北方山峰嗎。

尤吉歐帶著半信半疑的心回頭看向走來的道路，耳邊忽然傳來愛麗絲一句低沉的呢喃：

「如果這就是盡頭山脈……那麼後面就是闇之國囉？雖然……我們已經走了四個小時，不過這點路程應該連薩卡利亞都到不了啊！盧利特村……真的位於世界的邊緣耶……」

也就是說，我們連長年生活的村子究竟位在世界的哪裡都不清楚囉？想到這裡，尤吉歐只能茫然站立在現場。不對——說不定連村子裡的大人們，也沒有任何人知道盡頭山脈就在這麼近的地方呢。難道三百年的歷史當中，曾經穿過村子北邊森林的，除了貝爾庫利之外就只有我們三個人了……？

總覺得……有點不對勁。尤吉歐心裡忽然有這種感覺，卻又說不出到底是什麼地方讓他覺得奇怪。

大人們只是日復一日在決定的時間起床，吃著跟昨天相同的早餐，然後跟昨天一樣地前往麥田、放牧地、打鐵舖或者紡織處。雖然剛才愛麗絲說就算走上四個鐘頭也到不了薩卡利亞，但實際上三人都沒有去過那個城鎮。他們只是聽大人說過，往南方街道走兩天之後就能夠到達薩卡利亞。但是那些大人裡面，又有幾個人是真的到過薩卡利亞又回來的呢……？

在尤吉歐內心越滾越大的疑問正式形成之前，愛麗絲一句「總之……」打斷了他的思緒。

「——總之，既然都來到這裡了，當然要進去看看囉。在那之前，我們先來吃便當吧。」

說完，她便從尤吉歐手上接過藤籃，然後在短短的野草與灰色砂石交界處坐了下來。而尤吉歐也像是被桐人「等好久囉，我都快餓死了」的歡呼聲催促著一樣，也跟著在草地上坐下。當他僅存的疑問被派的香味掩蓋過去時，胃部忽然開始發出強烈的空腹感。

愛麗絲將尤吉歐與桐人爭先恐後的手拍掉，接著把所有料理的「窗戶」叫了出來。她先確認所有料理的天命都沒問題，然後才把魚肉豆子派、蘋果胡桃派以及李子乾發給兩人。少女跟著又把水壺裡的西拉魯水倒進木杯裡，確認有沒有出問題。

好不容易獲得許可後，根本來不及說開動的桐人馬上就大口咬下魚肉派，然後邊咀嚼邊用相當難以聽清楚的聲音說：

「要是能在那個洞窟裡……發現一大堆冰塊，明天的午飯就不用像這樣吃得那麼趕了。」

把嘴裡的食物送進胃裡後，尤吉歐才歪著頭回答：

「不過仔細想想，就算順利拿到冰塊好了，我們又要怎麼保存它的天命呢？如果它在明天中午之前溶化，不就一點意義都沒有了嗎？」

「唔……」

桐人皺起眉頭，露出一副「我倒是沒考慮到這點」的表情，結果愛麗絲馬上輕鬆地說：

「趕快把冰塊拿回去，然後放進我家地下室，應該就能保持一個晚上了吧？拜託你們兩個，這種事一開始就要想好啦。」

又跟平常一樣被指責做事冒失的兩人，馬上像是要掩飾尷尬般拚命吃著擺在眼前的食物。雖然應該不是特地配合他們，但愛麗絲也用比平常還要來得快的速度吃完手裡的派，接著喝光西拉魯水。

少女把包著料理的白布仔細疊好收進空籃子裡，隨即站起身來。她拿著三個杯子來到河旁，利用河水迅速將杯子洗乾淨。

「嗚哇！」

愛麗絲邊發出怪聲邊洗完杯子，並在走回來時向尤吉歐打開用圍裙擦拭過的手。

「河水真的很冰唷！就像寒冬裡的井水一樣。」

仔細一看，她的小手果然已經凍紅了。尤吉歐不由得伸出手來包住愛麗絲的手，登時有一股舒服的冰涼感傳了過來。

「喂……別這樣啦！」

少女臉頰稍微染上了些跟手掌相同的顏色，同時立刻把雙手抽了回來。尤吉歐這才驚覺自己做出平常絕對不可能會做的行為，於是急忙搖著頭辯解：

「啊……沒有啦，那個……」

「好啦，差不多該出發了吧，兩位？」

桐人笑著這麼說，或許是以為這樣就能幫尤吉歐一把吧。但尤吉歐卻輕輕踢了一下他的腳，然後故意以粗暴的動作撿起水壺扛在肩上，毫不回頭地往洞窟入口走去。

二人一路追蹤的透明河水，這時候已經成了直徑大約只有一梅爾半左右的細流，而這也讓他們懷疑這真的是魯魯河的源頭嗎？崖底山洞流出來的細流左側，有一處與細流差不多寬的外突岩石平台，看起來似乎可以從那邊進到洞窟裡面去。

三百年前，侍衛長貝爾庫利可能也是踏著這塊岩石吧？尤吉歐這麼想著，下定決心往洞窟內部走去。一進到裡面，周圍的溫度便忽然下降，讓他忍不住搓著從短袖上衣露出來的雙臂。

藉由後方傳來的腳步聲確認其他兩人已經跟上後，尤吉歐又往前走了十步左右。

這時尤吉歐才注意到自己犯下一個重大的失誤，於是喪氣地轉過頭說：

「糟了……我沒有帶火把來耶。桐人你呢？」

才從入口往裡走不到五梅爾的距離，周圍就已經暗到無法看清楚另外兩個人臉上的表情了。尤吉歐對於竟然會忘記洞窟裡沒有任何光線的自己感到相當失望，但這時也只能把希望寄託在搭檔身上了，然而他卻沒想到對方竟然給了「你都忘記了，我怎麼可能會注意到呢！」這種回答，聲音中還充滿了奇妙的自信。

「我……我說你們兩個啊……」

兩人心裡雖然想著「今天到底聽到幾次這種無奈的語氣了」，但還是回過頭去看著那沒有光線卻依然閃耀的金髮。愛麗絲搖了好幾下頭後，才把手插進圍裙口帶裡，拿出一根細長的物體。他們仔細一看，發現那是剛開始冒險時摘下來的草穗。

少女把左手手掌靠近右手上的草穗前端並閉起眼睛。只見她櫻唇微張，接著尤吉歐聽不懂的神聖語便構成了某種奇妙咒文，迴盪在空氣中。

最後愛麗絲用左手迅速畫出複雜的印，草穗前端鼓起來的部分隨即發出藍白色亮光。光亮愈變愈強，讓洞窟裡的黑暗退得相當遠。

「嗚哦！」

「哇……」

尤吉歐與桐人不禁同時讚嘆。

兩人雖然知道愛麗絲在學習神聖術，卻一直沒有機會親眼看見她施術。因為根據阿薩莉亞修女的教導，利用生命神史提西亞、陽神索魯斯以及地神提拉利亞等力量施行的所有法術——當然闇神貝庫達之僕所使用的黑暗術例外——全都是為了守護世界的秩序與和平而存在，所以日常生活裡不能隨便使用。

尤吉歐一直認為，修女以及她的學生愛麗絲只有在村裡出現藥草無法治癒的病人或傷患時，才會使用神聖術。所以看見草穗上出現不可思議的光亮時，他忍不住對愛麗絲問道：

「愛、愛麗絲……為了這種事情使用法術沒關係嗎？會不會遭天譴還是什麼的……」

「哼，如果用這種程度的法術就要受天罰，我早就被雷劈中十幾次了。」

「…………」

在說「妳的意思是……」之前，愛麗絲便將右手上的發光野草伸到尤吉歐面前。尤吉歐反射性接下後，心裡才嚇了一大跳。

「我、我走最前面？」

「那還用說。難道你想讓弱女子走最前面？尤吉歐你在我前面，桐人你走我後面。別浪費時間了，快點走吧。」

「好、好啦。」

在愛麗絲強勢催促下，尤吉歐只得舉起手裡的光源，開始畏畏縮縮地往洞窟深處前進。

平坦的岩棚雖然不斷左彎右拐，依然還保有足以讓人行走的寬度。灰色岩壁在藍色亮光照耀下發出濕濡般的光亮，有時光線未及的黑暗處似乎還有某種小東西在竄動。但不論他們再怎麼專注地看著周圍，還是找不到任何像冰塊的物體。雖然天花板上有幾根像冰柱一般的灰色物體往下垂，但一看就知道只是普通的岩石罷了。

又往前走了幾分鐘後，尤吉歐才對背後的桐人低聲說了一句：

「喂……你不是說一進入洞窟就可以看到冰柱了嗎？」

「我有說過那種話嗎？」

「有！」

尤吉歐原本想逼近裝傻並移開視線的夥伴，愛麗絲卻用右手阻止了他，然後迅速低聲說：

「喂，把光線靠近我一點。」

「……？」

尤吉歐按照指示把右手的草穗靠近愛麗絲臉部。此時愛麗絲將嘴唇噘成圓形，接著對著光線呼出一口氣。

「啊……」

「怎樣，看見了吧？就像冬天一樣，能夠吐出白煙唷。」

「嗚哇，真的假的。難怪從剛才就覺得好冷……」

尤吉歐和愛麗絲無視自己抱怨起來的桐人，對著彼此點了點頭。

「外面雖然是夏天，但這洞窟裡頭卻是冬天啊。所以一定有冰塊才對。」

「嗯。再往前走一點吧。」

尤吉歐回過頭去，把草穗上的亮光對準似乎愈來愈寬闊的洞窟深處，然後再度踩著慎重的腳步往前走。

現在能聽見的，除了三人腳上皮靴磨擦岩石的聲音之外，就只有地下水的潺潺流動聲而已。即使已經如此靠近源頭，河水的流速依然沒有減弱。

「……如果能有艘船，回去時就輕鬆多了！」

走在最後面的桐人隨口這麼說，尤吉歐馬上警告他「講話別那麼大聲」。現在他們已經來到比預定計畫還要深的地方。雖然少年認為不可能，但是——

「喂——如果真的遇到白龍要怎麼辦？」

愛麗絲像是看透尤吉歐的心思般低聲問道。

「那當然……只能逃……」

尤吉歐也同樣壓低聲音來回答問題，但講到一半就被桐人悠哉的發言給蓋過去了。

「不用擔心啦。貝爾庫利是因為想偷寶劍才會被白龍追的吧？我們只是要拿幾根冰柱而已，牠不會怪我們啦——不過呢，如果能夠撿到一枚牠掉下來的龍鱗就好了……」

「喂，你別打歪主意啊，桐人。」

「你想想看嘛，如果我們拿著真正看到白龍的證據回去，那吉克他們一定羨慕死了。」

「別開玩笑了！話先說在前面，如果白龍追著你跑，我們一定會丟下你自己逃走的。」

「喂，你太大聲了吧，尤吉歐！」

「還不都是因為桐人你在那裡胡說八道……」

腳邊忽然傳來奇怪的聲響，尤吉歐馬上閉起嘴巴。「啪嘰」，這是踏碎某種東西般的聲音。少年急忙將右手的光源往右腳底下靠近，當他發現是怎麼回事時，忍不住叫出聲來。

「啊，你們看這個！」

他在彎下腰的愛麗絲與桐人眼前動了一下自己的腳尖。原來，灰色平滑岩石上的水灘表面已經結了一層薄冰。接著他便伸手抓起一片透明的薄膜。

放在手掌上的薄膜，幾秒鐘後便融化成了小水滴，但三個人已經互相看著對方的臉並露出了笑容。

「不會錯的，是冰塊。前面應該還有更多。」

尤吉歐說著便用光線照亮周圍，立刻便能看見有好幾個同樣結著冰的水灘反射出藍色光線。而且籠罩在黑暗當中的洞窟深處還能見到……

「啊……有好多發光的東西哦。」

正如愛麗絲所言，尤吉歐一動右手，隨即就有無數藍白色小光點出現。他們這時已經完全忘了白龍的事情，直接往那個方向小跑步前進。

當他們覺得應該又前進了一百梅爾左右時……左右兩邊的岩壁忽然消失了。

同一時間，足以讓人屏住呼吸的夢幻景象也出現在三人面前。

那是個讓人感覺不出身處於洞窟當中的寬廣巨大空間，明顯比村裡教會前面的廣場還要大上不止一倍。

周圍幾乎呈現圓形的牆壁，已經不再是剛才那種濕濡的灰色，看起來就像覆蓋著一層厚厚的淡藍色透明膜狀物一樣。而地面則出現讓人認同這裡就是魯魯河源頭的巨大池塘──不對，應該已經能稱為湖泊了，可是湖面完全沒有搖晃的跡象。原因在於，從岸邊到湖中央全部都凝結成冰了。

籠罩白色霧氣的湖泊上，到處都能見到比尤吉歐等人高出許多的柱狀物呈奇妙形狀往上凸起。細看才發現，都是些前端相當尖銳的六角柱。尤吉歐覺得，這東西簡直就像卡利塔爺爺給他看過的水晶原石一樣。但這些柱子又比水晶大出許多，也更加美麗。無數的透明藍色柱子吸收尤吉歐手中草穗所施放的神聖術光芒，並且往六個方向放射；緊接著光芒又再次互相反射，讓整個巨蛋狀空間處在朦朧光芒之下。愈往湖中央接近柱子的數量就愈多，使人無法一眼望穿湖面的中央部分。

它們全都是冰塊。無論是周圍的牆壁、腳底的湖面還是不可思議的六角柱，全都是由冰塊所形成。藍色壁面垂直往上延伸，在遙遠上空像是禮拜堂的屋頂般合併成了圓形。

三人完全忘記刺骨的寒意，吐著白煙呆呆站在原地過了好幾分鐘。一會兒後，愛麗絲才用略微顫抖的聲音說：

「……有這麼多冰塊，足夠冷凍村裡所有的食物了呢。」

「別說冷凍食物了，還能讓村子暫時變成冬天呢。喂——我們再往裡面去看看吧。」

桐人剛說完，立刻往前走了幾步踏上結冰的湖面。他慢慢把重量加到湖面上，最後終於讓兩腳同時站了上去；不過湖面早已結了厚厚一層冰塊，根本沒發出任何聲音。

平常這時該就輪到尤吉歐來警告這名行事莽撞的搭檔了，但這次就連他也壓抑不住自己的好奇心。只要想到說不定深處真的有白龍，就會讓人忍不住想到裡面去一探究竟。

尤吉歐高高舉起神聖術燈光，然後與愛麗絲一起追上桐人。小心不發出腳步聲的三人，就這樣躲在一根根柱子的陰影下朝著湖中心前進。

——如果能看見真正的龍，那可是件了不起的大事。要是真的辦到，我們的事跡也會變成傳頌幾百年的故事嗎？如果，真的只是如果，能辦到貝爾庫利都辦不到的事……也就是從白龍身邊帶回去什麼寶物，村長會不會重新考慮給予我們新的天職呢……？

「嗚！」

夢想愈來愈壯大的尤吉歐，因為鼻子撞上忽然停下腳步的桐人後腦而皺起臉來。

「別突然停下來啊，桐人。」

然而，搭檔卻沒有回話。反倒發出類似低沉呻吟般的聲音。

「……這到底是怎麼回事……」

「咦……？」

「這到底是怎麼回事啊！」

旁邊的愛麗絲也同時感到疑惑，於是尤吉歐便從桐人身邊往前方看去。

「你到底在說什……」

和尤吉歐看見同樣景象的愛麗絲，忍不住把剩下來的話吞了回去。

他們眼前出現了一座骨頭小山。

那全都是由藍色冰塊所構成的骨頭。上面發出來的硬質光輝，讓它們看起來就像水晶雕刻一般。各式各樣的巨型骨頭層層堆積起來，形成了一座比三人還要高的小山。而小山頂端更有一個巨大塊狀物，它非常有威嚴地顯示出這堆究竟是何種動物的骨頭。

尤吉歐認為那是一塊頭骨。它有著空洞的眼窩與細長的鼻孔，後側則有像角一樣的長形突起物，而外突的顎骨裡還有無數如利劍般的牙齒。

「白龍的……骨頭？」

愛麗絲低聲說道。

「牠死掉了嗎……？」

「嗯嗯……但是，牠的死因不單純。」

桐人回答的聲音已經恢復平靜，但尤吉歐還是從這名搭檔的聲音裡頭，感覺到他平常不怎麼展現的某種感情。

黑髮少年往前走了幾步，從腳邊撿起應該是白龍前腳的巨大鉤爪。他用兩手撐住似乎相當沉重的爪子並拿給另外兩個人看。

「你們看……上面有很多傷痕，而且爪子前端也被完整地砍斷了。」

「是和什麼東西發生戰鬥嗎……？但是有什麼生物可以殺掉龍呢……」

尤吉歐心裡也浮現跟愛麗絲相同的疑問。說到「北方白龍」，應該是住在包圍世界的盡頭山脈各處，保護人類免於受到黑暗勢力侵襲的世界最強善良守護者之一才對。到底是什麼樣的生物能殺得了牠呢……？

「這不是和野獸或是其他龍族戰鬥所留下來的傷痕。」

桐人用大拇指指肉劃過藍色鉤爪，冷靜地說道。

「咦……？那是什麼……」

「這是劍傷。殺掉這隻龍的是——人類。」

「但、但是……就連在央都御前大會裡獲得優勝的貝爾庫利都只能落荒而逃耶。一般劍士哪有可能……」

話說到這裡，愛麗絲便忽然像是想起什麼事情般靜了下來。接著已經變成巨大墓穴的冰湖便暫時籠罩在一片沉默當中。

幾秒鐘後，她嬌小的嘴唇裡才流出充滿敬畏之意的呢喃。

「……整合騎士……？是公理教會的整合騎士殺了白龍嗎……？」

3

身為法律與秩序之代言人的整合騎士，竟然會殺掉同樣是善良象徵暨人界守護者的白龍。尤吉歐至今為止的十一年人生從沒懷疑過世界架構，對他來說，這實在是個相當難以接受的想法。他因為這難以吞嚥又無法咀嚼的問題痛苦了一陣子後，才像是要尋求答案般將目光往旁邊的搭檔移去。

「……我也不懂。」

然而，桐人的呢喃又帶來了更大的混亂。

「說不定……闇之國裡也有很強的騎士，殺掉白龍的就是那個傢伙……但如果真有這種事，白龍死掉後，闇之國應該會派軍隊越過盡頭山脈才對吧——至少我們可以知道，下手的人並不是為了奪取寶物……」

說完，桐人走到龍的遺骸旁邊，默默把鉤爪放回骨頭山上。相對地，他又從山的底部抽出某樣長形物體。

「嗚哦……好重哦……」

他搖搖晃地把手裡的東西拖行了一梅爾左右，然後展示給尤吉歐與愛麗絲看。

那是一口有著白色皮革劍鞘與白銀劍柄的長劍。劍柄還鑲著精緻的藍色薔薇圖樣，讓人一看就知道比村裡的任何一把劍都要有價值。

「啊……這難道就是……」

愛麗絲瞪大雙眼低語，而桐人則是點了點頭並回答：

「嗯。這應該就是貝爾庫利想從沉睡白龍懷裡偷出來的『藍薔薇之劍』了。殺掉龍的傢伙為什麼沒有把它拿走呢……」

桐人說著便彎下腰去，用兩手握住劍柄準備將它從地上拿起來，但他用盡全力也只能把劍從冰面上抬起十限左右的高度。

「……不行了！」

桐人大叫一聲後放開雙手，長劍再度落地並發出沉重的聲音。從厚重冰層也出現小裂痕這點來看，這把外表看起來相當纖細的劍似乎具有令人難以想像的重量。

「……這玩意兒要怎麼辦？」

尤吉歐一這麼問，站起身來的搭檔便輕輕搖了搖頭。

「我們兩個連揮砍樹的斧頭就哇哇叫了，即使一起扛也沒辦法把它帶回去啦。不過……骨頭底下好像還有很多寶物就是了……」

「……嗯，但我什麼也不想拿耶……」

愛麗絲沉穩的聲音，讓其他兩人同時點了點頭。

如果能在不吵醒白龍的情況下偷偷帶點小戰利品回去，這回就是一場可以向其他孩子們大肆炫耀的冒險，不過，若是現在從這個地方拿走寶物，他們就變成盜墓賊了。禁忌目錄裡頭雖然禁止「竊盜」，但那是只對人類而言，目前的情況應該不包含在內，但凡事也不是不犯禁忌就能為所欲為。

尤吉歐再度看了一下桐人與愛麗絲，然後點頭說：

「我們就按照原定計畫只拿冰塊回去吧。這樣一來，就算白龍還活著，也一定會允許我們把東西帶走才對。」

說完，他馬上靠近旁邊的冰柱，然後用鞋子朝底部那些像新芽般隆起的無數微小冰晶踢去。接著尤吉歐撿起隨清脆聲音碎裂的冰塊遞給愛麗絲，少女隨即打開空藤籃的蓋子，把冰塊放了進去。

有好一陣子，三人便這樣默默進行踢冰柱然後把冰塊碎片塞進藤籃裡頭的作業。當冰柱底部的結晶都清乾淨後，他們便換到下一根冰柱去，然後重覆同樣的動作。不到幾分鐘的時間，大藤籃裡已經裝滿像藍色透明寶石般的結晶了。

「嘿……咻……」

隨著呼喝聲抬起藤籃的愛麗絲，開始專注地看著手臂上的光點群。

「……好漂亮。總覺得帶回去害它們融化掉實在太可惜了。」

「只要我們的便當能因此保存得比較久，那就不枉費它們的犧牲啦。」

愛麗絲對桐人現實的發言繃起臉來，接著迅速把籃子拿到這名黑髮少年面前。

「咦，回程也要我拿嗎？」

「那還用說嗎，這很重耶。」

一看兩人馬上又要跟平常一樣開始鬥嘴，尤吉歐趕緊表示：

「那換我來拿吧——話說啊，再不走可能就沒辦法在傍晚之前回到村子裡了。我們進洞窟也差不多有一個小時了吧？」

「嗯……看不見索魯斯就不太清楚時間了呢。神聖術裡面有沒有什麼能夠告訴我們現在時間的法術啊？」

「才沒有呢——！」

愛麗絲迅速把臉別到一邊去，眺望著寬廣湖面彼方那個能看見的小小出口。

接著她又把臉轉往反方向，看著另外一邊的出口。

然後，少女皺起眉頭說：

「——喂，我們是從哪邊進來的啊？」

尤吉歐與桐人立刻充滿自信地指出剛才走進洞窟的方向。但兩個人所指的出口卻完全相反。

當「有三人留下來的腳印那邊是出口」（但光滑的冰床上根本連凹陷都沒有）、「有湖水流出去的是出口」（兩邊都有湖水流出）、「龍頭看的那邊是出口」（結果那顆頭根本沒有面對兩邊出口）等意見全部落空之後，愛麗絲終於像是相當有把握般說出了自己的見解。

「對了，尤吉歐剛才不是踩破了水灘表面的薄冰嗎？我們就往出口方向前進，如果發現那些碎冰，也就代表那裡是正確方向了。」

她這麼一說，其他兩人才發現確實如此。尤吉歐因為自己竟然沒想到這一點而感到羞愧，於是直接乾咳了幾聲來掩飾，接著點了點頭說：

「好，既然如此，那我們就先往近一點的出口去看看吧。」

「不過我仍然覺得應該是另一邊耶……」

桐人依舊不死心地嘟囔。尤吉歐用左手推了一下好友的背，接著高舉起右手的草穗，往眼前水路踏去。

當四處反射光源的冰柱從周圍消失時，原本感覺相當可靠的神聖術亮光，也不禁讓人覺得有些單薄。三人的腳步，也因此在不知不覺中愈來愈快。

「……真是的，竟然會忘記回去的路，簡直就像故事裡的貝林兄弟一樣嘛。早知道我們也該在路上灑樹果，反正洞窟裡又沒有鳥會把它們吃掉。」

桐人故作輕鬆的玩笑，讓尤吉歐覺得「原來這個粗枝大葉的搭檔也會不安啊」，心情反而因此稍微放鬆了一些。

「少胡說八道了，你哪有帶什麼樹果。如果真的要記取教訓，你就馬上把衣服脫下來放在分歧路線前面吧。」

「饒了我吧，這樣會感冒耶。」

桐人說完便故意打了個噴嚏，而愛麗絲則是啪一聲用力拍了一下他的背。

「喂，別說傻話了，趕快仔細檢查地面。如果沒找到剛才踩破的薄冰就麻煩了……不過話又說回來……」

她講到這裡便停了一下，皺起弓形的眉毛後再度開口：

「我們已經走了好一陣子，還是沒看到踩碎的薄冰……會不會是對面那個出口啊？」

「不是啦，還要再往前一點吧……啊，等等，安靜一下。」

由於桐人忽然把手指放在嘴唇上，因此尤吉歐與愛麗絲也立刻閉起嘴巴。兩人就這樣按照桐人吩咐，豎起耳朵傾聽。

確實，有某種聲音混在潺潺水聲裡傳了過來。那聲音忽高忽低，有點像是哀傷的笛音。

「啊……是風聲嗎？」

愛麗絲輕聲咕噥。尤吉歐也認為，那確實很像風吹過樹梢所發出來的聲音。

「快到外面了！這邊果然是出口，快點走吧！」

感到安心的他大叫了起來，接著馬上往前跑。

「喂，在這裡跑步會跌倒唷。」

愛麗絲嘴裡雖然這麼說，但她腳下同樣踩著輕快的腳步。然而桐人卻帶著狐疑的表情跟在兩人後面。

「可是……夏季的風會發出那種聲音嗎？怎麼好像……冬天的寒風呢……」

「山谷裡的風就是這麼強啊。總之趕快離開這個地方吧。」

猛烈晃動右手光源的尤吉歐在洞窟裡小跑步前進，他心裡有股想快點回到村裡與家中的念頭湧起。到時候跟愛麗絲要一塊冰塊碎片拿給家人們看，一定能讓他們嚇一跳吧。

不過，冰塊馬上就會融化。果然還是應該從寶物裡拿一枚古銀幣才對嗎……他想到這裡時，發現前方幽暗處已經能看見一小道光線。

「是出口！」

他笑著大叫，但馬上又繃起臉來。那是因為光芒稍微有些泛紅的緣故。進入洞窟時剛好是中午，原本以為只在裡面待了一個多小時，但這樣看起來已經在地下世界花了不少時間。如果索魯斯已經開始下山，不全速趕路可能就來不及在晚餐前回到村子裡了。

尤吉歐因此加快了腳步。迴盪在洞窟內的尖銳風聲，此時已經蓋過了流水聲。

「喂，尤吉歐，等一下啊！好像有點不對勁，現在應該差不多只有兩點左右而已……」

愛麗絲在後面發出了不安的聲音。但尤吉歐依然沒有停下腳步。他已經不想冒險，只想要盡快回到家裡——

左彎、右拐，接著又往右轉了一次之後，紅色光線終於覆蓋住整個視野。出口就在前方數十梅爾處了。尤吉歐瞇起已經習慣陰暗的眼睛並漸漸放慢步伐，最後完全停了下來。

洞窟已經到了盡頭。

然而出現在眼前的，並非尤吉歐所知道的世界。

天空一片赤紅，但不是夕陽的顏色。說起來，這裡根本到處都看不見索魯斯的存在。只有一片暗沉的紅色在眼前無限延伸，宛如熟透山葡萄所滴下的汁液——也可以說彷彿灑滿了羔羊的鮮血。

至於地面，則盡是黑色。無論是遠方連綿不絕的異樣高聳山脈、眼前的幾座奇異岩山，甚至是隨處可見的水面，全都像使用過的木炭般漆黑。只有呈不規則狀扭曲的樹皮表面，呈現跟磨過骨頭一樣的白色。

宛如要撕裂所有物體的強風，讓枯木樹梢為之震動，聽起來就像持續不斷的哀嚎。這無疑就是他們在洞窟裡頭聽見的風聲了。

這種場所，這遭到諸神遺棄的世界，絕不可能是尤吉歐他們所生活的人界。如此一來，三人現在所見的光景便是——

「黑暗……領域……」

桐人沙啞的聲音，馬上就被寒風給帶走了。

公理教會之威所不能及的區域，信奉闇神貝庫達的魔族之國。這個原本只存在於村裡耆老們所說故事中的世界，此刻就在他們眼前幾步之處。想到這裡，尤吉歐的頭腦深處瞬間凍結，除了呆立在現場之外，他完全做不出任何的反應。簡直就像是——有生以來首次接觸到的情報，大量流進內心某塊從未使用過的區域，讓他的思考能力根本無法處理這些資訊。

在一片空白的腦袋中，只有禁忌目錄最初的一段文字發出刺眼光芒。那是昨天和愛麗絲說話時，自己根本想不起來的第一章第三節第十一項。「不論任何人，一律禁止越過包圍人界的盡頭山脈」。

「不行……不能再前進……」

尤吉歐拚命動著僵硬的嘴巴，擠出這麼一句話來。他張開雙手，想要讓背後的桐人與愛麗絲往後退。

就在這時，某種堅硬又尖銳的聲音從頭上傳了過來。尤吉歐立刻嚇得渾身發抖，反射性地抬頭仰望紅色天空。

在血色天空當中，能看見白色物體與黑色物體正在纏鬥。

兩種物體看起來都只有豆粒般大小，這想必是因為他們都飛翔於非常高的地方吧。不過，兩者的實際大小應該都遠超過人類才對。兩個飛行體不斷交換彼此位置，忽遠又忽近；在雙方交錯的瞬間，還能聽見斷斷續續的金屬聲。

「是龍騎士……」

身邊同樣抬頭看著天空的桐人以沙啞的聲音呢喃。

正如搭檔所言，纏鬥的兩者似乎是有著長長的脖子與尾巴加上三角形雙翼的巨大飛龍。而在牠們的背上，也確實能看見拿著劍與盾的騎士人影。白龍身上的騎士穿著白銀鎧甲，而黑龍身上的則一身漆黑鎧甲。三人甚至還能見到白騎士手裡的劍發出炫目光芒，黑騎士手裡的劍則散發出濃稠瘴氣。

每當兩名龍騎士的劍刃互擊，便會傳來雷鳴般的衝擊聲，空中也跟著迸發出大量火光。

「白色的……是教會的整合騎士嗎……」

桐人聽見愛麗絲的低語後，微微點了點頭。

「應該是吧……而黑色的大概是闇之國的騎士……看來實力和整合騎士不相上下呢……」

「怎麼可能……」

尤吉歐忘我地輕輕搖了搖頭。

「整合騎士是世界最強的。不可能輸給闇之國的騎士。」

「不見得吧。我看雙方的劍技差不了多少喔，兩邊都無法突破對方的防禦。」

桐人才剛這麼說完，白騎士就像聽見他所說的話一般，用力扯住龍的韁繩以拉開間距。而黑龍則是為了靠近對方而拚命拍動翅膀。

但是，就在兩者距離縮短之前，迅速回頭的白龍便將脖子往後一縮，做出了蓄力般的動作。然後牠更以迅雷不及掩耳的速度把脖子往前挺，大大地打開下顎。緊接著，立刻有藍白色火焰筆直地從牠牙齒深處迸出，包住了黑騎士全身。

足以蓋過風聲的轟然巨響，穿透了尤吉歐的耳朵。黑龍看似十分痛苦地扭曲著身體，在空中失去了平衡。整合騎士沒放過這個機會，不知何時已經把劍換成赤銅色巨弓的他，立刻射出一隻長而粗大的箭矢。

在空中拖著些微火焰軌跡的箭，準確地射穿了黑騎士胸口。

「啊……」

愛麗絲發出了近似慘叫的細微聲響。

兩翼皮膜幾乎被燒盡的黑色飛龍，因為失去飛翔能力而在空中劇烈掙扎。龍背上黑騎士就這麼給牠甩了下來，拖著噴出來的血沫筆直地朝尤吉歐等人所呆立的洞窟落下。

首先是黑劍插入砂石地面發出清脆的聲響，接著騎士也墜落在距離三人不到十梅爾的地方。最後黑龍撞上遠方的岩山，發出一陣漫長的臨終哀嚎後就一動也不動了。

在三個小孩子無聲地凝視之下，黑騎士像十分痛苦般掙扎著想撐起上半身。可以看見他發出暗沉光芒的金屬胸甲已經被穿了個大洞。這時騎士埋在厚重面罩下而幾乎看不見肌膚的臉筆直地轉向尤吉歐等人的方向。

那隻微微顫抖的右手，就像要求助般朝三人伸了出來，但隨後立刻有大量鮮血從鎧甲的喉頭處迸出，騎士也就隨著沉重的聲音倒下了。紅色液體很快地從一動也不動的身體下方往外擴散，最後滲進黑色砂石的縫隙當中。

「啊……啊……」

尤吉歐右側的愛麗絲發出了細微聲音。她彷彿被吸引過去般踩著踉蹌腳步往前進——似乎準備走到洞窟外面。

尤吉歐無法做出任何反應。但左邊的桐人登時低聲喊了一句「不行！」以制止。聽見這道聲音的愛麗絲，身體忽然一抖，隨即準備停下腳步。然而少女腳底絆了一下，讓她的身體整個往前倒去。這回尤吉歐與桐人一同反射性地伸出手來，試圖抓住愛麗絲的衣服。

但伸出去的兩隻手最後都揮了個空。

愛麗絲拖著長長的金髮倒在洞窟地面上，並且輕輕叫了一聲。

其實她只不過是跌倒而已。就算叫出「窗戶」來確認，也能看見天命只不過減少了一兩點。但目前的問題，並不在跌倒這件事上，而是倒地少女筆直往前伸出的右手，已經越過洞窟泛藍灰色地面與黑炭色地面之間異常明顯的界線，足足有二十限了。她潔白的手掌已經碰到了漆黑沙粒，也就是闇之國——黑暗領域的大地了。

「愛麗絲……！」

桐人與尤吉歐異口同聲地大叫，伸出雙手緊緊抓住愛麗絲的身體。平常要是這麼做，可不只是挨她的罵就能了事，但現在兩名男孩只是專注地站穩腳步，迅速將愛麗絲拉回洞窟中。

少女被兩人拉起後，雖然還是瞪大眼睛看著倒在地上的黑騎士，然而不久後便低頭往自己的右手看去。她飽滿的手掌上，還殘留著幾顆小砂石。這些漆黑物體，看起來就像刻劃在她手上的印記一般。

「…………我……我……」

愛麗絲以幾乎聽不見的聲音呢喃，尤吉歐則是忘我地把雙手往她右手伸去。他擦著愛麗絲的手掌把砂石拍落，同時拚命地安慰她：

「不、不要緊的，愛麗絲。妳又沒有離開洞窟。只不過手稍微碰到一下地面而已。這樣根本不算觸犯禁忌吧？桐人，你說對吧！」

他抬起臉來，以求救的眼神看著搭檔。但桐人這時並沒留意尤吉歐與愛麗絲，只是單腳跪在地上，以敏銳的視線打量周圍環境。

「桐、桐人，你怎麼了？」

「…………你沒感覺到嗎，尤吉歐。好像……有人……有某種東西存在……」

這句話讓尤吉歐皺起眉頭，跟著看了一下周圍。但洞窟裡別說是人了，根本連一隻小蟲也看不見。映入眼簾的，就只有十梅爾外應該早已氣絕身亡的黑騎士而已。獲勝的整合騎士，不知何時已經從空中消失了。

「你想太多了，現在還是……」

趕快帶著愛麗絲回到洞窟的另一邊去吧。

當尤吉歐準備這麼說時，桐人忽然用力抓住他的肩膀。少年繃著臉將視線往搭檔身上移去，接著他的身體也整個僵住了。

洞窟天花板附近，確實有奇妙的東西存在。

那是個像水面般不停搖晃的紫色圓形。直徑五十限左右的圓形裡，可以看見一張——朦朧的人類臉孔。一張看不出是男是女、是老是少的扁平臉孔。對方皮膚相當白皙，頭上沒有任何頭髮。整個瞪大的圓形雙眼裡，看不出任何感情。不過尤吉歐馬上就感覺到，那雙眼睛所看的不是自己或桐人，而是陷入呆滯狀態坐在地上的愛麗絲。

接著這張臉的嘴便動了起來，透過紫色膜傳出奇妙的話語。

「Singular unit detected.ID tracing……」

臉孔不停眨著看起來像玻璃球的雙眼，再度發出謎樣的聲音：

「Coordinate fixed. Report complete.」

接著，紫色窗子便忽然消失了。現在才注意到剛剛那些奇異語言和神聖術咒語有些類似的尤吉歐，急忙看著愛麗絲與桐人，最後又看了看自己的身體，所幸沒有什麼特別的變化。

不過，這實在是樁讓人無法忘記的奇怪事件。尤吉歐和搭檔互看了對方一眼，然後一起扶愛麗絲站起身來，抱著不斷發著抖的青梅竹馬往洞窟深處——他們來時的方向小跑步而去。

自己究竟怎麼是回到村子裡的？尤吉歐其實已經不記得了。

他們直接往回衝到白龍骨頭長眠處的湖泊，接著便一股腦地往另一邊出口跑去。即使濕濡的岩石讓他們滑了好幾跤，三人依舊只花了來時數分之一的時間便跑完漫長的洞窟。當他們好不容易看見出口的白光並衝出去時，外面還是那個充滿午後陽光的森林入口。

但是，尤吉歐內心的不安沒有因此消失。現在只要想到那個紫色窗子可能還會在身後打開，而那張奇怪的白臉也會再度出現，他就沒辦法停下腳步來休息。

三個人只是安靜且拚命地走，沿路穿過小鳥們和平唱著歌兒的樹木之下，以及小魚群你來我往的透明小河邊。接著又直接越過可能是北方山峰的山丘，通過雙子池，好不容易才來到北盧利特橋旁。

又走了一會兒，回到早晨集合時的老樹樹根下，此時三人胸中的安心感實在是難以用筆墨形容。他們互看一眼，這才露出微笑。只不過笑容看起來仍然相當僵硬就是了。

「愛麗絲，這個……」

桐人說完便把手裡沉重的藤籃遞了出去。雖然籃裡裝滿了今天冒險的成果「夏天的冰塊」，不過尤吉歐發現自己根本忘記了籃子的存在。他為了化解自己的尷尬，故作平靜地說：

「一到家就馬上放進地下室裡比較好哦。這樣應該就能撐到明天了吧？」

「…………嗯，我知道了。」

愛麗絲表現出跟平常完全不同的反應，乖乖點頭並接過籃子。她看了看兩名男生的面容後，總算露出了平常的清澈笑容。

「好好期待明天的便當吧。我會發揮實力，做些好菜來犒賞你們的。」

當然尤吉歐與桐人都沒有老實地說「發揮實力的人應該是莎蒂娜大嬸吧」。他們交換了一下眼神，然後兩人一起用力地點頭。

「……喂，你們剛才的眼神是怎麼回事啊！」

愛麗絲露出懷疑的表情說道。但兩名少年只是分別拍著她的肩膀，異口同聲地說——

「沒什麼啦！我們快回村子裡去吧！」

三人走在真正的夕陽下，回到村子裡的廣場，於是尤吉歐便在這裡和住在教會的桐人以及要回村長家的愛麗絲分手。當他回到村子西側的自家時，只差幾秒六點的鐘聲便要響起了。

在最後關頭才趕上的晚餐餐桌上，尤吉歐只是默默地進食。雖然能確信哥哥、姊姊，甚至是父親與祖父都沒有經歷過今天這樣的冒險，但不知道為什麼，自己就是提不起精神來向他們炫耀一番。

他實在沒辦法說，自己親眼看見了闇之國、整合騎士與黑騎士的激烈戰鬥，以及最後出現的奇妙臉孔。另外，他也相當害怕看到家人聽到這些話時會有什麼樣的反應。

這晚早早上床的尤吉歐，在心裡告訴自己要忘了冒險最後所見到的東西。如果他不這麼做，一直以來對公理教會與整合騎士所抱持的敬畏與憧憬，似乎就要被另一種感情所取代了。

4

索魯斯下沉又升起——接著又是跟以前沒有兩樣的日常生活。

原本休息日隔天要出發前往工作場所時，總是會讓人覺得有些憂鬱，但今天尤吉歐卻有種安心的感覺。他心想，最近還是別再去冒什麼險，好好努力砍樹才是最實在的選擇，接著走出南門在麥田與森林的交界處與桐人會合。

尤吉歐注意到，認識多年的搭檔臉上也流露出些微的安心感。而對方似乎也在尤吉歐臉上發現了相同的表情。兩個人為了掩飾自己的不好意思而相視一笑。

兩人從走入森林小徑不久後可到達的小屋裡拿出龍骨斧，接著又往前走了幾分鐘來到基家斯西達的根部。雖然今後的人生大概得一直砍著眼前的巨大樹幹，但尤吉歐現在卻覺得這也是件幸福的事。

「那麼今天也一樣，會心一擊次數較少的人要請喝西拉魯水唷。」

「最近一直都是你在請客吧，桐人？」

經過這已經有點算是必經儀式的鬥嘴後，尤吉歐便舉起了斧頭。最初的一擊馬上就發出了相當悅耳的聲音，他認為今天的狀況相當不錯。

中午之前，兩個人便以平時難得出現的高比例不斷朝樹幹揮出會心一擊。但不可否認，這是因為——只要他們不把注意力集中在斧頭上，腦袋裡似乎就會浮現昨天所見的那幅畫面。

在連砍五十斧的比賽中，兩個人各自砍出了九記會心一擊後，尤吉歐的肚子已經餓得咕嚕咕嚕響了。

他邊擦著汗邊抬頭仰望天空，隨即發現索魯斯已經快要來到天空的中央。依照往常的狀況，只要各自再握一次斧頭，愛麗絲送午飯的時刻便會來到。而且，今天還有能夠慢慢吃的派與冰涼的牛奶。光是想到這裡，他空蕩蕩的胃便開始發疼。

「哎唷……」

尤吉歐光顧著想午飯，手勢馬上產生了偏差。於是他先用手帕擦了擦滿是汗水的雙掌，接著才慎重地重新拿起斧頭。

這時，天空突然間暗了下來。

尤吉歐抬頭看著天空，心想要是下雷陣雨可就麻煩了。

在基家斯西達往四面八方伸展的枝葉籠罩下，只能看見些微的藍天，但他這時卻看見在相當低的空中有道黑影快速通過。他的心臟霎時一緊。

「飛龍……？」

尤吉歐忍不住叫了起來。

「喂……桐人，剛才的是！」

「嗯，是昨天的整合騎士！」

搭檔的聲音中，也帶著深沉的恐懼。

呆立在現場的兩人視線前方，可以看見背上乘著白銀騎士的飛龍掠過樹梢，筆直地消失在通往盧利特村的方向。

他為什麼會出現在這種地方呢？

在蟲鳥似乎也感到畏懼的完全寂靜當中，尤吉歐茫然地這麼想著。

整合騎士是秩序守護者，負責制裁反抗公理教會的人。在這個由四帝國分割統治的人界裡，已經沒有反抗組織或集團；現在，整合騎士的敵人應該就只有闇之國的軍隊而已。因此尤吉歐聽說，騎士們經常在盡頭山脈外側的區域作戰，而他昨天也親自目擊了那個景象。

沒錯，昨天是他首次見到真正的整合騎士。自出生以來，他從沒看過騎士像這樣來到村裡。但是，現在為什麼會——

「難道……難道，是來抓愛麗絲……」

旁邊的桐人這麼低聲說道。

此話一出，當時聽見的奇妙聲音再度於尤吉歐耳朵深處清楚地響起。紫色窗子後面，那個長相奇特的人口中那段奇妙咒文，讓他就像被潑了盆冷水般打起冷顫。

「不會吧……怎麼、怎麼可能……就為了那種事情……」

少年在回應的同時轉過頭，向搭檔徵求同意，但桐人還是一臉嚴肅地盯著騎士飛去的方向。過了一會兒後，桐人才筆直看著尤吉歐的眼睛並簡短地喊了一聲：

「走吧！」

他出於某種原因一把搶走尤吉歐手裡的龍骨斧，接著直線朝北跑去。

「喂……喂！」

似乎有什麼重大的事情要發生了。內心有這種強烈預感的尤吉歐也往地面一蹬，拚命跟在桐人身後跑。

他們避開熟悉的森林小徑上那些樹根與岩石，使盡全力狂奔，最後一起來到貫穿麥田的街道上。這時就算抬頭看天空，也已見不著飛龍的身影。於是桐人稍微放慢腳步，大聲對著在剛結穗麥田中間茫然望著天空的農夫問道：

「利達克大叔！龍騎士往哪邊去了？」

農夫這才以一副大夢初醒般的模樣看著尤吉歐他們，眨了好幾下眼睛後才好不容易回答：

「啊……啊啊……好像降落到村裡的廣場去了……」

「謝啦！」

才剛道完謝，兩人便再度全力往前衝刺。

街道和田裡，隨處都可見到數名聚集在一起的村民們呆呆站著。恐怕就連耆老們也沒人實際見過整合騎士吧，每個人都只是用不知所措的表情茫然望著村子的方向。而桐人和尤吉歐就只是拚命地從這些人身邊跑過。

穿越村子的南門，跑完短短的商店街並越過一座小石橋後，兩人終於見到了目標物。他們摒住呼吸，同時停下腳步。

教會前廣場的北半部，已經遭到飛龍的長頸與尾巴佔領了。

飛龍巨大的雙翼收在身體兩側，整棟教會幾乎都被牠的身軀給遮住。牠身上的灰色鱗片與著裝在各個部位的鋼製鎧甲反射索魯斯的光芒，讓牠看起來就像座冰雕一樣。只有像血一般的紅色眼睛毫無感情地往下看著廣場。

飛龍前面，則站著更加耀眼的白銀騎士。

他比村子裡的任何人都要高大，身體全部覆蓋在磨得像鏡子般的重鎧之下，就連關節部分也綁著相當細的銀鍊。模倣飛龍頭部的頭盔，除了額頭部分有一根角之外，兩側也各有一根往後延伸的長長裝飾角，完全放下來的面罩則遮住了騎士的臉。

他的左腰上有一把銀柄長劍。背上則有一把全長約一梅爾半的赤銅色巨弓。他無疑就是昨天尤吉歐等人在洞窟裡抬頭往上看時，射殺了黑色龍騎士的那個整合騎士。

騎士從有著十字開孔的面罩裡，無言地掃視廣場南側，聚集在那裡的數十名村民已經一起低下頭去。當尤吉歐在最後一排村民裡看見拿著藤籃的少女，才稍微放鬆了肩膀的力道。跟平常一樣穿著藍色裙子白色圍裙的愛麗絲，似乎正從大人們的身體縫隙中緊盯著整合騎士。

尤吉歐用手肘碰了一下桐人的側腹打了個暗號，接著兩人便彎下身子開始移動。他們好不容易才來到愛麗絲身後，接著輕聲叫喚少女的名字。

「愛麗絲……」

青梅竹馬晃著金髮回頭一看，馬上露出驚訝的表情並準備開口。但在少女出聲之前，桐人便已經把手指放在嘴唇上要她安靜了下來，然後才低聲說道：

「愛麗絲，安靜一點。趁現在趕快離開這裡比較好。」

「咦……為什麼？」

同樣以細微聲音回答的愛麗絲，似乎完全沒察覺自己即將大禍臨頭。而要不是桐人這麼說，尤吉歐可能也沒注意到有這種可能性。

「沒有啦……只是覺得那個整合騎士可能……」

尤吉歐瞬間不知道該如何解釋，就在這個時候……

村人之間傳出了幾道細微的聲音。三人抬頭一看，發現有一名高大男性正由村公所的方向往這裡走過來。

「啊……是爸爸。」

愛麗絲輕聲說道。男人正是她的父親——盧利特村現任村長，卡斯弗特．滋貝魯庫。身材結實的他穿著簡樸的皮革上衣，一頭黑髮與嘴唇上方的鬍子都修剪得相當整齊。他從前任村長那裡繼承天職僅僅四年，已讓他成了深受村民們尊重的名士，那對炯炯有神的目光便是最好的證明。

卡斯弗特毫不畏懼地孤身來到整合騎士面前，然後依照公理教會的禮儀將雙手在身體前面合攏並行了一禮。當他抬起臉時，便立刻用清晰的聲音報上姓名。

「敝姓滋貝魯庫，是盧利特村的村長。」

眼前的公理教會整合騎士比卡斯弗特高了足有兩個拳頭。騎士點點頭，讓鎧甲發出輕微的聲響，接著才首次出聲表示：

「我是統括管理諾蘭卡魯斯北域的公理教會整合騎士，迪索爾巴德．辛賽西斯．賽門。」

那嗓音十分奇特，讓人有點難以相信是由人類喉嚨所出。帶有鋼鐵質感的餘韻傳透了整座廣場，讓在場所有村民安靜了下來。連距離二十梅爾以上的尤吉歐，也因為感覺騎士的聲音直接透入額頭而繃起臉來。當然，村長卡斯弗特也因為對方的壓迫感而退了半步。

但卡斯弗特馬上展現驚人的膽量，端正了姿勢後再度以光明正大的態度表示：

「管理人界的整合騎士閣下竟然來到我們這個邊境的小村，實在讓我們感到榮幸之至。雖然這裡沒有什麼山珍海味，但我們還是想為閣下準備歡迎的宴會。」

「我正在執行公務當中，這番好意就心領了。」

騎士大聲如此宣告著，然後從面罩底下露出冰冷的眼神——接著繼續說出以下的宣言：

「卡斯弗特．滋貝魯庫之子愛麗絲．滋貝魯庫，因觸犯禁忌條例而須加以逮捕，並將在帶往央都接受審問後處以極刑。」

站在附近的愛麗絲背部開始微微發抖。但尤吉歐與桐人卻發不出任何聲音，也沒辦法有任何反應。他們腦裡只是不斷重複著騎士剛才所說的話。

村長那強健的身體也跟著晃了一下。他稍微能看見的側臉短暫但相當明顯地產生了扭曲。

經過漫長沉默之後，卡斯弗特失去元氣的聲音再度響起。

「……騎士閣下，我的女兒到底犯了什麼樣的罪呢？」

「禁忌目錄第一章第三節第十一項，侵入黑暗領域之罪。」

這個瞬間，一直屏氣凝神聽著兩者之間對話的村民們立刻產生一陣騷動。小孩子們瞪大了雙眼，大人們嘴裡則不停唸誦著教會的聖句並劃出避邪印記。

這時尤吉歐和桐人才在本能之下產生了反應。他們把身體擋到愛麗絲前面，緊緊靠著對方的肩膀，把少女的身影從村人眼前遮住。但他們也因此沒辦法做出其他動作。這時要是貿然行動，鐵定馬上就會引起大人們的注意。

尤吉歐腦袋裡只是不斷重複著一句「怎麼辦、怎麼辦」。雖然胸口持續湧起一股得立刻展開行動的恐慌，他卻不知道該怎麼做才好。

只能呆立在現場的少年，看著眼前的村長卡斯弗特深深垂下頭，好一陣子沒有任何動作。

「沒問題的，那個人一定會想辦法」，尤吉歐心裡這麼想。雖然不常和卡斯弗特村長交談，但尤吉歐一直認為他是村裡的大人當中，除了卡利塔爺爺之外最值得尊敬的人物。

但是——

「……那麼，我馬上叫小女過來，希望她本人能把事情說清楚。」

村長抬起頭來後，居然說出這種話。

不行啊！絕對不能讓愛麗絲出現在整合騎士面前。尤吉歐才剛這麼想，整合騎士便舉起右手讓鎧甲也跟著發出聲響。看見他的指尖筆直地朝向這裡，尤吉歐感覺自己的心臟似乎就要停止跳動了。

「沒有那個必要。愛麗絲·滋貝魯庫就在那裡。我命令你還有你……」

騎士動著手臂，依序指著人群當中的兩名男性。

「把那個女孩帶到這裡來。」

尤吉歐眼前的村民立刻散開。此刻整合騎士與愛麗絲之間，只剩下自己與桐人而已了。

兩名認識的村民慢慢從空出的路上走來。他們臉上已經失去血色，兩眼也顯得十分空洞。

男人們用蠻力將站在愛麗絲面前的桐人與尤吉歐拉開並推向左右兩邊，然後從兩側抓住愛麗絲的手臂。

「啊……」

愛麗絲雖然發出細微的叫聲，但她依舊立刻堅強地咬緊嘴唇。跟平常一樣帶著淡粉紅色的臉頰浮現微笑，然後像是要表示「不要緊的」一般，向尤吉歐與桐人點了點頭。

「愛麗絲……」

就在桐人輕聲叫喚的瞬間，愛麗絲的雙手便被粗暴地拉起，她右手所拿的藤籃也掉了下去。藤籃的蓋子因而打開，裡面的物品直接滾落到石頭地板上。

愛麗絲還來不及將東西撿起，便被兩名村人拉了起來，直接帶到整合騎士面前。

尤吉歐緊緊盯著翻倒在地的藤籃。

派以及硬麵包已經全部用白布包起來，而縫隙間則全填滿了碎冰。有一部分冰塊掉了出來，於太陽下反射出閃亮的光芒。在尤吉歐的凝視當中，石頭上的冰很快地就因為夏季的太陽而融化，最後在石頭上留下小小的黑點。

身邊的桐人正急促地呼吸著。

他迅速抬起臉來，從被拉走的愛麗絲身後追了上去。尤吉歐也跟著咬緊牙關，拚命想移動無法動彈的雙腳來跟上搭檔。

兩名男性在村長身邊放開愛麗絲的手臂，接著退後數步並跪了下去。他們握緊雙手，深深低下頭去，對騎士表現出順從之意。

愛麗絲只能一臉鐵青地面對父親。珀卡斯弗特只是用沉痛的表情看了心愛的女兒一眼，馬上就又移開視線並低下頭去。

整合騎士輕輕點頭，然後從鎧甲後方拿出奇妙的道具。那是個上面裝有三條平行皮帶的粗大鐵鍊，而鐵鍊前端則是一個巨大的環狀物。

騎士將道具交給卡斯弗特，其間還不停發出清脆的金屬聲。

「吾命令村長綁縛罪人。」

「…………」

村長茫然地往手上捉拿人犯的道具看去，此時桐人和尤吉歐好不容易地來到了騎士面前。騎士緩緩移動頭盔，從正面看著兩個人。

雖然閃亮面罩上切開的十字深處因為過於黑暗而看不見任何東西，但從裡頭射出來的視線卻讓尤吉歐感到一股沉重的壓力。少年反射性地低下頭去，準備向站在眼前的愛麗絲搭話，但喉嚨卻像是有火在燒一般發不出任何聲音來。

桐人也跟他一樣低下頭，不斷急促地呼吸著，但他的頭忽然像彈簧般往上彈起，用顫抖卻相當清晰的聲音大叫：

「騎士大人！」

他用力吸了口氣，接著繼續說道：

「愛……愛麗絲她沒有進入黑暗領域！她只是一隻手稍微碰到地面而已！就只是這樣而已啊！」

但是騎士只給了個相當簡潔的回答。

「這已經夠嚴重了。」

他說完便對跪在地上的兩名男子揮了揮手，似乎是要他們把桐人和尤吉歐帶走。站起身的村民立刻抓住桐人和尤吉歐的衣領，不管三七二十一地想把他們拖走。桐人一邊抵抗，一邊繼續大叫：

「那……那我們也一樣有罪！我們同樣也在那個地方！所以應該連我們也一起抓走！」

但是，整合騎士連看都不看他們一眼。

沒錯……如果愛麗絲算是犯了禁忌，那我同樣應該接受懲罰。尤吉歐也有相同的想法。他打從心裡這麼認為。

但他不知為何就是發不出聲音。明明想和桐人一樣大叫，卻像忘記怎麼動嘴一樣，只能不斷發出沙啞的喘息聲。

愛麗絲稍微回頭瞄了他們一眼，像是要告訴他們「不用擔心」般輕輕地微笑並點了點頭。

她面無表情的父親，已經從後面將可怕的拘束器具繞過少女嬌小的身軀，開始用三條皮帶緊緊綁住她的肩膀、腹部以及腰部。愛麗絲的臉因此而產生了些微扭曲。鎖完最後一個鎖後，卡斯弗特便搖搖晃晃地往後退了幾步並低下頭去。接著換成騎士走到愛麗絲身邊，握住從她背後垂下來的鐵鍊前端。

尤吉歐與桐人這時已被拉到廣場中央，然後被強迫跪了下來。

桐人裝出站不穩腳步的樣子把嘴巴湊到尤吉歐耳邊，迅速低聲說道：

「尤吉歐……聽好，我要用這把斧頭攻擊整合騎士。我一定會爭取到幾秒鐘的時間，到時候你就趁機帶著愛麗絲逃走。只要逃進南方麥田，然後從田畝之間進入森林，就不會那麼容易被找到了。」

尤吉歐瞄了桐人依然緊握在手裡的龍骨斧一眼，好不容易才擠出聲音說：

「……桐……桐人……但是……」

你昨天也看見整合騎士那種驚人的劍法與射箭技巧了吧。要是那麼做……鐵定馬上就會像那個黑騎士一樣被殺掉的。

尤吉歐雖然無法出聲，桐人卻像是讀出他的想法般繼續說道：

「不要緊的，那個騎士不會在這裡處刑愛麗絲。我想，應該是沒有經過審問就不能殺掉她。我也會找空檔逃走，而且……」

桐人那像火焰般燃燒的視線，正確認著整合騎士手上枷鎖的鬆緊度。每當皮帶被用力拉扯，愛麗絲臉上便會露出痛苦的表情。

「……而且，就算失敗了也沒關係。只要我們和愛麗絲一起被帶走，就還有機會逃走。如果這時候讓愛麗絲一個人被飛龍帶走，那就真的沒希望了。」

「這…………」

或許真如桐人所說的。

但是——這根本連作戰都稱不上的魯莽行動，不就是「反抗教會」嗎？那是禁忌目錄第一條第一節第一項裡所明記的最重罪——

「尤吉歐……你在猶豫什麼！禁忌算什麼！那難道比愛麗絲的命還重要嗎？」

桐人那經過壓抑卻依然聽得出相當急迫的聲音，貫穿了尤吉歐的耳膜。

沒錯。桐人說的對。

尤吉歐在內心這麼對自己大叫著。

——我們三個人可是生死與共的好朋友。早已發誓要互相幫忙，要為了另外兩個人而活了。

那我還在猶豫些什麼呢？公理教會和愛麗絲哪邊比較重要？那還用問，答案應該早就已經決定了。那當然是——當然是——

「尤吉歐……你怎麼了，尤吉歐！」

桐人已經發出近似哀嚎的聲音。

愛麗絲一直看著這邊。然後露出擔心的表情搖了搖頭。

「那當然是……當然……是……」

尤吉歐的喉嚨裡，發出似乎不屬於他的沙啞聲音。

但他說到這裡，便再也擠不出任何話來。應該說連腦袋裡都想不出應該說些什麼。一道激烈的劇痛掠過他的右眼深處，這道不斷反覆的奇妙痛楚就這樣妨礙他的思考。鮮血般的紅色從他視野當中擴散，覆蓋住所有的事物。最後甚至讓他連手腳都失去了感覺。

就在這時，發現兩人神情有異的村長緩緩舉起手，對著站在他們身後的村民說：

「把這兩個孩子帶到廣場外面去。」

他們的衣領馬上再度被抓住，人也被往外拖去。

「可惡……放開我！村長——！卡斯弗特大叔！這樣對嗎？你真的要眼睜睜看著愛麗絲被帶走嗎！」

桐人像是瘋了一樣拚命掙扎，更在甩開男人的手後馬上握緊斧頭準備往前衝。

但他穿著樸素皮靴的腳，就連一步也無法向前進。因為就在他準備向前跑時，發生了一件驚人的事。

在遠方確認完愛麗絲身上皮帶的整合騎士瞄了桐人一眼，就在這個剎那，原本緊握在他兩手裡的龍骨斧便隨著尖銳的金屬聲彈開。而騎士根本沒有碰到腰間的劍與背上的弓。甚至可以說連一根指頭都沒有動。但他就像是用自己意識所形成的刀刃擊中斧頭一般，將斧頭彈到廣場的邊緣去了。

可能是遭到這陣衝擊的餘波影響吧，桐人也跟著向後倒了下去。接著便有數名男子衝上來壓制，完全封住了他的動作。

即使右頰被壓在石頭地面上，表情已經整個扭曲，桐人依然拚命地大叫：

「尤吉歐！拜託你，快點行動吧！」

「啊……嗚……啊……」

尤吉歐全身劇烈地發起抖來。

衝啊。快點衝過去。從騎士手裡把愛麗絲搶回來，然後逃進南方森林裡。

內心某個角落以細微的聲音如此叫著。但他的右眼隨即又遭受被刺穿般的劇痛，意識盡數遭到清空。一道如同破鐘般的聲音，隨著震動的紅光不斷在他腦海裡迴盪。

公理教會是絕對的存在。禁忌目錄是絕對的存在。不得違背。無論任何人都不得違背。

「尤吉歐，那你至少幫我把這些傢伙推開！這樣一來我就可以……！」

整合騎士再也不看廣場一眼，只是把手裡的鐵鍊前端綁在飛龍背後伸出來的鍊子上。接著飛龍低下頭去，騎士輕鬆地跨上龍鞍。那身銀色鎧甲發出異常耀眼的光芒。

「尤吉歐——！」

桐人發出像要嘔出血來的吼叫。

白色飛龍撐起身體，把疊起來的翅膀完全打開。接著用力拍了兩、三下。

被綁在龍鞍上的愛麗絲筆直地看著尤吉歐，臉上始終帶著微笑。她的藍色眼睛就像在對尤吉歐說，「再見」。龍翼所捲起的風晃動那頭金色長髮，發出不輸給騎士鎧甲的閃亮光芒。

但尤吉歐依然無法動彈。也發不出任何聲音。

他的兩腳就像是在地上生了根一樣，根本連動都無法動一下。

序幕II　西元二〇二六年六月

1

朝田詩乃含了一口只加了點牛奶的水滴式冰咖啡，邊享受芳醇的香味邊緩緩將它送入喉中，這才呼出長長一口氣。

透過老舊的玻璃窗，可以矇矓地看見外面左來右往的各色雨傘。雖然詩乃討厭下雨，但坐在宛如秘密基地的咖啡廳裡像這樣看著灰色濕濡的街道，絕不是件讓人討厭的事情。無論是排除一切科技氣息的店內裝潢，或者是從吧檯內廚房所飄出來的懷念氣味，都讓人有種掉入真實與虛擬交界處的錯覺。雖然一個小時之前還在學校裡上課，但現在回想起來，那已經像是發生在異世界的事了。

「真會下啊……」

花了一點時間，詩乃才注意到這個吧檯後面傳出來的男中音是在對自己說話。其實店裡根本沒有其他客人，所以這也是理所當然。少女移動臉龐，看向那個有著咖啡歐蕾般膚色，目前正仔細擦著玻璃杯的店主人，然後開口回答：

「因為是梅雨季嘛。好像會一直下到明天的樣子唷。」

「我還以為是水精靈族的魔法師在搞鬼呢。」

這個容貌嚇人的巨漢一臉嚴肅，講出來的話卻讓詩乃不由得露出苦笑。

「……想開玩笑時請用輕鬆一點的表情啦，艾基爾大叔。」

「唔……」

咖啡廳兼酒吧「Dicey Cafe」的店長艾基爾，似乎試著想做出輕鬆表情而動了動眉毛與嘴角，然而露出來的依然是馬上會讓小孩子嚎啕大哭的兇相，這也使得詩乃忍不住噗哧一聲笑了出來。女孩趕緊把嘴湊到玻璃杯上，將笑意隨著咖啡一起吞進肚子裡。

也不知艾基爾對詩乃的反應做出了什麼解釋，就在這位店長滿足地擠出一個最為恐怖的表情時，門鈴剛好地響了起來。剛踏入店裡的新客人，一看見店長的臉馬上就停下腳步，然後搖著頭說：

「我說艾基爾啊，如果你每次都用那種臉來迎接客人，我相信這家店馬上就會倒了。」

「不、不是啦。剛才那是開玩笑用的秘藏表情。」

「……不，那種表情也不適合開玩笑吧。」

來客無情地批評完店長之後，便把甩乾水滴的雨傘插進附近的威士忌酒桶裡，然後向著詩乃輕輕舉起右手。

「嗨。」

「太慢了。」

少女輕輕瞪了對方一眼說道，而她等待的人——桐谷和人則是縮了縮脖子說出遲到理由。

「抱歉，因為我很久沒搭電車了……」

他在詩乃對面坐下，解開開襟襯衫的一顆鈕釦。

「今天沒騎摩托車？」

「我實在不想在這種雨勢當中騎車……艾基爾，我要冰搖雙份濃縮咖啡。」

詩乃打量起點了杯陌生飲料的和人，發現他衣領裡露出來的脖子已經跟假想世界的角色差不多細，膚色看起來也不太健康。

「……你是不是又瘦了？多吃一點吧。」

詩乃繃著臉這麼說道，結果和人馬上搖著手否認：

「原本已經恢復標準體重了。但是，這禮拜五六日一口氣又瘦了下來……」

「你是跑到深山裡修行了嗎？」

「沒有啦，只是一直睡覺而已。」

「那樣為什麼會變瘦？」

「因為不吃不喝啊。」

「……啊？你是想得道升仙嗎？」

正當詩乃感到納悶時，吧檯裡忽然傳來清脆的搖晃聲。一看之下，原來是店長正用不適合他那巨大身軀——這麼說可能有點失禮——的輕巧手法晃著銀色搖杯。「對哦，這裡晚上就變成酒吧了」，在心裡這麼想的詩乃注視之下，艾基爾把搖杯內液體倒進喇叭花型的香檳杯，然後放在托盤上送了過來。

放在和人面前的杯子中，裝滿了全是細小泡沫的淡茶色液體。

「這就是剛才的，冰搖……什麼的？」

詩乃一這麼問，桐人便用指尖把杯子朝她送了過去。她說了一句「那我就喝一口看看」後，便拿起杯子把嘴唇湊上去。舌頭首先感覺到濃稠細緻的泡泡，接著則是爽快冰涼的口感以及咖啡的芳香，嚥下之後還有一陣相當鮮明的甘甜餘韻。跟在學校自動販賣機裡買的冰咖啡歐蕾可以說完全不同。

「…………真好喝。」

她低聲說完，艾基爾便一臉滿足地拍了拍粗壯的上臂。

「要是酒保的技術不好，可就搖不出那樣的泡沫囉。」

「別在現實世界炫耀自己的技能熟練度好嗎？話說回來，艾基爾，這是什麼味道？」

和人確實吐槽完店長後才動著鼻子問道，結果店長乾咳了幾聲後回答：

「波士頓風味的燉豆子。要是廚師的技術不好……」

「喔~你太太故鄉的口味嗎？那也來一份吧。」

話說到一半就被打斷的艾基爾把嘴唇閉成乀字形後離開，接著和人便從詩乃面前拿回杯子，喝了一大口裡頭的飲料。他吐了一口氣後重新在椅子上坐好，最後筆直地看著詩乃。

「……他的情況怎麼樣？」

雖然桐人忽然就這樣拋出一個問題，但少女馬上就了解他的意思。不過詩乃沒有馬上回答，而是先從和人手裡把杯子搶過來，毫不客氣地喝了一大口。滑順的泡泡霎時流下喉嚨，一股濃厚的香味衝上鼻腔。這股刺激讓她浮現在腦袋裡頭的片段性思考連接起來，最後轉變成簡短的一句話。

「嗯……好像已經冷靜不少了。」

半年前，二〇二五年年末所發生的「死槍」事件。

三名實行犯之一，也是詩乃當時唯一朋友的新川恭二，在經過以少年犯案件來說算是特例的漫長審判之後，在上個月被移送到了醫療少年院裡。

恭二在審判中只是固執地保持沉默，就連面對進行精神鑑定的專家也幾乎完全沒有開口；但在事件過了六個月的某一天，他忽然開始斷斷續續地回答起諮商心理師的問題來了。不過，詩乃大概能夠了解他為什麼會有這樣的轉變。六個月──也就是一百八十天，正是VRMMO遊戲「Gun Gale Online」在未付費狀態之下帳號所能保存的期限。過了這段時間後，新川恭二的分身，在某種意義上來說也是他本體的角色「鏡子」已經從GGO伺服器裡消滅。到了這時，新川恭二才終於準備開始面對現實。

「過一陣子後，我打算再去申請面會。我想他這次應該會見我才對。」

「這樣啊。」

簡短回答詩乃之後，和人便把目光轉到不斷降下的雨滴上。數秒鐘的沉默，馬上就被詩乃故意裝出來的不滿表情打破了。

「──喂，一般都會問我要不要緊才對吧？」

「咦，啊，是、是這樣嗎──呃，詩乃妳還好嗎？」

成功讓和人露出鮮少展現的慌張模樣後，少女才暗暗抱持著滿足感露出了笑容。

「你借給我的那些老動作電影，我全部看完了。其中最喜歡的，就是讓手槍子彈轉彎越過障礙物的那部。我總覺得似乎能在GGO裡重現那種畫面，下次你就當我的練習對象吧。」

「這……這樣啊。那真是太好了……麻煩妳手下留情啊……」

面對露出抽搐笑容的桐人，詩乃好不容易才讓自己忍住不笑出來。

讓詩乃痛苦了五年以上的槍械恐懼症，依然不算完全消失。即使已經能觀賞槍戰電影，但在街角海報或是玩具店櫥窗裡忽然看見槍械時，詩乃的心臟還是會開始急速跳動。但她現在已經認為，這在某種意義上算是正常反應，同時也是一種自我保護的警戒心了。畢竟很難保證不會在現實世界裡再次遇上拿著真槍的歹徒。

而且，過去光是看見槍的照片或是影像便會昏倒嘔吐，但這些激烈抗拒反應如今已經消失，這點足以讓詩乃覺得自己已經得救。目前在學校裡，她也不再覺得自己遭受排擠。甚至還有幾個會一起吃午餐的朋友。只不過認識那些朋友的契機，竟然是眼前這名少年騎車到校門口來等自己這件事，這讓詩乃內心感到有些複雜。

和人似乎沒有注意到詩乃在想些什麼，只見表情恢復平靜的他點頭說：

「那麼，死槍事件，到這裡可以算是完全告一段落了……對吧？」

「嗯……可以這麼說吧。」

詩乃也緩緩點了點頭，但她立刻又閉起嘴巴。雖然記憶深處總覺得好像有什麼不對勁，但在少女繼續深思之前，從廚房裡現身的店長便已把兩個冒著熱氣的盤子放到桌上。

燉煮成透明黃褐色的四季豆，以及盤中央隨處可見的四角型培根，令人早已消化完午餐的胃產生劇烈的空腹感，更讓詩乃像是被吸過去般握住了湯匙。她好不容易才清醒過來，急忙把手縮了回去並且表示：

「啊，我、我沒有點啊？」

結果巨漢店長用嚴肅又帶點惡作劇模樣的表情說：

「沒關係，這是桐人請的。」

就在和人聽見這句話而茫然張大了嘴巴時，店長已經悠然走回吧檯後面去了。詩乃在喉嚨深處發出咕咕的笑聲，然後才再次拿起湯匙，對著和人輕輕點頭。

「感謝你的招待。」

「……唉，請就請吧。反正才剛領到打工的費用，現在手頭可是寬裕得很呢。」

「喔～原來你有在打工啊？是什麼樣的工作？」

「就是剛才說過的三天不吃不喝那件事啊。不過呢，這等正事結束之後再說吧。趕快趁熱把它們解決掉才是重點。」

和人拿起桌上的小瓶子將一大堆芥末擠到盤子上，接著把瓶子遞給詩乃。詩乃做完同樣的動作後，直接用湯匙舀起一大匙豆子塞進嘴裡。

煮得熟透的豆子已吸收了滿滿的甜味，帶著一種雖為西式風格卻相當令人懷念的樸實口感。切得相當厚的培根也已經去除多餘的油，逐漸在舌頭上融化。

「這真是……太好吃了。」

詩乃咕噥完，才向著對面狼吞虎嚥當中的和人問道：

「他剛才說是波士頓風味吧？那到底是用什麼調味的？」

「嗯……名字我忘記了，不過確實是使用了粗製糖蜜。艾基爾，原文叫什麼啊？」

回到吧檯內擦杯子的店長微微抬起頭來回答：

「Molasses。」

「就是這個名字。」

「這樣啊……我還以為美國菜只有漢堡和炸雞而已呢。」

她輕聲細語地說完後半句話後，和人便微微苦笑著回答：

「那是妳的偏見。和那邊的VRMMO玩家交談過後，就知道那邊也都是些好人啊。」

「嗯，這倒是真的。之前我也在GGO的國際伺服器裡和西雅圖女孩聊了三個多小時的狙擊槍法呢。啊～不過……只有那個傢伙……我覺得應該沒辦法和他當朋友……」

「那傢伙？」

已經清空盤中一半料理的和人邊咀嚼邊重覆了這句話。

「就是今天的主題。你也知道上週舉行了第四屆Bullet of Bullets的個人戰決賽吧。」

她一提出「BoB」這個Gun Gale Online裡決定最強者的混戰大會簡稱，和人便輕輕點了點頭。

「嗯，我和大家一起看了轉播。對了，還沒恭喜妳呢……不過，對詩乃來說應該是個相當遺憾的結果吧。不過還是要恭喜妳得到第二名啦。」

「謝……謝謝。」

看見對方如此認真地恭賀自己，詩乃說話頓時吞吞吐吐了起來，但她隨即為了掩飾害臊而迅速說下去：

「既然你有看轉播，那事情就簡單多了。獲得第一名的玩家『Satoriser』……那傢伙，已經是第二次獲得優勝了。」

聽到這裡，和人便眨了好幾下眼睛，接著才像是要搜尋自己的記憶般把眼睛往上抬。

「話說回來……我應該參加第三屆BoB時聽妳說過這件事對吧？他是一個美國的玩家，光憑小刀與手槍就在第一屆大會裡獲得壓倒性勝利……咦？不過不是從第二屆開始伺服器就分成美國和日本，所以無法從美國連線過來了嗎？」

「原本應該是這樣……實際上第二屆和第三屆大會他也都沒有參賽。但這次他不知道是用什麼方法迴避了限制，還是和營運公司有什麼私人關係，成功參加了比賽……不過，我個人是很樂於見到這種結果啦。因為我早就想和傳說中的『Satoriser』一戰了。」

「嗯，看轉播就能知道，詩乃可以說整個人熱血沸騰唷。」

看見和人邊笑邊這麼說後，詩乃便嘟起嘴唇。

「不、不只是我而已喔。參加決賽的三十個人全部……不對，除了那傢伙以外的二十九個人都熱血沸騰了。其中還有幾個人是在第一屆大會直接和他交手並落敗的。而且，雖然美國是

ＦＰＳ的發源地，但ＧＧＯ所使用的『The Seed』引擎可是日本製啊，我想大家都是帶著這樣的拚勁來到了驟死戰的舞台……但是一交手……」

「跟第一屆大會時……沒兩樣，是吧？」

詩乃噘起來的嘴唇彎成ㄟ字形，然後點了點頭。她以右手上的湯匙將最後一塊厚切培根送進嘴裡，讓頭腦藉由品嚐這道簡單卻豐盛的料理而得到休息，然後才開始用客觀的角度喚醒一個禮拜前的記憶。

「……光看結果確實是那樣沒錯，但內容可以說比第一屆時更加誇張。因為這次那傢伙一開始時可是沒有任何武器的唷。」

「咦……完全空手嗎？」

「沒錯。嗯……應該說雖然沒有武器，但有『軍隊格鬥術』這樣的技能吧。他用格鬥突襲第一個目標並將其擊倒，然後奪取那人的武器襲擊下一個獵物……接著不斷重覆這樣的動作。由於其他玩家掉落的槍械沒辦法重新裝填子彈，所以他光是用格鬥術就不知打倒多少人了。只能說……他的戰鬥技巧根本和我們處於不同次元。」

詩乃邊嘆息邊這麼嘟囔，而桐人也開始把雙手環抱在胸前思考起來。

「不過……這也就是說，Satoriser的能力構成是接近戰強化型囉？那麼，他就沒辦法對應中距離和遠距離戰了吧？應該說，ＧＧＯ有一半以上玩家適合中遠距離戰吧……？」

「你應該有看見我輸給那個傢伙時的畫面吧？」

「嗯，在ＡＬＯ裡。畫面裡的詩乃根本是直線往三分鐘前Satoriser藏身的地方前進，所以大家都一起大喊著『那裡不行啊～！』或『詩乃，後面啊～！』等等的。」

「就是這一點奇怪啊。」

詩乃腦海裡忍不住想起那個瞬間的驚愕與屈辱感，於是她用鼻子冷哼了一聲，將這些感覺給趕跑後，才又盡可能用冷靜的口氣說：

「大會結束後，我和直接被那傢伙打倒的十一個人談過了，幾乎所有人都輸在同樣手法上。他明明沒有我們的資料，卻能夠完美地看穿我們的想法，然後用偷襲方式直接進行超近距離戰，讓我們根本來不及拔槍就被幹掉了。美國那邊我是不知道怎麼樣啦，但在日本伺服器裡別說格鬥戰了，可以說根本不曾看過用小刀戰鬥的畫面嘛……」

「……呃，我聽說半年前的第三屆大會之後，使用光劍的玩家好像變多了耶……」

和人以微妙的表情說出這句話，讓詩乃看見後忍不住露出苦笑。

「看到你那種華麗的表演，當然會有這種情形出現啦。過完年之後，有一陣子確實是出現不少練習用光劍來砍子彈的玩家，但最後根本沒有人能辦得到啊。」

——雖然說得一副事不關己的模樣，但詩乃其實也買了小型光劍，利用士兵Ｍｏｂ做了同樣的練習，不過這點當然打死她也不會說出來。奮鬥了一個月之後，儘管她終於練到可以抵擋突擊步槍前兩發子彈，但不到能抵擋三連射的程度根本沒辦法在實戰裡派上用場。知道自己不能像和人那樣防禦十連射以上的攻擊後，她便乾脆地放棄練習，現在那把光劍已經收在倉庫裡變成護身符了。

但是，如果那時有將它從倉庫裡拿出來裝備，說不定在面對Satoriser時可以報一箭，不對，應該說可以報一劍之仇呢……想到這裡，詩乃馬上輕輕搖頭。當時根本沒有那種時間。她不再考慮下去，把談話拉回原本的主題。

「……總之，日本玩家別說用子彈射中那傢伙了，甚至沒有人能用狙擊槍瞄準他呢。Satoriser真正厲害之處不是近身戰的技術，而是他對戰況的預測能力。」

「嗯……原來如此……不過，竟然能夠做到這種事情啊……如果是菜鳥玩家也就算了，但他竟然能完美地預測參加BoB正式決賽的老玩家採取什麼行動……」

聽見和人以半信半疑表情說出的台詞，詩乃也只能輕輕聳了聳肩回答：

「十幾個人都敗在同樣的手法之下，總不能說是碰巧吧。不過……也可能就因為是老玩家，所以行動才容易流於幾種單調的模式啊。我們每個人都習慣『這種地形就要躲在這裡』或是『該用這種路線移動』的準則了。」

詩乃說完，這才發現事有蹊蹺，於是輕輕吸了口氣。

那個時候……第四屆BoB正式大會結束的瞬間。

詩乃準備用愛槍黑卡蒂II狙擊最後一名敵人Satoriser時，選了一棟已經崩塌一半的大樓頂樓。根據她的預測，Satoriser應該會橫越由那個樓層的窗戶可以看見的道路。

但是敵人反而預測出詩乃會如此的預測，事先來到同樣一棟大樓裡，潛伏在預定狙擊地點的附近。當詩乃架好狙擊槍腳架，擺出臥射姿勢準備靜靜等待敵人到來時……對方卻已經像隻肉食性貓科動物般發動攻擊了。

然而，詩乃原本所選擇的不是頂樓，而是準備從下面那層展開狙擊，她判斷該處高度已經足夠取得充足的射角。最後之所以沒有那麼做，在於下方樓層是書庫。考慮到這樣的空間可能會讓她想起國中時期唯一能夠好好休息的圖書室，並因此無法集中精神，詩乃便在明知會多浪費幾秒鐘的情況下多往上衝了一層樓。結果，自己原本應該狙擊的敵人，卻已經潛伏在那個樓層裡了……

這也就是說，Satoriser連詩乃不會選擇在書庫出手，而會從最頂樓進行狙擊都預測到了。但詩乃改變狙擊位置的理由，並不是一名狙擊手所會做出的合理判斷，完全是個人因素。就算能夠預測狙擊手詩乃的行動，他也不可能知道現實生活裡的朝田詩乃喜歡看書。那麼，選擇頂樓作為潛伏場所只是Satoriser恰好猜中嗎？還是說那傢伙在看見書庫之後，就因為某種理由而確信詩乃不會選擇該處呢……？

如果是後者，那就不再是根據資料或經驗所做出來的預測了。這已經超越ＶＲＭＭＯ遊戲玩家技能的範疇……具有看透他人內心的能力………

和人用指尖慢慢推了推少女僵在空中的右手，嚇了一跳的詩乃這才抬起頭來。當眼神與顯得相當擔心的和人對上之後，她才急忙開口：

「……乃。喂，詩乃啊……」

「啊……抱、抱歉。剛才說到哪裡了？」

「老玩家的行動模式和準則等等的……」

「對、對哦。嗯……所以……如果是沒有固定行動模式，也不會依照戰鬥準則來行動的玩家，說不定就可以超越Satoriser的預測了……」

半自動地說到這裡後，詩乃這才想起今天找和人出來最主要的理由。她拿起冰塊幾乎融光的冰涼玻璃杯並大口喝下裡頭的飲料，希望藉此轉換自己的心情，但背心的那股惡寒依舊揮之不去。

沒錯……Satoriser以敏捷的動作由背後襲擊詩乃，更利用格鬥技在幾秒鐘不到的時間裡便壓制住少女。就在詩乃ＨＰ條快要歸零之前，這人用相當低沉的聲音對她說了一句話。由於幾乎沒有發出聲音，而且說的還是英文，所以詩乃當時沒辦法馬上理解那個人的意思，但方才重新出現於耳朵深處的那道聲音是這麼說的：

『Your soul will be so sweet』……妳的靈魂想必很甜美吧。

其實也沒有什麼特別的意義。在網路遊戲的對人戰裡，本來就有不少玩家在定勝負瞬間會講出耍帥或者蔑視對手的台詞。這不過就是一種角色扮演罷了。

對自己這麼說完後，詩乃便刻意用開朗的語氣重啟與和人之間的對話。

「……而說到無視準則又愛『胡鬧．胡來．胡搞』的傢伙，我腦袋裡就只想到一個人而已。雖然時候還早，不過我打算跟那傢伙預約一下年底參加第五屆BoB的檔期——」

她右手比出手槍的樣子，直接瞄準坐在正面的和人。

「所以才要找你出來啊。」

「喔……咦，是我嗎？」

詩乃對著嚇了一大跳的對方露出微笑，同時說出早已準備好的台詞。

「我也知道要你再次把角色從ALO轉移到GGO是強人所難啦，不過呢，你也算是欠我一個人情吧？對了，不知道那把傳說武器用起來的感覺怎麼樣哦？」

「嗚！」

和人——桐人在「ALfheim Online」內所持有的黃金長劍「斷鋼聖劍」，是詩乃在劍掉進無底洞之前搶救回來的。少女很豪爽地把這伺服器裡只有一把的超稀有道具送給了桐人，所以她確實有做出這種無理要求的權利。再說，和人應該也很有興趣與強者對戰才是。

不出詩乃所料，和人在乾咳了一聲之後便這麼表示：

「我當然也想和那個Satoriser交手……但是，我這個對槍械一竅不通的門外漢，之所以能在上屆大會取得還算不錯的成績，有絕大部分是因為其他出場者對劍士不熟悉的緣故。然而剛才聽妳的敘述，Satoriser除了是接近戰高手外好像也會使用槍械吧？我真的有勝算嗎……」

「怎麼，想不到你竟然會講出這種喪氣話。那傢伙確實是很強，但再怎麼說也跟我們一樣是個VRMMO玩家，你不用講得好像是專家對上外行人那樣吧……」

「就是這一點讓我覺得很奇怪啊……」

和人把背靠到復古風木椅上，接著把雙手枕在腦後。

「Satoriser真的只是一般人……只是個普通的VRMMO玩家嗎？」

「……你這話是什麼意思？不是玩家還會是什麼？」

「我說他現實世界裡的工作。他可能是個有接受過槍械戰鬥訓練的人，比如說士兵啦……警察啦還是特殊部隊隊員之類的。」

「咦？這太誇張了吧！」

詩乃認為這多半在打趣而回以苦笑，但和人卻出乎意料地用相當認真的表情說下去：

「我也只是在新聞網站上看過這樣的報導而已……似乎有部分國家的軍隊、警察和民間保全公司，已經把完全潛行技術運用在訓練裡面了。說不定就是有這種技術高超的專業人士想試試身手而參加了BoB……我覺得有這種可能性。」

「…………但這也未免……」

原本想說「想太多了吧」的詩乃忽然閉上嘴。因為，她又回想起Satoriser驚人的洞察能力以及敏捷的動作了。那足以稱之為戰鬥機器的作戰方式，的確給人超出一般玩家領域的感覺。

但是，就算那個男人的工作真是士兵或警察好了，從事這些職業的人會在結束目標生命時講出那種話來嗎？什麼靈魂很甜美的……若真要說是「職業」，那他實在不像個士兵，反而更像個殺…………

想到這裡詩乃便強行中止思考。包含GGO在內的所有假想世界，都只是為了享樂而存在。無論Satoriser在真實世界是怎樣的人都沒關係。只要下次在戰場上碰見他時，能用自己的必殺五零口徑彈把他轟飛就可以了。詩乃暗暗下定決心，堅定地大叫：

「不論對方是什麼身分，在GGO裡條件都是對等的！我絕不會輸給同一個對手兩次，下次無論用什麼樣的手段，我都要獲勝！」

「……妳的『手段』指的就是我嗎？」

「正確說來，應該是手段之一啦。」

詩乃面對露出「這怎麼說？」表情的桐人微笑了一下，進行補充說明。

「如果接近戰專家只有你一個，還是會讓人有點不安，所以我又找了另外一位幫手喔。應該說，這人主要是擔任制止你失控的煞車或安全裝置吧。」

「安、安全裝置？」

出聲復誦的和人似乎從這句話裡察覺事有蹊蹺，於是馬上喀噠一聲調整好椅子並端正坐姿。他從口袋裡拿出薄型手機，手指開始在畫面上移動。沒兩下他便抬起頭，苦笑著對詩乃說：

「原來如此啊……」

「……什麼叫原來如此？」

這次換成詩乃聽不懂了。於是和人把手機放在桌上，輕輕將它往對面推了過去。詩乃看了一下高解析度的4英吋螢幕，發覺上頭出現以這家咖啡廳為中心的御徒町地圖。從車站到店裡的路線上，有一顆不停閃爍的藍色光點。

「這光點是？」

「就是詩乃等的人啊。再一百公尺就到了。」

正如和人所說，光點似乎朝著這家咖啡廳移動。當它越過十字路口，進入巷弄，來到地圖中心的瞬間……

門鈴喀啷一聲響起，詩乃也跟著抬起頭來。那位邊收傘邊走進來的人物，稍微甩了一下栗子色長髮後便筆直地看向詩乃，然後露出似乎可以讓梅雨季節提早結束的明朗笑容。

「哈囉～小詩詩！」

2

五年多沒被人取過綽號的詩乃聽見對方這麼叫她，忍不住揚起嘴角並站起身來。

「你好啊，亞絲娜。」

結城明日奈在天然木地板上踩著輕快腳步往這邊靠近，接著便握起了詩乃的手分享再次碰面的喜悅。等她們在並排的椅子上坐下後，臉上微微露出驚訝表情的和人便問道：

「妳們兩個……什麼時候變得那麼要好啦？」

「哎唷，我上個月還在亞絲娜家過夜呢。」

「什、什麼！連我都還沒去過亞絲娜家耶……」

「還敢說呢，是桐人你自己說什麼還沒做好心裡準備不敢來的吧。」

被明日奈輕輕瞪了一眼後，和人才尷尬地啜了一口冰搖雙份濃縮咖啡。見他這副德行，明日奈只能露出「真拿你沒辦法」的表情。這時她注意到艾基爾正拿著冰水和毛巾走來，於是從椅子上微微起身向對方點了點頭。

「好久不見了，艾基爾。」

「歡迎啊──看見這幅畫面，就忍不住會想起你們兩個寄宿在我家二樓的時候啊。」

「你這麼說，會讓我想跑去借住在世界樹城市的店唷……呃，今天……要點什麼好呢……」

明日奈和這名相貌粗獷的店長似乎也是舊識，當她正在看軟木外裝的菜單時，詩乃再度瞄了一下和人放在桌上的手機。藍色光點這時已經停在咖啡廳的位置上了。

「……那麼，請給我一杯薑汁汽水。要辣一點的。」

明日奈點完飲料之後，一等艾基爾回到吧檯去，詩乃馬上就滿臉笑容地開口說：

「我說啊，你們兩個會經常確認對方的GPS位置嗎？感情這麼好，真是羨煞旁人哪。」

一聽之下，和人立刻認真地說出「不不不」並搖晃著右手。

「表示在上面的，正確來說應該是亞絲娜手機所在的座標，而且也能經由亞絲娜的操作變成隱藏狀態；不過，我表示在她手機上面的可就沒這麼簡單了，亞絲娜，拿給她看看。」

「嗯。」

笑著點了點頭的亞絲娜，隨即從掛在椅背上的包包裡拿出手機，然後直接在待機狀態下拿給詩乃看。詩乃接下機子並看了一下螢幕，發現上面設定成相當可愛的動畫桌布。

畫面中央有一個綁著紅色緞帶的粉紅色心型符號，而且大概每過一秒就會規律地跳動一下。心型符號下方雖然排著兩個數字，但乍看之下還沒辦法了解那究竟代表什麼意思。左側以較大的字型顯示著數字「63」，而右側則是較小的「36．2」。當詩乃歪頭看著它們時，左邊的數字忽然上升為64。

「這到底……」

正當詩乃準備問「是什麼」時，和人已經用有些害羞的表情說「別一直盯著看啊」。這下子詩乃終於理解這個待機畫面顯示些什麼了。

「呃……這難道是桐人的脈搏和體溫嗎？」

「答對了～不愧是小詩詩，觀察力果然很敏銳。」

明日奈高興地拍了拍手。詩乃將視線在和人的臉上與手機之間來回了數次之後，才把最先浮現在心裡的疑問說出口。

「但、但……這是用什麼方法……」

「在我這裡的皮膚底下……」

和人用右手拇指戳了一下自己胸口中央。接著又把手朝著詩乃伸出去，用兩根手指做出大約五公釐左右的縫隙。

「植入了這麼大的超小型感應器。那玩意兒會監測我的心跳數和體溫，再利用無線訊號把這些資料送到我的手機裡，接著經由網路傳到亞絲娜的手機，所以幾乎都是即時情報唷。」

「咦咦咦？生物感應器？」

詩乃這可真的嚇了一大跳，大約有兩秒鐘幾乎說不出任何話來。

「為、為什麼要這樣……啊，難道是防劈腿系統嗎？」

「才、才不是哩！」

「不是啦——！」

和人與明日奈非常有默契地以同樣的頻率拚命搖頭。

「沒有啦，我開始現在的打工時，對方建議我這麼做的。他們說，每次都要在胸前貼上電極真的很麻煩。然後我告訴亞絲娜這件事，她便堅持一定要我提供生命跡象資料給她，所以我只好自己弄了個應用程式，然後也安裝在亞絲娜的手機裡面。」

「那是因為不想讓桐人的身體資料給來路不明的公司獨佔嘛。說實在的，我本來就反對在身體裡植入什麼奇怪的東西喔。」

「咦，之前不知道是那個人說一有空就會忍不住看著手機螢幕耶……」

和人的話讓明日奈的臉頰微微紅了起來。

「哎呀，總覺得……看著看著就會覺得心情很愉快嘛。一想到桐人的心臟正像這樣跳動著，就會……讓人有種恍惚的輕飄飄感覺……」

「哇，妳這樣太危險了吧，亞絲娜。」

詩乃笑著調侃友人，同時再次把視線移到掌中的手機上。不知不覺間，脈搏已經加速到67，連體溫也稍微上升了。少女稍微瞄了一下和人，發現他正面無表情地咬著冰塊。不過檔案卻誠實地顯示出他內心正感到有些害羞。

「哦～～原來是這樣啊……嗯……真讓人羨慕耶……」

忍不住如此咕噥的詩乃急忙抬起頭來，對著不斷眨眼的和人與明日奈拚命搖頭。

「啊，沒有啦，沒什麼特別的意思喔。那個……我只是覺得G、GGO裡也有心跳掃描器，但那是輔助低能見度戰鬥用的，一點都不浪漫，只是這樣而已。」

她迅速把手機還給明日奈，然後接下去說道：

「對、對了，差點忘記今天的主題。那個……我已經在郵件裡跟亞絲娜提過第五屆BoB的事了吧。怎麼樣，妳能出場嗎？我不會勉強妳把角色轉移過去……」

「啊，這倒是不用擔心。我在ALO裡還有副帳號，可以把房子和道具什麼的都交給那個角色來保管。」

明日奈笑著用平時柔和的語氣這麼表示。詩乃看著她的臉，不知不覺間恢復了冷靜，深呼吸了一下後才這麼回答：

「謝謝，亞絲娜願意幫忙可就讓我如虎添翼了，簡直就像在碉堡裡架上重機關槍一樣。妳只要練習幾天光劍，一定很快就會抓到訣竅的。」

「嗯，我會在大會前一個月轉移過去，到時候記得帶我到處逛逛喔。」

「那當然。GGO裡也有許多不錯的食物唷。那麼……雖然現在時間還早，還是要跟妳說聲萬事拜託了。」

明日奈用修長的五指包住詩乃伸過來的手。彼此用力互握了一下後，詩乃才用縮回來的手敲了一下桌面。

「主題就到這裡結束。接下來……」

她把臉轉向在桌子對面咬著冰塊的和人，接著問道：

「該讓我仔細聽聽你在做什麼奇怪的打工了吧？不過……既然是桐人，我想應該是某種VRMMO的封測吧。」

詩乃直盯著桐人，對他提出在心裡忍了三十分鐘以上的疑問。

「這個嘛，雖不中亦不遠矣。」

和人苦笑著點點頭，然後用指尖劃過植入微小感應器的心臟正上方。

「我是在當測試玩家沒錯。只不過，我測的不是遊戲程式，而是一種新型的完全潛行系統，叫BMI（Brain Machine Interface）。」

「什麼！」

詩乃因為驚訝而略微瞪大了眼睛。

「也就是說，終於要推出AmuSphere的後繼機了？難道你是在亞絲娜父親的公司測試？」

「不是啦，和RCT沒有關係。應該說……其實是一家到現在都還不了解全貌的公司……

雖然是連問名字都沒聽過的新興企業，不過開發費用倒是相當充足。大概後面有什麼基金會在撐腰吧……」

看見和人那種曖昧的表情後，詩乃也忍不住把頭歪向右邊追問道：

「這樣啊……那公司的名稱是？」

「ＲＡＴＨ，念做『拉斯』。」

「雖然這理所當然，不過我也沒聽過這個名字。嗯～不過有這個英文單字嗎……？」

「我也是這麼想，可是亞絲娜就知道唷。」

在詩乃旁邊喝著薑汁汽水的明日奈點點頭後回答：

「在《愛麗絲鏡中奇遇》裡，有一首名為『杰伯沃基』的詩，那是出現在詩裡面的一種幻想動物之名。有人說是豬，也有人說是烏龜呢。」

「這樣啊……」

雖然很久之前曾經看過這本書，但詩乃完全不記得有這樣的單字了。她在腦海裡描繪著圓形龜殼裡有個豬頭冒出來的奇妙生物，繼續問道：

「拉斯嗎……那麼，是這家公司要獨力販售次世代完全潛行機器嗎？不像AmuSphere那樣由許多家公司共同開發？」

和人依舊用曖昧的態度低聲回答：

「機器本體非常的巨大唷。操縱裝置和冷卻裝置合起來，可能足足有這家店那麼大呢……雖然初代完全潛行實驗機聽說也是那麼大，不過之後好像花了五年左右才把它縮成NERvGear那樣的大小。至於由RCT主導開發的AmuSphere2（暫定）應該是明年就會販售了……啊，這是秘密對吧？」

看見和人縮起脖子的模樣，明日奈便輕輕笑著說：

「沒關係啦，好像下個月的東京電玩展裡就要發表了。」

「啊，RCT也要推出新機器嗎……希望不要太貴才好……」

詩乃把眼睛往上抬看向明日奈，結果這個社長家的千金也同樣一臉嚴肅地用力點著頭。

「是啊～他們就是不告訴我究竟要賣多少……基本上，我光是有ALO玩就滿足了，所以暫時沒打算買新機種，不過聽見處理速度完全不同後，又覺得會忍不住受誘惑。而且軟體方面好像能夠向下相容……」

「這、這樣啊。嗚～我也來找個打工好了……」

詩乃暫時推開出現在腦海裡的帳本資料，再度對著和人問道：

「……那麼，也就是說那間叫拉斯的公司，測試的不是家用完全潛行機器囉？比如說是公司行號用之類的？」

「不，還不到決定客層的階段吧。嚴格說起來，那和現在的完全潛行技術是兩回事啊。」

「兩回事……？一樣是產生多邊形組成的ＶＲ世界讓玩家潛行到裡面去，不是嗎？裡面的世界是什麼模樣？」

「我也不知道……」

和人輕輕聳肩，隨口說出令人難以置信的一句話來。

「好像是為了保護商業機密，所以不管在那部機器產生的ＶＲ世界裡發生什麼事，相關記憶全都沒辦法帶到現實世界。至於在測試中到底看見了什麼東西，現在的我根本一無所知。」

「什……什麼？」

詩乃忍不住大叫，接著才壓低聲音質問：

「沒辦法把記憶帶出來……？要怎麼樣才能辦到這種事啊？難道說，他們在打工結束後對你進行催眠？」

「不是啦，純粹只是電子上的操作。不對……應該說是量子上吧……」

說到這裡便停下來的和人，忽然稍微瞄了一眼一直放在桌上的手機。

「四點半啊。詩乃和亞絲娜還有時間嗎？」

「嗯。」

「我沒問題唷。」

兩人同時點了點頭，於是和人便把上半身靠在骨董木椅的椅背上——

「那我先從最基本的地方開始解說，告訴妳們所謂的……『Soul translation』技術是什麼。」

他再度說出一個不常聽見的英文單字。

詩乃感覺，那個字眼聽起來就像遊戲裡的咒文一樣，根本讓人無法聯想到最新的科學技術。旁邊的明日奈也輕輕歪起頭呢喃：

「Soul……靈魂……？」

「我第一次聽見時，也覺得『怎麼會取這麼誇張的名字啊』就是了。」

和人輕輕聳了聳肩，提出了一個有些突兀的問題。

「妳們認為人的心靈應該是在哪裡？」

「心……？」

詩乃反射性地想觸摸胸口中央部位，但隨即乾咳了一聲才回答：

「應該是頭……也就是腦吧。」

「那如果把腦部放大，妳覺得哪裡是心呢？」

「什麼叫哪裡啊……」

「腦應該是由腦細胞所組成的吧。就像……」

和人對著詩乃伸出了左手手掌。接著用右手食指戳戳左手掌中央，然後又劃過整個手掌。

「正中央有細胞核，然後外圍是細胞體……」

他依序敲著五根手指頭，最後從手腕上畫了條直達手肘的線。

「然後有樹突、軸突來連結其他細胞。有如此結構的腦細胞，到底哪裡才算我們的心靈呢？是細胞核嗎？還是粒線體？」

「呃……」

這時明日奈代替仍在考慮的詩乃回答：

「桐人，你剛才說『連結其他細胞』對吧？所以我認為心靈應該是許多腦細胞連結起來後的網路。就像……『網際網路是什麼』這個問題，如果只把重點放在電腦個體上，根本就沒辦法回答。」

「嗯。」

和人用力點了點頭，表達「妳說的沒錯」的意思。

「我目前也認為『腦細胞網路即為心靈』算是正確答案。不過呢……比如說，剛才所提到的『何謂網路』問題，在經過深入探討之後，其實也可以得到很多種答案對吧。像是世界中所有電腦經由共同通迅協定所連結起來的構造本身就能夠稱為網路——」

和人這時又依序指著自己和明日奈排在桌上的手機。

「還有，每台電腦也因為是構成要素之一而能稱之為網路。甚至可以說，坐在電腦前面的使用者也是網路的一部分呢。然後把這些答案全部綜合起來後的集合體，就叫網路。」

說到這裡和人稍微休息一下，說了聲「給我喝一點」後便含了一口明日奈的薑汁汽水。他吞下汽水，接著又閉起眼睛說：

「哦哦……這裡重口味的薑汁汽水果然還是那麼辣～」

「和超商賣的完全不一樣對吧？這好像是用來調酒用的原料，但我很喜歡這種鮮明的生薑味道唷。」

對詩乃來說，Dicey Cafe加重口味後的薑汁汽水，也是半年前首次被和人帶來這裡時所點的飲料。如果不是在GGO裡遇見他，自己可能一輩子不會踏進這家外表看來不怎麼親切的咖啡廳，所以說緣分真是種不可思議的東西……詩乃內心雖然有了這樣的感慨，但還是催促桐人繼續說下去。

「那……人類的心靈和網路有什麼關係啊？」

把杯子還給明日奈的和人，點了一下頭後便用雙手做出包裹住某樣東西的手勢。

「嗯——然後呢，伺服器和路由器、電腦與手機等網狀連結構造，可以說就是網路的『外在』對吧。」

「外在……」

「那麼，『本質』又是什麼呢？」

詩乃考慮了一下之後，開口表示：

「也就是於外在……網路構造裡傳遞的東西……？是電子訊號嗎……？」

「是沒錯啦，不過電和光的訊號再怎麼說也只是媒體。我姑且在這裡定義……網路的本質，是藉由媒體傳達的語言化情報。」

和人停下不斷比出手勢的雙手，在桌上交叉有些瘦削的手指。

「那麼，剛才提過的，由上百億個腦細胞連結起來的網路……當把這個看成心靈的外在時，到底該上哪裡找心靈的本質呢？」

「媒體……也就是流經腦細胞那些電子脈衝波所傳遞的……情報？」

「等等，所謂的電子脈衝波呢，是……」

和人將右手握成拳頭，然後靠近打開的左掌。

「只是向神經元與神經元之間的縫隙，也就是突觸施放傳達物質的扳機而已。我認為『腦細胞延著某條路徑連續傳遞訊息』這樣的現象，才能夠稱為心靈的本質。」

「呃……這個嘛……」

就在詩乃皺眉的同時，明日奈也發出有些困擾的笑聲並且說：

「桐人，再說下去我們的腦子就要燒壞啦～說穿了，就連現在的科學也沒辦法好好地解釋何謂心靈吧？」

「是沒錯啦。」

和人笑著點頭。

「什、什麼?喂喂,讓我考慮了這麼久才說沒有標準答案,未免太過分了吧!」

正當詩乃猛烈抗議時,和人忽然把視線轉往濕濡的街道,然後用相當認真的聲音說下去:

「但是,有個人靠著某種理論逼近了真相。」

「某種……理論?」

「就是『量子腦力學』。這原本是上個世紀末英國學者所提倡的理論。『RATH』就是以這種長時間被當成異端的理論做為基礎,最後終於製造出那種怪物般的機器……不過接下來要說的,其實我幾乎也沒辦法理解了——剛才不是提過腦細胞構造的事情嗎?」

詩乃和明日奈同時點點頭。

「細胞也有支撐其構造的骨骼存在。好像是叫做『微管』吧。但那些骨骼並不只是發揮支撐的功能,其實它們也有自己的頭蓋骨。可以說是腦細胞裡面的腦吧。」

「是、是哦……?」

「既然有管這個字,就能知道這種骨骼呈中空的管狀。當然它的規模超細微……直徑大概只有幾奈米左右,不過管子裡面並非空空如也,裡面還封著某樣東西。」

詩乃忍不住和明日奈面面相覷,接著她們同時看著和人,小聲地問道:

「裝著什麼……？」

「光。」

和人的答案相當簡短。

「光子……英文好像是叫做『Evanescent photon』的樣子。光子其實也就是量子的一種，它沒有絕對的位置，而是以機率性的震盪存在。根據那種理論……這個震盪就是人類的心靈。」

一聽到這句話，詩乃立刻沒來由地有一股顫慄感由背部一路傳到上臂。自己的心靈，竟然是搖擺不定的光。這種形象除了充滿神祕的美感外，也同時讓人覺得這已經是屬於神所管理的領域了。

明日奈可能也抱持著同樣的感慨吧，只見那對茶色眼珠裡出現了不安的光芒，然後她便用有些沙啞的聲音說道：

「桐人，你剛才說新機器的名稱是……『Soul translator』對吧。Soul，靈魂……換言之那些光的集合體，就是人類的靈魂囉？」

「ＲＡＴＨ的科學家們把它稱為『量子場』。不過，既然機器都取那種名字了，他們應該也是認為……那個量子場就是人類的靈魂吧。」

「這也就是說，Soul translator不是連結人類的腦部，而是能連結靈魂的機器囉……？」

「妳這麼說，好像已經不是機器而是遊戲裡的某種魔法道具了。」

可能是想要緩和現場空氣的和人咧嘴一笑，這才又繼續說道：

「但是，它可不是由魔法或神蹟來驅動的唷。再詳細一點說明它的原理嘛……就是腦細胞微管構造裡的光子呢，會用一種名為『cubit』的單位來記錄其旋轉與方向性等資料。這就表示，腦細胞並不只是讓電子訊號通過的閘門，它本身就是一個量子電腦……其實呢，我最多也只能理解到這裡了……」

「沒關係，我早就聽不懂了……」

「我也是……」

詩乃和明日奈一起發出投降宣言後，桐人才像是放下心來般吐出一口氣。

「那個既是計算機又是記憶體的光子集合體，說不定也是人類靈魂的東西……RATH自己幫它取了一個名字。搖晃的光芒，英文是『Fluctuating Light』，簡稱為——」

停頓片刻之後……

「Fluctlight——搖光」。

「Fluctlight……」

這帶有奇異魅力的原創詞語，讓詩乃忍不住重覆了一遍。如果之前所說全都是真的，那麼自己腦袋裡應該也存在著這種搖光。不對，或許該說如此想著的「自己」就是……

剛從方才的顫慄當中恢復過來，詩乃馬上悄悄地磨擦了一下由短袖中露出來的手臂。身旁的明日奈也做出抱緊身子的動作，然後用更加細微的聲音這麼說道：

「——那麼Soul translator就是讀取搖光……不對，應該說『翻譯』搖光的機械囉。如果是這樣……翻譯不是單方向的轉換嗎？」

詩乃因為無法馬上了解這句話的意思而歪起了頭。明日奈悄悄瞄了她一眼，那對茶色眼睛裡帶有明顯的不安。

「小詩詩，妳想想看……我們所使用的AmuSphere，不只是能夠讀取頭腦對身體所發出的運動命令而已對吧。它也能對腦部『發送』視覺和聽覺……等五感訊號讓身體感受到假想世界。應該說，這個機能才是完全潛行技術的核心才對吧？那麼，如果Soul translator不能做到同樣的事，就不可能成為次世代機型了。」

「……也就是……把情報寫進連線者的靈魂裡頭去嗎……？」

說到這裡，兩個人便同時看向和人。

黑髮少年稍微猶豫了一下，最後才點頭同意她們的話。

「嗯嗯……Soul translator，這名字太長了，所以RATH把它叫做『STL』，它具有雙向翻譯功能。除了能把人類搖光所保持的數百億qubit檔案翻譯成我們能理解的語言並讀取，也

能把用我們語言所寫成的情報經過再翻譯後寫入。如果沒有這種功能，確實就如亞絲娜所說，無法潛行到假想世界裡了。具體來說，就是連線至搖光保存、處理五感情報的部分，然後在裡面加上想讓連線者看見與聽見的情報。」

這時，明日奈像是聽到主題般探出了身子問道：

「難道……你的意思是說，它也能夠改寫靈魂裡的記憶嗎？桐人，你剛才說自己沒有潛行中的記憶對吧。這也就表示Soul translator……ＳＴＬ能夠刪除或者覆蓋記憶囉？」

「並不是這樣……」

和人為了讓明日奈放心而輕碰了一下她的左手，搖了搖頭之後才說：

「保管長期記憶的部分，由於太過廣大且保存方法相當複雜，他們說目前還沒辦法著手。我之所以沒有潛行中的記憶，他們說只是截斷了通往那部分的路徑而已。也就是說，記憶不是完全被刪除，只是想不起來罷了……」

「可是我……我還是覺得很恐怖啊，桐人。竟然可以操縱記憶……」

明日奈垂下來的臉上，留著不安的表情。

「而且，找你去打這份工的是……克里斯海特……不對，應該說是總務省的菊岡先生對吧？雖然他應該不是個壞人，但總是給人一種有所隱瞞的感覺。就好像團長那樣。總讓我……有種不祥的預感……」

「……那個男人確實有讓人無法完全信任的地方，比方說到現在還是不知道他真正的身分與職務這點。不過……」

和人稍微停頓了一下，然後四處游移著視線並接著說：

「當業務用完全潛行機器的初代機在新宿遊樂場正式登場的第一天，我就坐上第一班電車去排隊了。我那時候還是個小學生……但我一眼就覺得它是我夢寐以求的機器，覺得持續呼喚我的世界就在這裡。然後我便拚命存下零用錢，在NERvGear發售的第一天把它給買下來……後來也在各種VR遊戲上花了許多時間。當時的我，真的覺得現實世界根本就不重要。不久後我便抽中SAO的封閉測試，然後遇上了那個事件……有很多人因此而失去了生命。花了兩年回到現實世界後，依舊接連遇上了須鄉事件和死槍事件。我……真的很想知道。完全潛行技術到底會朝什麼方向發展……那些事件到底代表了什麼意義……Soul translator雖然使用了全新的功能，但內部結構是以醫療用機器Medicuboid做為原型啊。」

低頭聽著和人說話的明日奈，雙肩忽然抖動了一下。接著和人低沉並清晰的聲音繼續在安靜的店裡響起。

「我有一種預感。Soul translator裡似乎有某種東西存在。某種不光是娛樂用機器所能帶來的東西……參加測試確實有其危險性存在。但是……」

和人用有點耍寶的態度做出握劍往下劈的動作。

「這些日子以來，我不論到什麼樣的世界，最後全都成功地回來了。這一次當然也不例外。雖然……在現實世界裡，我只是個無力且虛弱的玩家而已。」

「……要是沒有我從旁協助，你早就漏洞百出啦。」

明日奈輕笑，隨即短短嘆了口氣，看向旁邊詩乃的臉。

「真是的，這人不知道哪來的自信耶。」

「嗯～這個嘛，再怎麼說我也是傳說中的勇者大人嘛——」

雖然明日奈與和人的對話中有些東西馬上能了解，也有些第一次聽見的名詞，但詩乃並未深入追問，反而用有些開玩笑的口氣這麼說。

「我也看了上個月才出版的『SAO事件全記錄』喔～不過呢，我還是不太能相信書裡面的那個『黑衣劍士』就是這傢伙耶。」

「喂、喂，別再說下去了……」

看見搖動雙手並將身體往後仰的和人，明日奈也咯咯嬌笑並點頭表示「就是說啊」。

「寫那本書的，是攻略組裡一個大公會的會長，所以記錄本身算是相當正確，不過在人物描寫上就相當主觀了。像是桐人和橘色玩家對戰的時候啊……」

「『一旦我拔出第二把劍——沒有人能活著離開』。」

兩個女孩哈哈大笑，而和人只能露出空洞的眼神把椅背上的身子不停往下沉。雖然明日奈臉上終於又有笑容讓他鬆了口氣，但詩乃這時卻又追加了一記攻擊。

「那本書好像已經翻譯成英文在美國出版囉。所以說，黑衣劍士已經變成國際知名的勇者了呢。」

「……好不容易才忘記這件事的……我還想叫那傢伙把版稅分給我呢，真是的。」

又嘲笑了一陣子碎碎念的和人後，詩乃因為想要詢問從剛才就一直掛在心上的疑問，而把話題拉了回來。

「不過啊，桐人。結果那個叫ＳＴＬ的，能做的事情就和AmuSphere一樣而已嗎？如果只是用多邊形組成ＶＲ世界，然後把影像和聲音送進連線者腦裡，何必用到那麼複雜的機制呢？」

「哦，妳問得好！」

和人從椅子上撐起上半身，點了一下頭。

「剛才詩乃說了『用多邊形組成ＶＲ世界』對吧。多邊形其實也就是座標與面的集合體……也能稱做數位檔案。雖然現在建模已經相當精細，比方說樹和家具等物體現在根本和真的如出一轍，但本質上來說還是和這個沒有兩樣。」

他迅速操作起原本一直放在桌上的手機，開啟早已附設在手機裡的小遊戲。展示畫面上緩緩轉動的未來型賽車，不但車子內裝製作得相當粗糙，就連車身的曲線看起來也相當死板，讓人一看就知道是由多邊形所組成。

詩乃抬起頭，有些懷疑地問道：

「那是當然……就算在ALO或GGO裡，只要有大量玩家聚集在同一處，偶爾還是會發生來不及描繪物體的情況。不過，STL和AmuSphere在這種基本的地方應該沒兩樣吧？兩者都是讓使用者看見或是觸碰現實世界不存在的東西，所以應該都是從無到有的3D模型吧。」

「這裡，問題就是在這裡。嗯……該怎麼說明才好呢……」

和人瞬間沉默了下來，然後拿起將冰搖雙份濃縮咖啡喝光之後的空杯子展示給詩乃看。

「詩乃，現實世界裡確實有這個杯子對吧。」

「…………這還用說。」

雖然詩乃臉上出現「不知道在搞什麼鬼的表情」，但她還是點了點頭。結果和人把杯子更加靠近少女的臉，說出了讓人難以馬上理解的一段話來。

「聽好囉，這個杯子目前同時存在於我的手裡以及詩乃的意識……以RATH的講法，就是『搖光』當中。正確來說，是詩乃的眼睛捕捉到照射到這個杯子並反射出來的光線，然後在視網膜將其轉換為電子訊號，最後在意識中把杯子實體化。那麼，如果我這樣做……」

和人忽然伸出左手把詩乃的兩眼遮住。當她反射性閉起眼瞼後，視野隨即被帶有微紅的暗灰色給覆蓋過去了。

「怎麼樣，詩乃腦裡的杯子一瞬間便完全消失了嗎？」

雖然還是完全不懂對方究竟想說些什麼，但詩乃依然先老實地回答：

「……哪會這麼快就忘記啊。靠這麼近讓我看，現在當然還記得杯子的顏色和形狀。啊……不過，影像已經變得愈來愈模糊了……」

「就是這樣。」

對方終於把手拿開，詩乃也就張開了眼，輕輕往玻璃杯後方和人的臉孔瞪了一眼。

「什麼就是這樣？」

「聽好囉……我們在看見這個杯子、這張桌子或是彼此的臉孔時，就會利用能夠記錄・播放的方法把這些檔案保存在搖光裡的視覺處理領域當中。所以，它並不是單純閉起眼睛就會馬上消失的素描。我要說的就是這個。像這樣看不見杯子，而詩乃的記憶也愈來愈淡時……」

和人把右手握住的杯子藏到桌子底下。

「只要以完全的形式，將和剛才看著杯子時完全相同的檔案輸進詩乃的搖光視覺皮層裡，詩乃應該就能看見不存在於桌上的玻璃杯才對。而且是精密度遠超出多邊形的……應該說和實體沒有兩樣的玻璃杯。」

「…………理論上是這樣沒錯啦……但是，保存在人類意識裡的檔案，也就是『記憶』吧？又不是催眠術，你是要怎麼從外側操縱來播放記憶……」

話說到這裡，詩乃便忽然閉起嘴巴。

十幾分鐘前——和人不是才說過能做到這種事的機械嗎？至今一直默默聽著兩人對話的明日奈，直接代替詩乃輕聲說道：

「就像AmuSphere讓使用者的腦看見多邊形檔案一樣……ＳＴＬ是在人的意識裡寫上短期記憶……也就是說……那不是虛構的物體。在ＳＴＬ所創造出的假想世界中看見、聽見以及碰到的東西……在我們意識裡都屬於真實的經驗，應該是這樣吧？」

和人點了點頭，把杯子放回桌上後繼續說道：

「ＲＡＴＨ說這是記憶裡的視覺情報……『mnemonic visual data』。我確實是有些初期測試潛行中的記憶……那真的可以說和AmuSphere所製造出來的ＶＲ世界完全不一樣唷。雖然只不過是在一個小房間裡頭，但是我……」

和人霎時停止發言，臉上浮現一個看起來像是硬擠出來的笑容，然後才說下去：

「……一開始完全不知道那裡是假想世界。」

3

和現實沒有兩樣的假想世界。

這是從前一個世紀開始就曾出現在許多虛構故事裡的情節。詩乃隨便就能夠舉出五部這樣的小說或電影。

到了完全潛行技術實用化，民生用的NERvGear和AmuSphere實際在市場上販賣的時代，我們終於面臨了「眼前的世界真的是現實世界嗎」的情況——由於曾經在新聞和部落格裡看過這樣的文章，所以詩乃在首次完全潛行時多少還是感到有些不安。

但在實際嘗試過之後，不知道該說放心還是可惜，她發現擔心根本是多餘的。AmuSphere所創造出來的VR世界，無疑是經由最先端科技所產生的奇蹟。能用五感來體會的假想世界是那麼美麗、鮮豔——但正是因為這樣，更顯出它與真實世界的差異。在裡面看見的景象、聽見的聲音、觸碰到的物體，全部都過於純粹，換言之就是太過於單純了。空氣裡沒有塵埃，衣服上沒有毛球，桌子上也沒有任何的凹凸不平。經由數位編碼所生成的各種3D物件，全都受到設計它們的企業人力以及描繪機器的CPU這種絕對限制。當然未來會有什麼樣的發展目前仍不得而知，但至少以二〇二六年當下的科技，依然無法創造出與現實沒有兩樣的假想世界——在今天聽見桐谷和人所說的話之前，詩乃一直這麼認為。

「……桐人，這也就是說，搞不好你現在也還是在那台叫……STL的機器裡面囉？然後，我和明日奈只是你被注入的『記憶』。」

因為和人這番話而瞬間感到一股寒意的詩乃，為了沖淡那種感覺而笑著這麼說道。原本以為對方一定會笑著回答「那怎麼可能」，但和人卻只是皺著眉頭拚命盯著她看。

「喂……別、別這樣好嗎。我是真人啦。」

她急忙揮了揮手，但和人依舊用懷疑的表情看著她說：

「如果妳是真的詩乃……那應該還記得昨天和我做過的約定才對。」

「約、約定？」

「就是今天如果來赴約，無論我要吃幾個這裡最貴的『Dicey起司蛋糕』都沒問題。」

「咦……咦咦？我哪有做過這種約定！啊，但、但這可不代表我就是假貨唷，我是真人啊！妳說是吧，亞絲娜？」

詩乃往旁邊一看，卻發現明日奈竟然也緊握住她的雙手低聲說：

「小詩詩……妳忘了嗎？妳說我可以盡情地吃『草莓&櫻桃塔』的……」

「咦咦咦！」

難道我才是在假想世界裡被操縱記憶的人嗎……剛有這種想法時，和人與明日奈的雙頰同時抖動，接著噗嗤一聲笑了出來。這下子詩乃才知道，自己反而被他們兩個人給騙了。

「你……你們兩個好樣的，竟然連亞絲娜也一起騙我！下次在ＡＬＯ裡，我一定要你們分別嘗嘗一百發追蹤箭！」

「啊哈哈，對不起嘛，饒了我吧，小詩詩！」

明日奈邊笑邊抱住了詩乃。雖然這隨意展現出來的親密動作讓人心底感到一股暖意，但詩乃還是把臉別了過去。不過她的嘴角馬上就忍不住地揚起，和明日奈一起笑了一陣子。

在這種和諧的氣氛之下，和人順勢以緩慢的口氣說道：

「光是聽見什麼Fluctlight啦、mnemonic visual等用語，就會覺得那似乎是相當詭異的科技……但是，ＳＴＬ創造出來的假想世界，說不定比AmuSphere所製造出來的還要適合我們呢。如果真要打個比方，應該就像『真實的夢境』那樣吧……」

「夢、夢境……？」

這出乎意料的詞讓詩乃不停眨眼，而這個在ＡＬＯ裡總是讓周圍親友感到昏昏欲睡的守衛精靈劍士，倒是一臉認真地點著頭。

「嗯。叫出保存在記憶裡的物件群，再將它們組合起來創造一個世界，然後在裡面活動……這不就跟作夢幾乎一樣嗎？實際上，他們說利用ＳＴＬ潛行時，人類的腦波就跟睡眠時差不多唷。」

「也就是說，你是在夢裡頭打工囉？光是連續睡三天，就能夠賺一大筆錢？」

「所、所以我不是一開始就說了嗎？我沒吃沒喝地睡了三天。當然，這段時間還是有打點滴來獲得水分和營養素啦。」

現在回想起來，剛來到店裡的和人好像真的有說過這種話。只不過，沒想到他的工作不光是躺在現實世界裡的凝膠床上，居然真的是作夢本身。詩乃將視線往上抬，嘆口氣低聲說道：

「連作三天的夢嗎……要是有這麼長的時間，應該能做很多事吧。也不會在快吃到蛋糕前就醒過來了。」

「可惜我根本不記得在裡面吃了些什麼。好吧，就當我在夢裡每天吃蛋糕吃到飽好了……」

當和人用開玩笑的口氣說到這裡時，他忽然就閉起嘴來不再說話了。詩乃看了過去，發現在那略長的瀏海底下，一對眉毛已輕輕皺了起來。

「……桐人，你怎麼了？」

他沒有立刻回答明日奈的問題，只是做出用手抓住東西送進嘴裡的動作。

「…………不是……蛋糕……應該是更硬……又有點酸……但相當美味。那是……」

「你、你還記得在假想世界裡吃了什麼？」

「…………不行，還是想不起來。總覺得……是在現實世界裡……所不曾嚐過的味道…………」

和人臉上又持續了幾秒鐘焦躁的表情，但他隨即像是放棄回想般呼出一口氣來。一直沒有開口的詩乃，終於忍不住提出心中的疑問。

「桐人，在現實世界裡沒嚐過的東西，卻在ＳＴＬ裡吃到了，這種事真有可能發生嗎？因為ＳＴＬ所創造的假想世界，應該是從潛行者記憶中叫出來的零件組合而成吧？那麼原則上來說，應該無法讓那個人見到沒看過的東西，也無法讓他吃到沒嚐過的食物才對吧？」

「啊……對哦，說的也對。正如小詩詩所說……如果是這樣，ＳＴＬ的假想世界雖然有絕對的真實性，但自由度應該相當低才對啊？他們應該無法做出像艾恩葛朗特或阿爾普海姆那樣和現實世界完全不同的異世界才對。」

聽見亞絲娜的說法後，和人靜靜點了點頭，接著像要甩開剛才的焦躁感一般笑著說：

「妳們兩個人都很敏銳，這真是個好問題。我一開始聽見mnemonic visual的事情時，根本沒注意到這個限制，這次長時間潛行實驗前才終於想到這個問題。接著，我便問了ＲＡＴＨ的工作人員，但關於這部分的事情好像已經是ＳＴＬ技術最為核心的部分，所以他們沒辦法詳細地告訴我……不過，我唯一能說的是……工作人員雖然說假想世界是從記憶裡創造出來的，但他們可沒說使用的是我，也就是潛行者的記憶啊。」

詩乃無法馬上了解和人所說的話，但旁邊的明日奈已經輕輕吸了口氣。

「咦……這是什麼意思……」

「難道……是別人的記憶？不對……或許是從零創造出來的記憶，不屬於任何人……？」

聽見她有點像是自言自語的聲音後，詩乃才終於恍然大悟。

如果自己以外的其他人，也擁有相同格式的記憶視覺情報……就是那個什麼mnemonic visual的呢？而那個構造也早就經過解析……那麼就原理來看，確實有可能生成充滿無法想像光景的真實「夢境」，讓自己在那裡看到從未見過的物品、吃到未曾嚐過的食物。

這時從和人口裡吐出來的一句話，剛好證明了兩個女孩的想法。

「……從我開始在ＲＡＴＨ打工，已經差不多有兩個月了……一開始的潛行測試還沒有記憶限制，所以我還記得幾個ＶＲ世界。其中有一個，是在一個廣大的房間裡出現了無數貓咪。總共有好幾百隻……」

「……好幾百隻……」

詩乃瞬間想像起那樣的貓咪天國而露出微笑，但她馬上就把妄想從腦袋裡趕走。少女用視線催促和人繼續說下去後，他便用搜尋著記憶的表情繼續表示：

「……現在回想起來，那個房間裡有許多我根本不知道什麼品種的貓。而且不只是這樣……甚至有長了翅膀在天空飛的貓，還有整個圓滾滾像球一樣不停彈跳的傢伙在呢。我的記憶裡面，絕對不可能有那種貓咪存在。」

「……而且那也不可能是其他人的記憶，對吧？因為，現實世界裡絕對沒有人看過長著翅膀的貓咪。」

明日奈繼續說著：

「要是這樣……那隻會飛的貓咪大概是工作人員製作出來給桐人看的……不然就是ＳＴＬ系統自己由零所生成的。」

「若是後者就太了不起了。如果能辦到這種事，那系統能創造的就不只是單一物件，最後或許可以製造出整個假想世界了。」

桐人說完之後，三個人便暫時沉默了下來。

不經由人類之手生成的假想世界——

這個概念，讓詩乃的心跳開始不停加速。因為，這時詩乃正對ＧＧＯ與ＡＬＯ等ＶＲＭＭＯ世界「過於蓄意的設計」感到有些不習慣。

既存的ＶＲ遊戲世界，當然從頭到尾都是開發公司的程式設計師所架構而成。不論是建築、森林還是河川，儘管看起來都像是很自然地存在於那個地方，不過實際上卻是某人依照自己喜好所配置的物件與地形。

在玩遊戲時，只要忽然想到這件事，詩乃心底便會頓時覺得大失所望。她總有種意識，感覺包含自己在內的這些人，說穿了也不過是在名為「開發者」的神仙掌中東奔西跑罷了。

詩乃原本就不是單純為了享受遊戲而進入Gun Gale Online的世界，即使已經擺脫了過去的束縛，她依然會考慮在假想空間裡的經驗對現實世界究竟有什麼樣的意義。當然，她對於某些在現實生活中也會攜帶模型槍，或是在衣服上裝飾同樣徽章的軍事狂沒有什麼認同感。她有著自己的信念，認為遊戲內詩乃所獲得的忍耐力、自制力等經驗，也同樣會讓現實的朝田詩乃稍微變強一點；反過來說，如果不是這樣，那麼花費大量時間和金錢在假想世界裡，又有什麼意義呢？

詩乃認為，就是對ＶＲＭＭＯ遊戲有同樣的看法，所以原本非常怕生的自己，才能跟認識短短幾個月的明日奈變成這麼好的朋友。眼前這名女孩雖然總是帶著柔和的笑容，但她一定和自己有同樣的價值觀。玩ＶＲＭＭＯ遊戲不是為了逃避現實，而是為了將假想世界裡獲得的經驗與羈絆當成增進現實生活的動力，明日奈一定也是這樣的人。當然和人就更不用說了。

就因為這樣，詩乃一直不想承認ＶＲ世界只是程式設計師製造出來的產品，而內部所發生的事全都只是虛構。雖然不願意承認，但每個ＶＲ世界一定有其製作者卻是無庸置疑的事實。

上個月，當詩乃住在明日奈家裡的那個晚上，關上電燈後她便對明日奈吐露這個一直藏在心裡的不協調感。結果，一起躺在大床上的明日奈稍微考慮了一下才說：

『小詩詩，其實現實世界不也一樣嗎？現在我們生活在其中的環境，不論是房子、街道，甚至從學生這個身分到社會結構，全部都是由某些人所設計出來的……我想所謂的變強，應該就是能在這樣的環境中，朝著自己希望的方向前進吧。』

隔了一會兒，明日奈才用含著笑意的聲音接下去：

『但是，我還真想親眼看一次不經由人手設計的ＶＲ世界耶。如果真的實現，在某種意義上，說不定將比這個現實世界還要像「真實世界」呢……』

「真實世界……」

詩乃下意識地呢喃著，似乎跟她有了相同想法的明日奈，直接就在桌子另一邊點了點頭。

「桐人……那也就是說……只要使用ＳＴＬ，就可能創造出和這個真實世界完全相同甚至凌駕其上的世界了嗎？能創造一個沒有設計師存在的真正異世界？」

「嗯……」

和人考慮了一陣子，最後才緩緩搖了搖頭。

「不……現在應該還相當困難吧。森林、草原等自然地形固然可以交給系統來製造，但要有規則性地建立起一個大城鎮，還是需要人類的設計師才行吧。要說其他的可能性嘛……比如說聚集幾百名測試玩家，然後在原野狀態的區域上從零開始建設一個城鎮，或者應該說一個文明社會，這樣或許就能成為一個沒有神明或造物主的世界了……」

「嗚哇，這種做法得花上很長一段時間吧～」

「光是要完成地圖就得花上好幾個月了吧。」

認為和人是在開玩笑的明日奈和詩乃同時笑了起來。不過發言者本人卻還是皺著眉頭沉思，最後才自言自語般冒出這麼一句話：

「就像是文明發展的模擬遊戲嗎。等等……這也不是不可能唷。只要ＳＴＬ的ＦＬＡ功能進化……另外也得限制能帶進內部的記憶嗎……」

「ＳＴＬ的ＦＬ……那是什麼？」

這一連串的簡稱讓詩乃繃起一張臉，而和人這才眨著眼睛抬起頭來。

「啊啊……那是Soul translator能做到的第二種魔法啦。剛才我不是說過，ＳＴＬ製造出來的假想世界就像在夢一樣嗎？」

「嗯。」

「我們不是偶爾會有『作了個很長的夢，結果起床時感到很累』的經驗嗎？尤其作惡夢時更容易這樣子……」

「啊～確實如此。」

詩乃繃著臉點了點頭。

「忙著逃離恐怖的事物時，雖然逃到一半就覺得這應該是作夢，卻還是醒不過來。不停地逃了好一陣子後才終於清醒，結果想不到竟然還是在夢裡頭……」

「在作這樣的夢時，妳覺得大概會經過多久？」

「咦？兩小時……到三小時左右吧。」

「這就是重點。若從螢幕上來觀察腦波呢，在本人覺得作了一個很長的夢時，實際上作夢的時間卻只有醒過來前的幾分鐘而已唷。」

和人說到這裡便停了下來，接著忽然伸手把並排放在桌上的兩隻手機蓋了起來。他以惡作劇的視線看著詩乃說：

「我們剛開始談到ＳＴＬ的話題時是四點半左右吧。詩乃，妳認為現在幾點了？」

「咦……」

忽然被這麼一問，詩乃頓時答不出話來。夏至剛過，此刻天空依然相當明亮，沒有辦法依照由窗戶射進來的光線強弱判斷時刻。不得已，她只能按照自己的推測來說出答案。

「呃……四點五十分左右……？」

於是和人把手從手機上移開，並且把畫面朝向詩乃。定睛一看，電子數字顯示目前時間已經超過五點了。

「哇，已經過這麼久了嗎？」

「所以說時間是相當主觀的東西。這不只是在夢裡，連在現實世界當中也是一樣。忽然發生什麼緊急事態導致腎上腺素分泌後，體感時間就會變慢；相反地，如果在悠閒的狀態下持續與人聊天，時間便一下子就過去了。RATH在研究人的意識……也就是搖光時，對為什麼會有這樣的情形做出了一個粗略的解釋。這好像是因為有種名為『思考時脈控制訊號』的脈衝波會流經意識中心部分的樣子。不過發生的源頭在哪裡還不太清楚就是了。」

「時脈……？」

「我們不是常說電腦的CPU有多少赫茲嗎。就是那個啊。」

「就是一秒鐘裡計算的次數嗎？」

明日奈的話讓和人點了點頭，接著用放在桌上的右手指尖敲出咚咚聲。

「型錄上往往會刊載最高數值，但它其實不是個固定的數字。電腦平常為了抑制發熱，所以只會慢慢運轉，等真正需要進行大量運算時……」

咚咚咚，手指敲著桌面的速度變快了。

「就會提升動作時脈來加快計算速度。而用搖光來製造物體的光量子電腦也是一樣。發生緊急事態時，需要處理的資料一增加，思考時脈也同樣會加速。詩乃在GGO的戰鬥當中非常專心時，也會有種看得見子彈的感覺吧？」

「啊～狀況非常好的時候是可以啦。但還是沒辦法像你那樣『閃避彈道預測線』就是了。」

她噘起嘴唇補上這麼一句話之後，和人也只能苦笑著搖了搖頭說：

「我現在也沒辦法了。在下屆BoB前得重新鍛鍊才行……總之，那個思考時脈會對時間感覺產生影響。當時脈加速時，人類便會感覺時間流動變慢。睡眠中這種情況就更加明顯了。搖光為了處理龐大的記憶資料而將速度提升許多，結果就是幾分鐘裡面便宛如作了好幾個小時的夢。」

「唔……」

詩乃把雙手環抱在胸前發出低吟。自己的腦，或許應該說心靈是由光組成的電腦，單單這種說法就已經超出常識的範圍之外了，現在竟然說「思考」也會讓計算速度提升或降低，她實在沒有辦法體會那究竟是什麼感覺。但和人卻像意猶未盡般繼續笑著表示：

「——既然如此，如果能在夢裡完成作業或工作，不是一件很棒的事嗎？在現實世界裡不過幾分鐘的時間，但在夢裡已經過了好幾個小時囉。」

「那、那怎麼可能……」

「就是啊～哪有那麼剛好能作那種夢呢。」

詩乃和明日奈同時提出異議，但和人還是笑著繼續解釋：

「真正的夢境之所以會支離破碎，原因在於它只是記憶處理作業的剩餘產物。但STL所製造出來的夢——應該說邏輯極為類似夢境的VR世界——更為純粹。在那個世界裡，我們能干涉意識中決定思考時脈的脈衝波讓其加速。接著我們也和它同步，讓假想世界內的基準時間跟著加速。最後使用者就能夠在假想世界裡體驗到比實際潛行時間多出好幾倍的時間。而這就是STL最主要的機能『Fluctlight acceleration』……簡稱FLA。」

「……該怎麼說，總覺得……」

已經不像現實世界裡會發生的事了。想到這裡的詩乃輕輕嘆了口氣。這和AmuSphere可不只有「些微」的不同而已。

光是潛行技術的實用化，就已經讓社會生活產生了相當大的改變。聽說竭盡所能想降低成本的一般企業，在假想世界裡舉行會議或簡報已經是理所當然的事，而且每天都有好幾部能直接進入場景中並自選角度觀賞的3D電視劇與電影在播放，以高重現度為賣點的觀光軟體更是大受老年人們歡迎，而就如剛才和人所說的，現在已經是會在假想世界裡進行軍事訓練的時代了。

由於有太多的事都能夠不出門就完成，所以近來興起一股以自身雙腳漫無目的在街上走路的「散步族」風潮，甚至有腦筋動得快的廠商趁機發行了「虛擬散步軟體」結果大獲好評——就連這種本末倒置的事也隨之而生。另外，大型漢堡店與牛丼連鎖店的虛擬分店也已經出現了好一段時間。

就像這樣，假想世界造成的大潮流，不知道會將現實世界帶往什麼方向呢——在如此的世道之下，如果又有能讓意識加速的Soul translator這種商品登場，世界真不知會變成什麼樣子。

當詩乃感到些微寒意時，似乎也有相同想法的明日奈已經皺眉低聲說了這麼一句話。

「漫長的夢……嗎……」

她抬頭看著對面的和人，微微笑了一下。

「幸好ＳＡＯ事件在Soul translator實用化之前就發生了……我是不是應該這麼想呢？如果對應的機器不是NERvGear而是ＳＴＬ，艾恩葛朗特說不定會有一千層，要花上二十年左右的內部時間才能完全攻略呢。」

「千……千萬不要啊。」

看見和人拚命搖頭的模樣，明日奈再次露出微笑，然後接著問道：

「那麼，這個週末桐人一直在作夢嗎？」

「嗯。因為有長時間連續運轉測試。所以我整整三天不吃不喝就只是潛行。結果果然因此變瘦了一點……」

「才不是一點而已呢。真是的，你每次都做這種不顧後果的事情……」

明日奈故意做出可愛的生氣表情，然後把雙臂交叉在胸前。

「明天我會去川越幫你做飯！不過得先請直葉多買一些蔬菜才行……」

「拜、拜託妳手下留情啊。」

微笑著看兩人鬥嘴的詩乃，因為忽然想起一個問題而開口：

「嗯……這也就是說，在你連續潛行的三天裡面，那個思考加速裝置一直在發揮作用對吧？那麼，實際上你到底在裡面過了多久啊？」

一問之下，探索自己的記憶般歪著頭，然後以不確定的口氣回答：

「嗯～如我剛才說明的，因為潛行中的記憶受到了限制……不過，我聽說ＦＬＡ機能目前的最大倍率大概是三倍左右……」

「就是說……九天？」

「或者十天左右吧。」

「這樣啊……到底在什麼樣的世界裡做些什麼事呢？如果不能帶出來，那現實世界裡的記憶可以帶進去嗎？有沒有其他測試者呢？」

「呃～這些事我真的完全不清楚。因為呢，他們說有太多相關知識會對測試結果產生影響。不過，就算能夠封鎖潛行中的記憶好了，依然不知道能否限制既存的記憶呢……我前去進行測試的六本木大樓裡只有一台ＳＴＬ實驗機，所以潛行的應該只有我一個吧。關於『裡面』的事情他們也都沒告訴我，身為封閉測試者的我可以說一點成就感都沒有。他們只跟我提過實驗用假想世界的代號而已。」

「哦？叫什麼名字？」

「『Under world』。」

「Under……地底世界？是設計成那樣的ＶＲ世界嗎？」

「別說整個世界的設計感了、就連是現實、奇幻還是ＳＦ風格我都不清楚。不過既然是這種名字，應該是像地底那樣黑黑暗暗的吧。」

「嗯……總覺得沒有什麼實感。」

詩乃與和人一起歪著頭沉思了起來，而明日奈則是把纖細的手指放在下巴上輕聲說道：

「說不定……那也跟愛麗絲的故事有關唷。」

「妳說的愛麗絲是……？」

「和剛才ＲＡＴＨ的名字一樣，是從《愛麗絲夢遊仙境》所取的名字。那本書一開始的原稿名稱是《愛麗絲地底之旅》唷。而英文原名就是《Alice's Adventure Underground》了。」

「哇，我還是第一次聽說耶。這公司還真喜歡童話。」

詩乃笑著說下去：

「話說回來，這兩本愛麗絲的故事，都是關於漫長的夢境對吧……這也就表示，說不定桐人在潛行當中還跟兔子一起參加茶會，甚至跟女王下西洋棋呢。」

明日奈聽到這裡，便像是覺得很有趣般輕笑了起來。然而不知為何，當事者和人只是面有難色地凝視著桌上的某一點。

「……怎麼了嗎？」

「……沒有啦……」

他雖然因為詩乃的聲音而揚起視線，卻依然眉頭深鎖，還似乎相當焦躁地不停眨著眼。

「剛才聽見愛麗絲……就有種快要想起什麼的感覺……不是常常會這樣嗎？明明有什麼讓你非常在意的事情，但就是想不起來，最後只有一股不安的感覺留下來而已。」

「啊～確實是有。像是作了個惡夢而跳起來，結果卻忘記夢裡面的情節了。」

「總有種……明明有件非做不可的事，卻忘記是什麼內容的感覺……」

明日奈看著不停搔頭的和人，擔心地問：

「你說的是實驗裡的記憶嗎……？」

「不過，你不是說假想世界的記憶全都被消除了嗎？」

詩乃也接著問道。和人這時依然閉著眼睛低聲沉吟，但他不久後便像放棄掙扎般放鬆了肩膀的力量。

「……算了，十天左右的記憶也不可能隨便就想起來。可能只是沒有完全隔絕的碎片還留在腦子裡吧……」

「這樣啊……這樣一想，如果記憶確實殘留在腦裡，那精神上來說你就比我們老了一個禮

拜左右耶。總覺得……還真有點恐怖哦。」

「我倒是有點高興……感覺好像差距縮小了。」

比和人大一歲的明日奈一這麼說，和人便輕笑著回答她：

「話說回來，從昨天潛行結束一直到今天上課時，我都有種奇怪的不協調感耶。就好像……過了好長一段時間才又見到自己熟悉的街道與電視節目一樣。就連看到班上的同學……也會忽然想著『怪了，這傢伙是誰啊』……」

「才十天左右而已，哪有那麼誇張啊。」

「就是說啊～這會讓人很不安呢耶。」

和人這幾句話讓詩乃與明日奈同時繃起臉來。

「桐人，別再進行長時間的實驗了。那一定會對身體造成負擔的。」

「嗯，長時間連續運轉試驗獲得很大的成功，基礎設計上的問題好像全都解決了。接下來終於要準備進入實用化階段把體積縮小，不知道要花多少年才能把那麼龐大的體積縮成能夠販賣的商品哦……這段時間我也不會去那裡打工，何況下個月就要期末考了。」

「嗚……」

聽見和人的話，讓詩乃臉色變得相當難看。

「喂喂，別讓人想起那麼討厭的事情啦。桐人和亞絲娜的學校可好了，幾乎不用寫考卷。

不像我們學校還要畫答案卡哩，真受不了，也不稍微改進一下。」

「呵呵，那我們之後來進行考前衝刺集訓吧。」

明日奈邊說邊抬頭看著詩乃背後的牆壁，然後發出了小小的叫聲。

「已經快六點了耶，和朋友一起聊天時間果然過得很快呢。」

「我看也差不多該散會了。不過總覺得主題好像只討論了五分鐘左右。」

面對露出苦笑的和人，詩乃也笑著回答：

「反正距離第五屆ＢｏＢ還有很長一段時間，角色配點或是詳細戰術等你轉移過來之後再決定就可以了。」

「說的也是。不過我還是只想用光劍。」

「那玩意兒其實叫光子劍。」

和人邊笑著說「是這樣嗎」邊拿起桌上的帳單，然後表示因為領了七十二小時的打工費用所以今天他負責請客，接著便朝櫃台走去。詩乃和明日奈一起說了聲「謝謝」，然後便先行走向出口。

「艾基爾，我們下回見囉。」

「謝謝你的招待，燉豆子真的很好吃。」

向忙著準備夜間營業的店長打過招呼後，詩乃便從威士忌桶裡拿出雨傘並把門推開。外頭的喧囂和雨聲立刻隨著「喀啷」的鈴聲傳進耳裡。

雖然距離太陽下山還有一些時間，然而天上那厚厚的雲層作祟，讓濕濡的路面附近早已飄盪著深夜的氣息。詩乃打開雨傘，走下一格小小的階梯後——她忽然停下腳步，迅速將視線在周圍繞了一圈。

「小詩詩，怎麼了嗎……？」

背後的明日奈發出充滿疑惑的聲音。詩乃這才回過神來，急忙走到路上並轉頭。

「沒、沒什麼啦。」

她彷彿要掩飾害羞輕笑。自己的後頸感覺到類似狙擊手的氣息——這種話她實在說不出口。待在開放式空間便會開始確認狙擊地點的習慣，竟然也出現在現實世界裡。一想到這點，詩乃就忍不住感到有些愕然。

雖然明日奈依然有些納悶，但這時背後再度響起一陣鈴聲，而她也就像受到鈴聲催促般走下了階梯。

邊走出門邊把皮夾收進包包裡的和人，踩到馬路上後忽然冒出了這麼一句話：

「愛麗絲…………」

「你到底在說什麼啊？」

「沒有啦……仔細一想，星期五，也就是在利用ＳＴＬ潛行之前，我好像稍微聽見了工作人員之間的對話……A、L、I……Arti……Labile……Intelligen……嗯～到底是什麼呢……」

看見和人依然在嘴裡咕噥一些不明所以的單字，明日奈只好用自己的傘幫他遮雨，然後露出「真拿你沒辦法」的苦笑。

「每次你一有在意的事情想不起來就會這個樣子。既然那麼在意，那就下次去公司時跟他們問個仔細不就得了？」

「嗯……說的也是哦。」

和人搖了兩、三下頭，這才終於把雨傘撐開。

「那麼詩乃，我們下次再討論轉移去GGO的事。」

「了解。下次在ALO裡討論也可以啦。謝謝你們今天專程過來。」

「再見囉，小詩詩。」

「再見，亞絲娜。」

朝準備搭電車回去的和人與明日奈揮了揮手後，詩乃便開始朝反方向的地鐵車站走去。她雖然再次從雨傘下方靜靜地掃視周圍，但剛才感受到的執拗視線似乎真的只是錯覺，現在已經消失得無影無蹤了。

轉章I

人的體溫，真的非常不可思議。

結城明日奈忽然有了這樣的想法。

雨停後，兩個人便牽著手緩緩走在邊緣染上橘色的深藍色天空下。旁邊的桐谷和人，打從幾分鐘前就一臉陷入沉思的表情，目光始終放在步道的磁磚上不發一語。

明日奈住在世田谷，和人準備回川越，兩人通常會在新宿車站告別後各自換乘不同的電車，但今天和人不知為什麼卻表示要送她到家裡附近。明日奈原本因為從澀谷到和人家還得花上將近一個小時而準備婉拒，但和人眼中似乎帶有不尋常的神色，她也就答應了。

從最近的世田谷線宮之坂站下車後，兩人便自然地牽起手來。

像這種時候，明日奈總是隱約地想起某個情景。由於那段回憶不只有甜蜜，同時也伴隨著痛苦與恐懼，所以平時幾乎不會浮現在腦海裡，但在握住桐人的手時偶爾會復甦。

那不是在現實世界裡的記憶。而是在目前已經消失的艾恩葛朗特第55層主要街道區——鐵塔之街「格朗薩姆」所發生的事。

當時明日奈／亞絲娜依然擔任公會血盟騎士團副團長，一名叫做克拉帝爾的巨劍士時常跟在她的身邊充當護衛。克拉帝爾對亞絲娜有著異常的妄想與執著，於是打算用麻痺毒暗地裡解決讓亞絲娜決定退出公會的和人／桐人。

過程中，有兩名公會成員慘遭殺害，正當桐人也瀕臨死亡時，即時趕到的亞絲娜便在激昂的情況下拔出了細劍。少女無情地削減克拉帝爾的ＨＰ，卻在剩下一擊便能結束對方生命時產生了猶豫。克拉帝爾抓住這個機會準備反擊，然而從麻痺當中恢復過來的桐人已經先用手刀貫穿了他的身體。

事後兩人回到第55層的血盟騎士團本部，報告了退出公會的決定，然後便牽著手漫無目的地走在格朗薩姆的街道上。

當時的亞絲娜表面上看起來相當平靜，內心卻對自己無法下手解決克拉帝爾感到失望，更對把這份重擔推到桐人身上懷有罪惡感。鑽牛角尖的她自覺沒有參加攻略組的資格，也沒有站在桐人身邊的權利；就在這時，亞絲娜忽然聽見了一道聲音。他說「無論發生什麼事，我都會讓妳回到那個世界」。

在這個瞬間，亞絲娜便有了非常強烈的念頭。少女心想，下次換我守護身邊的這個人了。不論是在哪個世界，只要桐人一有危險，我將絕不猶豫地保護他。

亞絲娜清楚地記得，那隻原先握在手中卻只感到冰冷的右手，從那時起忽然就像靠在暖爐旁一樣慢慢變暖了。即使浮游城已崩塌，此刻的她已經過妖精國度回到現實世界，但只要像這樣牽著手，與當時相同的溫度便會重新在掌中甦醒。

人的體溫實在是非常不可思議。明明只是肉體為了存活而消耗能量所產生的熱度，但透過接觸的手掌交換溫度後，卻能帶給人包含某種情報的真實感。最好的證據就是，明日奈知道一直默默無語的和人正考慮對自己說出某件重要的事。

和人說，人的靈魂是被封在腦細胞微小構造當中的光量子。而那種光說不定不只存在腦裡，而是存在於全身所有細胞當中呢。由眾多搖晃光粒所創造出來的人形量子場，現在正靠著彼此的手掌連結在一起。感受對方的體溫，或許就是這麼一回事也說不定。

明日奈靜靜閉起眼睛，在心中這樣呢喃著。

——別擔心唷，桐人。不論什麼時候，我都會在背後守護著你。我們是世界上最棒的前鋒和後衛啊。

此時和人忽然停下腳步，明日奈也同時駐足。可能是因為剛好七點吧，她一張開眼睛，馬上就看見兩人頭上那盞復古的鑄鐵製街燈亮起了橘色光芒。

雨停後的黃昏時刻，住宅區的人行道上除了明日奈與和人以外，看不見其他人影。這時和人緩緩轉過頭來，用他的深色眼珠筆直凝視著明日奈。

「亞絲娜……」

他像是要甩開猶豫般，往前跨出一步——

「……我還是決定要去。」

知道和人最近為了將來的出路煩惱的明日奈，這時微笑著反問：

「去美國嗎？」

「嗯。在花了一年查閱過許多資料之後，我認為聖克拉拉的大學正在研究的『腦內植入式晶片』（Brain Implant Chip），應該就是次世代完全潛行技術的正常進化形態。腦機介面（Brain Machine Interface）應該也會朝那個方向發展。無論如何，我都想親眼目睹下一個世界的誕生。」

明日奈筆直凝視著和人的眼睛，用力點了點頭。

「在那座城堡裡，除了令人高興的事情之外……也有許多痛苦、悲傷的事情發生。我想，你一定很希望能確認它會發展到什麼地步吧。」

「……若真想看到最後的結果，可能活幾百年都不夠吧。」

和人輕輕一笑，然後再次吞吞吐吐了起來。

明日奈察覺到，他可能是無法說出「那我們就必須分隔兩地了」這樣的話吧。於是依然掛著笑容的明日奈打算說出心裡早已經準備好的答案——但在她開口之前，和人已經露出一副與過去在艾恩葛朗特跟她求婚時完全相同的表情，吞吞吐吐地說著：

「然後……我、我希望亞絲娜能和我一起去美國。我、我發現自己已經不能沒有妳了。我也知道這是個很過分的要求，亞絲娜應該也有自己想走的路才對。不過，我還是……」

和人似乎相當猶豫，話說到這裡就停了。而明日奈先是瞪大了眼睛，接著便噗嗤一聲輕輕笑了出來。

「咦……？」

「抱……抱歉，我不該笑的。不過……難道桐人最近一直在煩惱的就是這件事情嗎？」

「那、那當然啦。」

「什麼嘛～如果是指這件事，我的答案很早之前就已經決定啦。」

明日奈的右手依然與和人相握，此刻她又把左手也疊了上去。接著再度用力點點頭，然後說出這麼一句話：

「我當然會一起去。無論你要去哪裡，我都會待在你身邊。」

和人先是瞪大了眼，接著又眨了好幾下眼睛，最後臉上才露出鮮少展現的燦爛笑容。接著他舉起右手碰了碰明日奈的肩膀。

明日奈也將空下來的雙手繞過和人的背部。

重疊在一起的嘴唇開始時還有些冰冷，但馬上就變得溫暖並且融合在一起，明日奈再度感覺構成兩人靈魂的光已經交換了無數情報。她更加確信，今後不論要在什麼樣的世界旅行多少年月，兩人的心依舊絕不會分離。

不對，應該說兩個人的心早已合而為一了。在崩壞的艾恩葛朗特上空，從被七彩極光包圍並消失的那時候——說不定比那還要更早，遠在兩名孤獨的獨行玩家於黑暗迷宮深處相遇的瞬間，就已經註定這樣的命運了。

「不過呢……」

幾分鐘後，兩人再度牽手走在人行道上時，明日奈提出了忽然浮現的疑問。

「桐人不認為幫忙測試的Soul Translator是完全潛行技術的正常進化嗎？Brain Chip和NERvGear一樣是腦細胞等級的連線，但ＳＴＬ應該是領先這兩者的量子層級介面吧？」

「嗯……」

和人用另一隻手上的金屬製傘尖敲著路磚，口中這麼回答：

「……它的設計概念確實領先了Brain Chip不少。不過，該怎麼說呢……我總覺得太過先進了點。那個機器不花上十年二十年是不可能成功小型化的。現在的ＳＴＬ，似乎不只是讓人類完全潛行到假想世界裡的機器……」

「咦咦？不然是做什麼用的機器？」

「真要說起來，應該是要探求人類的意識……也就是搖光究竟為何的機器吧……」

「這樣啊……」

換言之ＳＴＬ不是目的，只是手段而已？當明日奈試著想像了解人類靈魂究竟有什麼用時，和人便已繼續說道：

「而且呢，我認為ＳＴＬ應該是那傢伙……希茲克利夫思想延長線上的機器。那個男人究竟為什麼要創造出NERvGear與ＳＡＯ奪走數千人的生命，還把自己的腦也燒焦，最後甚至撒下『The Seed』這種東西……雖然我不知道這一切究竟有何目的，卻感覺ＳＴＬ散發出那傢伙的氣息。我當然也想知道希茲克利夫的目標，但不想把它當成自己未來前進的方向。我討厭那種自己一直逃不出他手掌心的感覺。」

明日奈腦裡瞬間閃過那個人的影像，然後點了點頭。

「……這樣啊……對了，團長的意識，或者應該說思考模擬程式，應該還存在於某個伺服器裡面吧？桐人不是有和它說過話嗎？」

「嗯嗯，不過只有一次而已。那個男人用來自殺的機器，其實就是ＳＴＬ的原始模型。當時為了要讀取搖光，必須用上足以燒焦所有腦細胞的高能量光束。我想，當時他應該長時間忍受著比NERvGear破壞腦幹時還要強烈許多的痛苦吧……他寧願付出這麼大的犧牲也要留下自己意識備份的目的，和目前ＲＡＴＨ打算藉由ＳＴＬ做的事，我想兩者並非全無關係。我之所以會接受菊岡的請求……可能是內心某個角落一直想看看那個人究竟想做什麼吧……」

說到這裡，和人把視線移向暗紅色逐漸淡去的天空。明日奈凝視他的側臉好一會兒之後，才在交握的手上多用了點力，對戀人低聲說道：

「……希望你可以跟我做個約定。今後絕對不能再做危險的事情。」

和人看向明日奈，微笑著點頭說：

「當然沒問題。因為明年夏天就能和亞絲娜一起去美國啦。」

「在那之前，你還是得努力用功在升學考試裡拿到好成績才行吧？」

「嗚……」

和人頓時為之語塞，但他馬上就輕咳了幾聲扯開話題。

「總而言之，得先和亞絲娜的雙親打聲招呼才行。雖然我時常用電子郵件和彰三先生連絡，但伯母似乎對我的印象不是很好……」

「別擔心啦～媽媽最近已經變得很懂事了。啊，對了……既然這樣，那乾脆就今天來我家一趟吧？」

「咦咦！還、還是不要吧……我等期末考結束之後再登門拜訪吧，嗯。」

「真拿你沒辦法……」

他們講到這裡時，已經來到離明日奈家不遠的小公園前面了。每次和人送她回家，兩人總會在這裡分手。明日奈帶著依依不捨的心情停下腳步，接著轉過身子。和人也正對著她，筆直看著眼前這個女孩。

當兩人間的空隙縮小到僅剩下十五公分時……從背後傳來了沉重的腳步聲，這也讓明日奈反射性地將身體往後退。

兩人轉頭一看，發現有一條人影小跑步從稍遠處的T字路衝了出來。那是一名穿著黑色服裝的矮小男子。他把視線停留在明日奈與桐人身上，邊說著「打擾一下～」邊靠了過來。

「請問～車站在哪個方向？」

面對這名低著頭詢問的男人，明日奈用左手指向東邊。

「呃，沿著這條路直走，到了第一個紅綠燈時右轉……咦？」

和人突然用力將明日奈的肩膀往後拉，接著側身擋在前面，將少女往更後方推去。

「為、為什……」

「你……剛才也在Dicey Cafe旁邊對吧。你到底是誰？」

和人用嚴厲的口氣說出明日奈意想不到的一句話。她摒住呼吸，再次看了一下男人的臉。

他有著隨處可見的挑染長髮，臉頰瘦削的輪廓則全被厚厚的鬍渣給蓋住了；那對耳朵上戴著銀色耳環，脖子上則掛著粗大的銀鏈。此外，他上半身穿著褪色的黑色T恤，下半身是同樣黑色系的皮褲，腰上還吊著一堆金屬鏈子，雙腳被一對不適合夏天的厚重長靴包裹住，整雙鞋也給人滿是灰塵的感覺。

從他凌亂的瀏海縫隙裡，可以看見彷彿在笑的細長眼睛。男人像是聽不懂和人說的話般歪著頭，然後皺起眉毛——突然，他小小的瞳孔裡竟然浮現出令人感到厭惡的光芒。

「……果然沒辦法突襲嗎？」

他的嘴角整個歪了起來，露出不知道是笑還是怒的表情。

「你到底是什麼人？」

和人再次這麼問道。男人聳了聳肩，搖了兩、三下頭後才故意嘆了一大口氣。

「嘿嘿，太誇張了吧，桐人先生。你忘記我的臉了嗎……啊，在那邊好像一直戴著面具耶。不過呢，我可沒有一天忘記你啊。」

「你……」

和人的背頓時因為緊張而繃了起來。他將右腳稍微往後拉，腰部也略微下沉。

「——『強尼．布萊克』！」

隨著和人低沉的叫聲，他的右手以電光火石般的速度往肩上沒有任何東西的空間抓去。那正是過去「黑衣劍士桐人」的愛劍「闡釋者」劍柄所在之處。

「噗，咕、咕哈哈哈哈哈！沒有啊，沒有劍啊～！」

名為強尼．布萊克的男人彎著上半身發出尖銳笑聲。和人全身散發出緊張的氣息，緩緩將右手放了下來。

明日奈也知道這個名字。那是舊艾恩葛朗特的積極殺人者，一個就連在紅色玩家裡也廣為人知的名字。對方隸屬於「微笑棺木」這個PK公會，和「赤眼沙薩」組成搭檔，是名殺了超過十個人的兇手。

……沙薩。明日奈在短短半年前也聽過這個姓名。那人正是恐怖的「死槍事件」主謀。

事件過後，她聽說主要犯人新川昌一和他的弟弟被逮捕，但還剩下一名同夥仍在逃亡當中。原以為早就被逮捕的第三人記得叫金本……換言之，眼前這個男人就是──

「你這傢伙……還在逃亡嗎！」

和人用沙啞的聲音這麼說道。強尼・布萊克──金本笑了一下後，便伸出了雙手的食指開口表示：

「Of course──既然沙薩那傢伙被抓住了，身為最後一名微笑棺木成員的我，當然得振作一點囉？我花了五個月才找到那間咖啡廳，然後在那附近監視了一個月……真的每天都過得相當辛苦唷～」

金本用喉嚨發出低沉的聲音，然後不停左右晃動著頭部。

「不過桐人先生啊，想不到沒了劍……你也只不過是個瘦弱的小鬼嘛～？長相雖然一樣，但根本看不出來是那個讓我嘗盡苦頭的劍士啊～」

「少說大話了……沒了擅使的帶毒武器，你又能拿我們怎麼樣？」

「嘿，居然從外表來判斷我沒有武器，這就代表你是個外行人啊。」

金本的右手像蛇一般迅速伸到背後，然後從T恤裡抓出某樣東西。

那是一個奇妙的物體。從扁平的塑膠製圓筒裡，凸出了一塊看似玩具的手把。明日奈瞬間還以為那是水槍，但看見和人背部整個緊繃起來的模樣後，她也跟著屏住了呼吸。少女心中的疑惑，馬上就隨著桐人的聲音變成了顫慄。

「那是……『死槍』……！」

和人往後伸出右手，作出要明日奈更加往後退的手勢。同一時間，他的左手也把收起來的雨傘傘尖對準了金本。

即使下意識往後退了一兩步，明日奈的眼睛還是緊盯著那把塑膠製的「槍」。那根本不是水槍，而是用上了高壓瓦斯的注射器，裡面還裝填了足以讓心臟停止跳動的恐怖藥品。

「我有準備帶毒武器啊～雖然不是小刀有點可惜就是了～」

金本左右擺動著注射器唯一裝著金屬零件的前端，同時發出刺耳的笑聲。和人將雙手握持的雨傘小心翼翼地對著金本，然後低聲叫道：

「亞絲娜，快逃！去找人過來！」

經過瞬間的猶豫後，明日奈點點頭，接著轉身跑離現場。她可以聽見金本在背後大叫著：

「喂，『閃光』！別忘了告訴大家……『黑衣劍士』死在我強尼·布萊克的手下啊！」

距離最近房子的對講機大概還有三十公尺左右。

「來人啊……救命啊！」

明日奈邊跑邊用盡力氣大喊。放下和人逃走是不是個錯誤的決定呢……如果兩個人同時撲過去，是不是能把那個武器搶下來呢？就在她轉著這些念頭且跑過一半距離時，一道聲音傳進了她的耳裡。

那是個短而尖銳的擠壓聲，就像轉開碳酸飲料瓶蓋或按下噴霧髮膠的聲音。但是，就在理解那代表什麼意思時，明日奈的腳馬上就因為過於恐懼而絆了一下，於是她急忙用一隻手撐在濕濡的路磚上。

明日奈緩緩轉過頭去。

這時映入她眼簾的，是一副淒慘的光景。

和人握在手裡的雨傘，傘尖已經整個刺進金本右大腿裡面去了。

而金本握著的注射器，則是按在和人的左肩上。

兩個人上半身同時一個搖晃，然後直接倒在路上。

接下來的幾分鐘裡，明日奈感覺自己就像在看黑白電影一般而沒有任何的真實感。

少女拚命移動僵硬的身體跑到和人旁邊。把他拉離按著右腳不停掙扎的金本。她一邊大叫著振作一點，一邊從口袋裡抓出手機。

儘管手指就像凍僵了一樣沒有任何感覺，但她還是死命用僵硬的指尖操作觸控式面板，接著以急促的聲音告知急救中心的接線生目前所在地。

到了這個時候，才有看熱鬧的人群圍過來。可能是有人報警了吧，警察也推開人群出現。明日奈只是簡短地回答他的問題，接著就緊緊抱住和人的身體。

和人的呼吸又短又急。在痛苦的喘息之下，他只簡短地呢喃了兩句話：「亞絲娜，抱歉……」

經過了宛如永遠的數分鐘後，和人被搬上了趕到現場的兩台救護車其中之一，當然明日奈也跟著坐了上去。

急救人員努力確保失去意識而躺在擔架上的和人呼吸道順暢，同時對著同輛車上的另一名成員大叫：

「病患出現呼吸不全的症狀！快準備壓式甦醒器！」

他們急忙準備呼吸器，和人的口鼻也立刻蓋上了透明面罩。

明日奈將隨時會迸出的慘叫聲努力壓抑在喉嚨裡，更奇蹟般地想起了藥名並告訴急救人員。

「那個，他、他的左肩被注射了名為Succinylcholine的藥物。」

急救人員瞬間露出驚愕的表情，但馬上就做出了新的指示。

「靜脈注射腎上腺素……不對，應該用阿托品！確保靜脈導管暢通！」

急救人員脫去和人的T恤，將點滴扎進他的左臂，並在他胸口貼上心電圖的電極。在此起彼落的喊聲當中，還參雜著撕裂空氣的救護車鈴聲。

「心跳開始下降！」

「準備心臟按摩器！」

和人緊閉雙眼的臉，在LED車內燈照耀下慘白得可怕。不，不要！桐人，我不要這樣！有好一陣子，明日奈都沒注意到自己的嘴不停地如此呢喃。

「心跳停止！」

「繼續按摩！」

騙人的吧，桐人。你不會丟下我自己離開吧？你說過……我們要一直在一起的對吧。

明日奈的視線，落到了自己一直緊握著的手機上。

表示在螢幕上的粉紅色心臟輕輕震了一下，接著便不再跳動。

電子數字冷酷且明確地歸零，就這樣保持沉默。

第一章 Underworld 人界曆三七八年三月

1

空氣裡有種味道。

在清醒前的片段式思考當中，我忽然有了這樣的感覺。

流入鼻腔裡的空氣，帶有大量的情報。裡頭包括了甘甜的花香、清新的草香，大樹那種讓人一掃胸口鬱悶的痛快氣味，最後還有讓人感到口渴的清泉氣味。

將意識往聽覺集中之後，馬上就能感受聲音洪流襲來。除了無數重疊在一起的樹葉摩擦聲、小鳥開朗的鳴叫聲，還有細微的小蟲振翅聲與遠方小河傳來的潺潺水聲。

自己到底在哪裡呢？可以確定的是，這裡絕對不是自己的房間。平常醒過來時，除了會聞到從乾燥床單上傳來的太陽氣味之外，還能聽見轉為除濕模式的空調運轉聲，以及從稍遠處川越支線所傳來的汽車跑動聲，但現在這些味道與聲響全都消失了。而且——從剛才開始就不規則輕撫眼瞼的綠光，絕不可能來自忘了關上的檯燈。按照推測，這應該是從樹葉間隙透下來的

光芒才對。

我屏除想繼續沉浸在睡眠中的慾望之後，勉力張開了雙眼。無數光線隨即奔進眼簾，讓我忍不住眨了好幾下眼。我舉起右手擦掉滲出來的眼淚，這才慢慢撐起身子。

「……這裡是哪裡……？」

我不由得咕噥道。

首先看見的，是一團淡綠色的草叢。此外還有隨處可見的白色與黃色小花，以及花叢間某種身上帶著光澤的水藍色蝴蝶。如絨毯般的草地在短短五公尺前便倏然中止，之後便是一片深邃的森林，林中滿是樹齡不知有幾十年的參天巨木。

定睛往樹幹之間微暗處看去，只能發現在光線所及範圍裡盡是林立的樹木。凹凸不平的樹皮與地面，全覆蓋了一層厚厚的青苔，在陽光照耀下閃爍著金綠色光輝。

我把視線向右移並且將身體轉了一圈，放眼所見就只有古木的樹幹而已。換言之，我似乎是躺在森林中的一小塊空曠圓形草地上。最後我又抬頭仰望了一下天空，終於從往四面八方伸展的樹梢縫隙間，看見了飄浮著碎雲的藍天。

「這裡是……什麼地方？」

我再度低聲咕噥。不過當然沒有聲音能回答我。

即使翻遍了腦裡的所有記憶，我還是想不出自己究竟何時跑到這種地方來睡午覺。難道是夢遊症？還是失憶？怎麼可能有這種事啊！於是我急忙趕走閃過腦海的幾個恐怖單字。

我是——我的名字是桐谷和人。年紀十七歲又八個月。住在埼玉縣川越市，家裡有母親與一個妹妹。

對於能夠迅速想起自己的相關資料而稍微感到放心後，我便試著探索更多的記憶。

我目前是高中二年級的學生。但明年上學期就能修滿畢業學分，所以準備秋天就繼續升學。對了，我好像和某個人討論過升學的事情。六月的最後一個禮拜一，當時還下著雨。放學後我便到了艾基爾位於御徒町的咖啡廳「Dicey Cafe」，然後在那裡和友人朝田詩乃討論有關於Gun Gale Online的事情。

之後亞絲娜——結城明日奈也來到咖啡廳，我們三個人在店內聊了一陣子才離開。

「亞絲娜……」

我靜靜念出這個女性的名字，她不但是我的戀人，同時也是我能夠完全相信的拍檔。我回想著記憶當中亞絲娜鮮明的模樣，同時重覆打量了好幾次周遭環境，但這塊小草地周圍自然不用說，就連深邃的森林裡頭也見不到任何人影。

我努力對抗著襲上心頭的恐懼感，並且重新回到探索記憶的工作上。

和亞絲娜離開店裡之後，我們就與詩乃告別而搭上了電車。搭乘地鐵銀座線來到澀谷，然後轉乘東橫線往亞絲娜家所在的世田谷區前進。

走出車站時，雨已經停了。我們一起走在人行道上，然後談到了升學的問題。我對她表明想去美國念大學的意願，接著提出希望她也能跟我一起去的無理要求；她對我露出平常那種宛如溫和日照般的微笑，然後——

記憶就在這裡中斷了。

我什麼都想不起來。亞絲娜她回答了什麼，我們怎麼分開，我怎麼回到車站，而我又是幾點到家幾點上床睡覺的呢？無論我再怎麼努力，依舊找不出這些記憶。

儘管感到有些愕然，但我還是拚命試著回想這些事情。

但是，腦袋裡浮現的就只有亞絲娜臉上笑容如水滴滲透般逐漸消失的景象，接下來的記憶已經不知道被我收到什麼地方去了。我閉眼皺眉，死命地挖掘那片沉重的灰色回憶。

不斷閃爍的紅光。

足以令人瘋狂的呼吸困難。

只有這兩個印象，彷彿泡沫般浮現。我忍不住用力吸了口清靜的空氣。而剛才一直被我忽略的強烈口渴感也在這時候重新出現。

不會錯，我昨晚還在世田谷區的宮坂。那麼，為什麼現在會自己一個人睡在這種不知名的森林裡頭呢？

等等，真的是昨天嗎？輕撫過肌膚的冰涼微風讓人覺得相當舒適。這片森林裡，感覺不到任何六月末的悶熱。這下子才真的有一股顫慄感閃過我的背後。

「昨天的記憶」對我來說，就像是在驚濤駭浪當中緊緊抓住的救生圈一般；但這些記憶真的存在嗎？我真是原本的那個我嗎……？

我不斷摸著自己的臉並拉了拉頭髮，然後又仔細瞧著放下來的雙手。正如記憶所顯示，我右手拇指底部有一顆小痣，而且小時候曾因為受傷而在左手中指指背留下傷痕。發現這些記號之後，我才稍微放下心來。

到了這時，我才終於發現自己穿著相當奇妙的服裝。

這不是我平常拿來充當睡衣的T恤，也不是學校的制服，更不是家裡的衣服。甚至可以說，它看起來根本就不像市面上販售的成衣。

上半身是由粗木棉或者麻布所製成的淡藍色半袖襯衫。布料的織線相當不規則，質感也相當粗糙，袖口縫線似乎也不是出自裁縫機而是用手所縫製。衣服上沒有領子，胸前切成V字型的開口則綁著茶色繩子。用指尖抓起繩子之後，能確定它不是由纖維所編成，而是一條切得相當細的皮繩。

褲子與上半身是相同的材質，至於顏色則是天然的乳白色。褲子上面沒有任何口袋，此外繞在腰間的皮帶也不是用金屬帶釦，而是用細長的木製鈕釦。鞋子也同樣由皮革縫製而成，單張厚皮革的鞋底上還打了好幾顆防滑用的鞋釘。

真要說起來，自己根本沒見過這樣的服裝與鞋子——至少在現實世界如此。

「……什麼嘛。」

我放鬆了肩膀的力道，輕輕嘆了口氣並這麼嘟囔。

這套服裝相當古怪，卻也相當眼熟。這是中世紀歐洲風格，換句話說就是奇幻風格的束腰外衣、木棉褲再加上皮鞋。所以，這裡根本不是現實而是奇幻世界，也就是我相當熟悉的假想世界。

「搞什麼啊……」

我再度發出聲音，然後重新考慮了起來。

也就是說，我在潛行時睡著了嗎？不過，為什麼我完全沒有在什麼時候潛行，或者潛行到什麼遊戲裡的相關記憶呢？

總之先登出就能夠知道了，這麼想的我隨即揮動著右手。

由於等了幾秒還是沒有視窗出現，於是我這次改為揮動左手。但結果還是一樣。

我聽著無數的樹葉摩擦聲與小鳥鳴叫聲，拚命地想擺脫再度從腰部湧上來的不協調感。

這裡應該是假想世界沒錯。但是——至少可以確定不是我所熟悉的阿爾普海姆。而且甚至不是由AmuSphere生成的The Seed規格VR世界。

至於我為什麼會知道，是因為我剛剛才確認過手上跟真實世界一樣有痣和傷痕。而我所知道的VR遊戲裡，沒有一款能做到如此精密的重現。

「指令……登出。」

我帶著些微希望喊道，但依然沒有任何反應。我只好盤坐在地上，再度看著自己的手。上頭可以清楚見到在指腹那畫著漩渦的指紋、刻畫在關節上的皺紋、稀疏的細毛，以及不斷滲出的冷汗。

我用上衣將汗水擦掉，順便再次仔細地確認布料。那確實是用粗糙棉線與原始方法所織成的布。我甚至能夠看見豎立在上面的極細纖維。

如果這裡是假想世界，那麼生成這個世界的機械一定擁有相當驚人的性能。我把視線放在前方的樹林上，接著用右手迅速把旁邊的一根草扯成好幾段並拿到眼前來。

如果是The Seed規格VR世界所使用的「Detail Focusing」技術，那麼它將會無法追上我急遽的動作，在處理雜草的細部質感時將會產生些微時間差。但眼前的雜草除了細微的葉脈和不規則的切口之外，甚至連從切口滴下來的水滴都在我凝視的瞬間極為精細地呈現出來。

換言之，這台機器能夠在以公釐為單位的情形下即時生成放眼所及的所有物體。單以容量來說，光是這根草就足足有數十MB了吧。但現行機器真的能做到這種事情嗎？

我強行壓抑內心不想繼續探求的聲音，撥開腳邊的草並且用右手代替鏟子挖起一堆土。潮濕的黑色土壤出乎意料地柔軟，而我也馬上就看見土裡糾結在一起的草根。我從那堆網狀物的縫隙裡找出不停蠕動的物體，然後用指尖將其抓了出來。

那是一條三公分左右的小蚯蚓。這隻被從安穩住所拖出來，目前只是拚命蠕動著的生物，身體竟是有著光澤的綠色。當我思考是不是新品種時，這傢伙馬上就抬起像頭部的前端發出啾啾的細微鳴叫聲。感到暈眩的我將那小東西放回去，然後把挖起來的土蓋在牠身上。我看了一下右手，發現手掌上確實沾著黑土，指甲裡甚至也有細微的土粒跑了進去。

發呆了好幾十秒後，我才心不甘情不願地做出了足以說明眼前狀況的三種假設。

第一種可能性，這裡是完全潛行技術發展到極致之後的假想世界。因為一個人在森林裡頭醒過來的狀況，可以說是奇幻風RPG最常見的開始場景。

但是，目前我記憶裡的任何超級電腦都無法生成這種極度細微的3D物件群。這也就表示，在我喪失記憶的這段時間裡，現實世界已經過了幾年，甚至是幾十年了。

第二種可能性，這裡根本是現實世界。也就是說我碰上了某種犯罪行為、違法實驗，又或者是極端過分的惡作劇，因而被換上這身衣服然後丟到地球上某座——從氣候來看像北海道，也可能是南半球——森林裡了。但是，日本沒有剛才那種會啾啾叫而且是金屬綠的蚯蚓，印象中世界上也沒有任何國家曾出現過這種動物。

最後一種可能性，這裡是真正的異次元、異世界，甚至有可能是死後的世界。這是常在漫畫或小說、動畫裡發生的情節。若按照這種經常會出現的情節發展下去，我之後可能會幫助被怪物襲擊的少女或者接受村長的請求，以救世主的身分對抗魔王。只不過，我現在腰間連一把「銅劍」都沒有啊。

我忽然有一股想要捧腹大笑的衝動，好不容易忍下來之後，我便無條件地排除了第三種可能性。要是分不清現實與非現實的界線，我大概馬上就會發瘋。

也就是說——這裡是假想世界，或者是現實世界囉。

如果是前者，就算是再怎麼寫實的世界，應該也不難判定其真偽。只要爬到附近的大樹頂端，然後從頭部往下墜落就能知道了。如果這樣就會登出，或者在某個寺院還是存檔地點復活，那就是在假想世界當中了。

但是，如果這裡是現實世界，這個實驗將會招致最慘的結果。很久以前，我曾經看過這樣的懸疑小說——某個犯罪組織為了拍攝逼真的死亡遊戲影像而擄走了十幾個人，並且把他們丟在荒野裡讓他們自相殘殺。雖然我不認為現實世界真的會發生這種事情，但話又說回來了，SAO事件也同樣荒誕無比。如果這是以現實世界做為舞台的遊戲，一開始就自殺實在不是什麼明智的選擇。

「……就這方面來說，那個時候還好多了呢……」

我在下意識當中如此說道。至少茅場晶彥在遊戲開始時對我們做了各種詳盡的說明，說起來也算是盡了最低限度的義務了。

抬頭看了一下樹梢上方的天空後，我再度開口說道：

「喂，ＧＭ啊！有聽見的話就回答我！」

但是不論我如何等待，就是沒有巨大的臉或者是披著斗篷的人影在我旁邊出現。忽然想起某種可能性的我再次仔細調查周圍的草叢，然後又摸遍了衣服的各個角落，不過還是找不到任何像是說明書的東西。

看來，把我丟到這個地方的人是不打算回應任何求救訊號了——如果眼前的狀況真的不是出於某種偶發性事故。

我聽著鳥兒們輕快的鳴叫聲，同時拚命思考今後的行動方針。

如果這是現實世界裡的事故，那麼魯莽地隨便走動並不是聰明的選擇。因為前來救援的人手可能正往這裡接近也說不定。

但是，到底是發生什麼樣的事故，才能造成這種讓人完全摸不著頭緒的狀況呢。

如果硬要想，可能就是在旅行或是移動地臉的行程當中，交通工具——飛機或是車子發生故障，然後我掉到這座森林裡昏了過去，並且因為受到衝擊而喪失記憶吧。不過若真是這樣，卻又無法說明這身奇妙的服裝是怎麼回事，而且我身上可以說連個擦傷也看不見。

也有可能是在假想世界潛行中發生了事故。像是線路發生了某種故障，讓我不小心登入了原本不該來的世界。但如果是這種情形，也沒辦法解釋為何會出現如此精細的各種物件。

所以說，這應該是經過某人特別設計所造成的。如果是這樣，除非我採取行動，否則狀況大概不會有任何改變。

「不論如何……」

還是得先想個辦法，分辨出這裡究竟是現實還是ＶＲ世界。

一定有什麼辦法才對。「接近完美的假想世界會讓人無法分辨與現實有何不同」，雖然時常能聽見這樣的廣告詞，但我實在不認為ＶＲ世界能夠以百分之百的精密度來重現真實世界的森羅萬象。

我坐在短短的草地上，又想了將近五分鐘左右，依舊想不出目前能夠實行的點子。如果有顯微鏡，就能夠調查地面上是否有微生物存在；如果有飛機，就可以試試看能否飛到世界的盡頭。但很可惜的是，我目前就只有自己的四肢，最多不過就是挖挖土而已。

這種時候，亞絲娜一定能用我想不到的辦法來辨別這個世界的真面目。一想到這裡，我便短短地嘆了口氣。如果是她，應該不會像我這樣猶豫不決地坐著，早就已經有所行動了吧。

再度襲上心頭的恐懼感，讓我輕輕咬住了自己的嘴唇。

光是無法和亞絲娜取得連絡，便讓我不知該如何是好。除了對這樣的自己感到有些驚訝之外，心裡卻有一部分覺得這也是理所當然的事。在這兩年中，我做出的所有決定幾乎都曾經和她討論過。現在沒了亞絲娜的思考回路，我的腦子就像有一半核心失去作用的CPU一樣。

在我的主觀中，自己明明昨天還在艾基爾的店裡和她愉快地聊了好幾個小時呢。早知道會這樣，就不該講什麼RATH或是STL的事情，應該要討論如何分辨現實世界與超精密的假想世界才對啊——

「啊……」

這時我忍不住站了起來。周圍的聲音也瞬間離我遠去。

我到底是怎麼搞的？剛才怎麼都沒想到這件事呢？

其實我應該知道，有一種性能遠超過既存的完全潛行機器，能夠生成可謂超現實VR世界的科技啊。這麼說來，這個世界就是……

「Soul Translator裡面……？這裡就是Underworld嗎……？」

雖然沒有人能夠回應我的呢喃，但完全不在意這一點的我，只是茫然地看著周圍環境。

看起來就跟真貨沒兩樣的參天古木森林。搖晃的草叢。飛舞的蝴蝶。

「這就是……寫入我搖光裡頭的人工夢境嗎……」

在新興企業「RATH」打工的第一天，研究員兼操縱者比嘉健先生就向我說明……或許應該說是向我炫耀了ＳＴＬ大致上的構造，以及它生成的世界究竟有多麼真實。

雖然我在之後的測試潛行裡，徹底了解到他所說的話一點都不誇張——但那時我所見到的也不過只是一個房間罷了。放在房間裡頭的桌椅、小東西等確實跟真的沒有兩樣，但那個空間的大小，實在很難將其稱為「世界」。

不過，現在包圍著我的廣大森林，換算成現實世界裡的面積應該也有好幾平方公里。不對，如果在樹林彼端所浮現的確實是山脈稜線，那麼這個空間至少也有幾十、幾百平方公里那麼寬廣才對。

如果要用既存技術製作相同的空間，檔案可能會大到就算清空所有網路硬碟也無法收納吧。而這正是沒有全新技術……比如說ＳＴＬ的「mnemonic visual」就無法實現的景象，但我實在沒想到它竟然會如此驚人。

我推測這裡就是ＳＴＬ所創造出來的假想世界「Underworld」，如果這個想法正確，那麼就幾乎不可能由內部採取行動來確認其真偽了。

因為存在的所有物件……不，應該說所有的一切，在我意識中都跟真實世界沒有兩樣。無論我拔掉多少根周圍的雜草，意識——搖光都會獲得與我在現實世界裡這麼做時完全相同的情報，所以理論上來說，我絕對無法判斷出它們是不是假想的存在。

看來，ＳＴＬ實用化的時候，裡頭一定得準備能讓人了解這裡是假想世界的標誌才行了……我腦中這麼想著，站起身來。

雖然還沒辦法完全確定，不過這裡應該就是Underworld不會錯。換言之，現實世界裡的我，現在正躺在港區六本木ＲＡＴＨ開發室當中的ＳＴＬ實驗機裡，打著時薪兩千日幣的工。

「不過，還是有點奇怪耶……？」

才剛放下心來不久，我馬上又產生了新的疑惑。

操作員比嘉先生確實說過，為了避免出現數據毀損的情形，所以在正式測試的潛行時，會把現實世界桐谷和人的記憶封鎖起來。但現在我想不起來的，就只有昨天送亞絲娜回家到隔天在ＲＡＴＨ進入ＳＴＬ為止的記憶而已，這樣應該跟他所說的情況相差甚遠。

而且——對了，我不是為了準備即將到來的期末考，因而決定暫時不再到ＲＡＴＨ打工嗎？雖然這裡的高額時薪確實很容易讓人動搖，但我應該不是那種才隔一天就立刻違反和亞絲娜之間約定的人才對啊。

從以上的狀況來看，可以知道就算我正在進行ＳＴＬ的測試潛行，機器也一定發生了某種問題才對。我抬頭看著從樹梢間露出來的藍天，大聲喊道：

「比嘉先生，如果你有在看螢幕的話，請暫時中止我的潛行！機器好像有點問題啊！」

接著我便等了整整十秒鐘以上。

但是，溫和日照下無數樹葉仍舊搖晃，蝴蝶依然慵懶飛舞，景象沒有任何變化。

「……嗚……難道說，這是……」

忽然想起某種可能性的我，發出了低沉的呻吟。

難道說這種狀況本身──也是在我同意下所進行的實驗嗎？

換言之，為了獲得「不確定自己所在處究竟是現實或假想世界的人，究竟會採取什麼行動」的資料，於是遮斷了我潛行之前的記憶，然後在沒有任何道具的情況下，把我丟進ＳＴＬ創造出來的超真實異世界裡。

如果是這樣，那我還真想用力敲一下自己的頭。怎麼會如此輕易就答應參加這麼壞心眼的實驗呢？如果是因為相信自己一定能正確並迅速地離開這裡，那只能說我實在太天真了。

我彎起右手的手指，列舉幾個足以說明現狀的可能性，而且還加上了自己隨便判斷的百分比數字。

「嗯……這裡是現實世界的可能性有百分之三。一般型ＶＲ世界的可能性，百分之七。在我同意之下所進行的ＳＴＬ測試潛行，百分之二十。潛行中發生突發性事故的可能性，百分之六十九．九九九九……大概是這樣吧……」

然後在心裡還加上了一句，闖進真實異世界的可能性，百分之〇．〇〇〇一。接下來，就算再怎麼絞盡腦汁也想不出什麼可能性了。為了得到一定程度的確信，只能冒著危險和其他人類或遊戲玩家又或者是測試潛行者接觸看看。

看來該是行動的時候了。

首先，得滋潤一下快受不了的乾渴喉嚨。依然站在草地中央的我，直接把身體轉了一圈。依照太陽的位置來判斷，那個略微能聽見潺潺流水聲的方向應該是東邊。

在開始移動之前，我稍微用右手摸了一下自己的背部，不過別說是劍了，上面就連一根木棒也沒有。我為了拋開內心的恐懼而大步跨出了右腳，走了不出十步便已離開草地。通過兩棵聳立在眼前，看上去就像是自然門柱般的老樹之後，我便繼續朝著微暗的森林深處前進。

像是鋪了一層厚厚青苔絨毯的森林底部，是個充滿妖異且神秘氣氛的空間。高處茂盛的樹葉幾乎將陽光完全遮住，只有幾條金色的細帶能夠到達地表。方才在草地上飛舞的小蝴蝶已經全部消失，取而代之的是像蜻蜓又像蛾的奇妙昆蟲無聲滑過天空，此外還不時能聽見某處傳出來歷不明的動物鳴叫聲。看起來與現實世界的地球有相當大的差異。

我在心裡默念著「拜託，千萬不要出現什麼有敵意的大型猛獸或怪物啊」，並且走了大約十五分鐘左右。前方出現一整排強烈的日光，而這也讓我稍微鬆了一口氣。從愈來愈是清晰的水聲來判斷，前面應該有條河流才對。在渴望水分的焦躁感催促下，我不由得加快了腳步。

衝出蒼鬱的森林後，在一排寬約三公尺的草叢後方，可以見到有著反射陽光後發出銀色光芒的水面。

「水、水啊～」

我發出丟臉的呻吟並搖搖晃晃地走過最後一段距離，然後直接把身體趴在覆蓋著柔軟草皮的河川邊緣。

「嗚哦……」

肚子直接貼在地面上的我，立刻忍不住發出了驚呼聲。

怎麼會有如此美麗的河流呢？雖然算不上是條大河，但緩緩蛇行的水流卻有著驚人的透明度。透過就像在無色狀態下滴進一滴藍色顏料般的清澈溪水，可以清楚見到河底的白砂。

幾秒鐘之前，我還在想這裡還是有極微小的機率是現實世界，直接喝生水可能會有點危險。但看見這種彷彿水晶融化之後的清流後，在難以抵擋的誘惑之下也只能把右手直接伸進河裡了。透骨的冰涼感讓人不禁發出怪聲，但我還是馬上把撈起來的液體放進嘴裡。

我想，這應該就是所謂的甘露了吧。河水讓人感覺不到一絲不純的物質，還帶著點甘甜爽口的味道，美味程度足以讓人再也不想付錢購買便利商店裡面的礦泉水了。我又用雙手撈了好幾次河水，最後乾脆直接把嘴湊到水面上，貪心地飲著眼前的甘泉。

雖然這彷彿生命之水的味道讓我感覺有些陶陶然，但這也讓我把最後一絲「這裡可能是一般型完全潛行機器所造假想世界」的可能性從心裡排除掉了。

因為過往的機器——比如說AmuSphere，始終無法完美地生成液體。多邊形是將有限個座標平面連結起來的物體，原本就不適合表現不規則且頻繁變換形狀的液體。但目前在我兩手中搖晃、溢出並且滴落的水，可說沒有任何不自然的感覺。

由於還想順便捨棄這裡是真實世界的可能性——所以我撐起身體，再度看了一下周圍。如此美麗的河川，以及在對岸也一直連綿不斷的夢幻森林，還有色彩鮮豔的奇特小動物們，實在讓人無法覺得此地存在於地球上的某個角落。說起來，愈是人跡罕至的自然環境，對人類來說應該就愈是難以生存才對吧？像我這樣只穿著輕便服裝的人，待在這裡怎麼可能連一次都沒有被蚊蟲叮咬呢？

——一想到這裡，忽然就有種ＳＴＬ將會召喚大群毒蟲過來的感覺，於是我急忙摒除這樣的雜念，再度站起身來。將這裡是現實世界的可能性下修到百分之一以下之後，我才又轉頭環顧了一下左右。

流水在劃出一道和緩的弧線後由北向南流去。但無論哪個方向都是消失在巨樹群當中，讓人無法看見其終點。不過，從河水清澈冰冷的程度以及河川的寬度來看，這裡應該距離水源地相當近。如果是這樣，應該是下游比較可能有人煙或是城鎮存在。

如果有條小船就輕鬆了……我邊這麼想邊準備朝下游方向跨出腳步。就在這個時候——

稍微改變了方向的微風，將一道奇妙的聲音送進我的耳朵裡。

那是某種巨大、堅硬的物體，被比自己更加堅硬之物敲擊時所發出的聲音。而且還不只是一聲而已。大概每四秒就能聽見一次這道聲音規律地響起。

我不認為這是由鳥獸或是某種自然物體所發出來的聲音。應該有九成九是由人類所造成出來的。不知道為什麼，我就是覺得這是某人在砍樹所發出來的聲音。我瞬間考慮起冒然接近會不會有什麼危險，但馬上就苦笑了起來。這裡並非鼓勵互相殘殺以搶奪物資的ＭＭＯＲＰＧ世界。和其他人接觸並獲得情報，應該是目前的最優先事項才對。

我半轉過身體，改朝向傳來清脆聲音的河川上游走去。

忽然間，我感覺自己似乎看見了某種不可思議的景象。

右手邊是發出流水聲的河面。左手邊是蒼鬱的森林。正面則是不斷往前延伸的道路。

有三個橫向排在一起的孩子走在那條路上。在一名黑色頭髮的男孩與另一名亞麻色頭髮的男孩中間，有個戴著草帽的女孩子晃著一頭耀眼的金色長髮。在盛夏陽光照射之下，她的頭髮毫不吝惜地散發出奪目的金色光芒。

這是——記憶……？

感覺那似乎是很久很久以前的事，出自一段再也回不去的日子。原本相信會永遠持續下去，而且也發誓將竭盡所能來守護它，但最後還是像掉落在陽光下的冰塊般消逝——

那段令人懷念不已的日子。

t Online

Sword Art Online刀劍神域
第四部
「Alicization」

Sword Ar

The 4th Episode

Project "Alicization"

2

不過一眨眼，這夢幻般的景象便已消失，就跟它出現時一樣突然。

剛才那究竟是怎麼回事？幻影雖然已消失，心中那滿滿近似鄉愁的感覺卻到現在還未散去，胸口更有種遭人用力拉扯般的疼痛。

那是兒時的記憶——看見孩子們走在河岸邊的背影時，我忽然強烈地這麼覺得。走在最右邊的黑髮少年，就是我本人。

但這是不可能的事。因為從我懂事開始就一直居住在埼玉縣川越市，而那裡並沒有這樣深邃的森林與漂亮的小河，而且我從沒認識過金髮女孩或亞麻色頭髮男孩。更何況，那三個小孩子都跟我現在一樣穿著奇幻風格的衣服。

如果我是在ＳＴＬ所創造出來的世界裡，那麼剛才的幻覺，會不會是我上週末連續潛行測試時的記憶？雖然有了這樣的想法，但就算把ＳＴＬ的搖光加速功能考慮進去，我在裡面應該也不過待了十天左右而已。然而剛才讓我胸口發疼的鄉愁，實在讓人很難相信能在這麼短的期間中製造出來。

看樣子，事態不斷朝我無法理解的方向發展。再度被「我真的是我嗎」這種疑問纏上的我畏畏縮縮地往河面看去，但映照在蜿蜒河水上的臉，卻因為水面不停搖晃而根本看不清楚。

我告訴自己暫時別去管刺痛的餘韻，只是豎起耳朵聆聽依然不停傳來的敲擊聲。再次傾聽之下，竟然連這種聲音也讓我有了懷念的感覺，不過還無法確定是否真如剛才的直覺般來自於伐木聲。我輕輕搖頭，再度朝著河川上游走去。

我不停重複動著自己的雙腳，好不容易才有點閒情逸致能夠欣賞美麗風景，此時卻發現自己前進的方向正不斷偏左。看來音源不在這條小河邊，而是在稍微深入左側森林的地方。

我試著屈指一算，這才發現不可思議的聲響並非持續出現。它只要響過五十聲後便會停止三分鐘左右，然後才會再響起五十聲。這也讓我更加確定聲音出自人類之手。

在三分鐘的無聲時間裡，我只能夠朝大略的位置行走，等聲音又響起時才重新修正方向，就這麼持續前進。這時我已經離開河岸邊，重新回到森林中了。接著，我便於再次見到的奇妙蜻蜓、藍色蜥蜴與巨大香菇之間默默往前走。

「……四十九……五十……」

就在不知不覺間小聲數著的聲響來到第五十次並倏然停止時，前方樹木間隙透出的光線也已變得較為明亮。可能是森林的出口到了，甚至可能有個村子就座落在那裡也說不定。這個念頭讓我加快腳步朝著光線來處走去。

我先攀爬上如階梯般隆起的樹根，再從古樹樹幹陰影裡探出臉來，接著就看見──一種只能說「不合常理」的景象。

森林雖然到此結束，卻看不見村莊的蹤跡。不過我根本沒有時間感到失望，只能張大嘴巴呆呆望著眼前那個東西。

森林裡出現了一塊圓形空地，但比我剛才醒過來的那塊還要大上許多，直徑大概有三十公尺左右吧。地面一樣被金綠色苔蘚覆蓋，但和我之前所在的森林所不同，已經看不見羊齒草、蔓草或其他低矮的灌木叢了。

至於空地的正中央，則聳立著緊緊吸引我視線的物體。

怎麼會有如此巨大的樹啊！

光是目測就知道樹幹直徑絕對不小於四公尺。之前在這座森林看見的樹木全都是樹幹凹凸不平的闊葉樹，但眼前這棵巨樹卻是垂直往上生長的針葉樹。它的深色樹皮已經趨近黑色，抬頭往上看就能發現它在上空拓展出好幾層枝葉。在照片和影片裡看過的屋久島繩文杉與美國的加州紅木已經相當巨大，但眼前這棵樹所擁有的壓倒性存在感，足以讓人感覺它根本不屬於自然界，甚至可以說有帝王般的風格。

我把目光從看不見頂端的樹梢移回巨樹根部。如果將焦點放在如大蛇般盤踞地面的樹根上，就能發現它像面網子往四面八方擴散，範圍一直來到我所站立的森林交界處為止。我想，應該是這棵樹把地面所有的養分都吸光了，所以這裡除了苔蘚之外便長不出其他植物，森林裡才會出現這樣巨大的圓形空間。

我因為入侵了帝王的庭院而多少感到有些心虛，但最後還是抵擋不住想要碰一下樹幹的誘惑而踏出了腳步。雖然腳被苔蘚底下的樹根絆了幾回，但我還是無法抑止仰望的衝動，就這樣抬著頭往前走去。

邊發出讚嘆聲邊靠近巨樹樹幹的我，不知不覺間就忘了對周圍保持警戒，也因此很晚才注意到某件事。

「────？」

忽然將視線移回正面的我，直接和從樹幹後面探出臉來的某人四目相交，而這也讓我不禁摒住了呼吸。我的身體為之一震並後退半步，接著立刻沉下腰。我的右手差點就往背後伸去，但那裡當然無劍可拔。

不過很幸運的是，在這個世界裡初次遇見的人類對我根本沒有敵意或戒心，只是一臉不可思議地歪頭看著我。

對方是一個似乎跟我同年紀──大概十七八歲的少年。看起來相當柔軟的深棕色頭髮正微微飄動著。這人服裝跟我一樣，是粗布織成的短袖襯衫和長褲。目前正坐在巨樹樹根上的他，右手還拿著某種圓形物體。

最讓人感到不可思議之處，是他的容貌——肌膚雖然是乳白色，看起來卻不像西洋人；話雖如此，但這人也不像是東洋面孔。他有著纖細的眼睛與鼻子，眼珠則是深綠色。

我一看見他的臉，腦袋……或者是說靈魂深處便感到一陣刺痛。當我想要確認那種感覺時，它卻立刻消失不見。我強行壓下心裡的焦躁，準備要開口表示自己也沒有敵意。但是——一時之間卻不知道該說些什麼，再說我根本不知道他們使用什麼語言。就在我一臉癡呆地不停開闔著嘴巴時，少年反而先對著我說：

「你是誰？從哪裡來的？」

雖然聲調有那麼一絲絲的奇怪——但無疑是標準的日語。

我受到了與看見漆黑巨樹時相當的衝擊，一時茫然無言。不知為何，我就是沒想過會在這個看起來完全不像日本的異世界聽見自己的母語。從這個穿著中世紀西歐風服裝的異國少年口中聽見自己熟悉的語言，令人內心湧起一股非現實感，就好像自己突然跑進了配音的西洋電影裡頭一樣。

但現在不是發呆的時候了，必須趕快想想怎麼回應才行。於是我便開始拚命攪動最近有點像灘死水的腦汁。

假設這個世界是ＳＴＬ創造出來的假想世界「Underworld」，便可以推測出眼前的少年可能是①潛行中的測試玩家，而且也和我同樣持有現實世界裡的記憶；②雖然是測試玩家但記憶受到限制，完全以為自己是這個世界的居民；③由程式所驅動的NPC。

如果是第一種就太好了。只要跟他說明我目前處於異常狀況當中，然後請他告訴我登出的方法就可以了。

不過如果是第二、第三種狀況，事情可就沒那麼簡單了。忽然抓著只會做出符合Underworld居民行動的人，嚷嚷什麼Soul Translator的異常啦登出啦這種對他來說完全沒有意義的單字，很可能只會讓他產生強烈戒心而妨礙之後的情報收集行動。

因此，我必須選擇較為安全的詞語來和他對話，然後從中判斷少年究竟是什麼樣的人。我悄悄把手心的冷汗擦在褲子上，然後硬是裝出微笑的模樣開口表示：

「那個……我的名字是……」

說到這裡我遲疑了一下。這個世界裡頭，到底是東洋風還是西洋風的名字比較普遍呢？我心裡祈禱著兩種風格的名字都有人用，並且報上自己姓名。

「——桐人。是從那邊來的，因為對這邊的路不熟……」

我一指著背後應該是南邊的方向這麼說，少年馬上像是有些驚訝般瞪大了眼。他把右手上的圓形物體放到旁邊，然後輕快地站起身來，和我指著相同的方向。

「你說的那邊……是指森林南邊？是從薩卡利亞那裡來的嗎？」

「不、不是啦……」

馬上被逼入困境的我表情差點僵住，但還是忍了下來並繼續說道：

「那、那個……我也不太清楚自己從哪裡來……醒過來時，我就發現自己倒在森林裡了……」

哎唷，難道是STL有了異常？等一下哦，我馬上跟操作員連絡一下——雖然心底期待著能得到這樣的回答，但少年卻再度露出驚訝的表情，然後一臉嚴肅地看著我的臉說：

「呃……你說不知道是從哪裡來的……那連以前住在哪裡也忘記了……？」

「嗯、嗯嗯……不記得了。只記得自己的名字而已……」

「……太不可思議了……難道是『貝庫達的肉票』嗎，雖然有聽過這種事……不過這還是第一次見到呢。」

「貝、貝庫達的肉票……？」

「咦，你的故鄉不是這樣講嗎？對於某天突然失蹤後又突然在森林或原野出現的人，我們村子裡都是這麼稱呼。通常闇神貝庫達會因為想惡作劇而把人擄走，然後把那個人出生以來的記憶消除並丟到遙遠的地方去唷。我們村子在很久以前也有個老婆婆消失了。」

「這、這樣啊……那我可能也遇到那種情形了……」

好像有點不對勁哦，心裡這麼想的我邊點頭邊這麼回答。因為我認為眼前的少年實在不像個進行角色扮演的測試玩家。有些不知所措的我，終於忍不住說出了有些危險的話。

「然後……因為我覺得很困擾，所以想要離開這裡，卻不知道方法……」

雖然拚命祈禱對方這樣就能聽懂我的狀況，但少年卻用帶有同情眼神的綠眼珠看著我，然後點頭表示：

「嗯，因為這座森林很寬廣啊，所以不曉得路的你當然走不出去了。不過別擔心，從這裡往北邊走就有路能出去了。」

「不、不是啦，那個……」

我下定決心，試著說出某個關鍵的詞語。

「……我是想要登出啦……」

賭上最後一絲希望的我這麼說完後，感到非常疑惑的少年便反問我：

「登……登什麼？你剛才說什麼？」

看來已經可以確定了。

他是測試玩家也好是ＮＰＣ也罷，總之完全就是這個世界的居民，根本沒有「假想世界」這樣的觀念。我留心著不要露出失望的神色，同時為了把事情蒙混過去而加了一句：

「抱、抱歉，不小心就講出我們那邊的俗語了。嗯……我的意思是，想要在村子或是城鎮找個能夠住宿的地方啦。」

雖然連自己都覺得這個藉口相當彆腳，但少年卻露出完全能夠理解的表情點點頭。

「原來如此……我還是第一次聽到這種講法耶。不過這邊黑頭髮的人本來就少見……說不定你真是從南方來的呢。」

「或、或許吧……」

勉強擠出個笑容之後，少年也對我露出天真無邪的微笑，然後才皺眉做出很遺憾的表情。

「嗯～住的地方嗎？我們村子就在這裡的北邊而已，不過因為根本沒有旅客會來，所以村裡沒有旅館。但是……如果跟教會的阿薩莉亞修女說明詳情，她可能會伸出援手哦。」

「這……這樣啊，那太好了。」

其實我是真的鬆了口氣。因為如果有村莊，就可能有ＲＡＴＨ的工作人員在其中潛行，或者是會有人從外部螢幕觀察那個地方。

「那我就到你們村子去看看吧。從這裡一直往北走就可以了嗎？」

我移動了一下視線，果然發現有一條細長的道路從我走來的相反方向往前延伸。但就在我準備邁出腳步時，少年便搶先伸出左手制止我。

「啊，等一下。村裡有侍衛，你要是自己一個人突然要進村子可能很難向他們解釋清楚。我看還是我和你一起去跟他們說明吧。」

「那真是太好了，謝謝你。」

我笑著向他道謝，同時也在內心呢喃著「看來你不是ＮＰＣ啊」。以只能做出預設反應的模擬人格程式來說，他的應答實在太過於自然了，而且這種積極幫助我的行為，也不像ＮＰＣ會做的事。

雖然不知道他是在六本木的ＲＡＴＨ開發室還是港區某處的總公司那裡潛行，但驅動眼前這名少年的搖光擁有者應該是個相當親切的人。等我平安脫離這裡之後，應該要好好跟他道個謝才行。

當我考慮到這裡時，少年的臉色忽然又為之一沉。

「嗯……但是，我沒辦法馬上帶你過去……因為我還有工作……」

「工作？」

「嗯。現在是我的午休時間。」

我順著少年微動的眼珠看過去，隨即從他腳邊的布包裡看見了兩個像是圓麵包一般的東西。他一開始手裡拿著的應該就是這個吧？至於其他的物品，則只有一個水壺而已，如果這就是午餐，那實在是有點寒酸。

「啊，打擾你用餐了嗎……」

我縮了縮脖子，結果少年只是咧嘴笑著說：

「如果你願意等到工作結束，我就陪你一起去教會，請阿薩莉亞修女讓你借住……不過還得等我四個小時左右。」

雖然很想早點到少年的村子裡找尋能說明這種狀況的人物，但我實在不想再次嘗試這種如履薄冰的對話了。雖說四個小時並不算短，但考慮到ＳＴＬ的加速功能，現實世界裡應該也不過是一個小時又幾十分鐘而已。

而且不知道為什麼，我還想繼續和這名親切的少年多說一點話。於是我點頭回答：

「沒問題，我等你。不好意思，等一下要麻煩你了。」

少年臉上浮現比剛才還要燦爛的笑容，接著也對我點了點頭並且回答：

「這樣嗎，那你就先在那裡坐一會兒好了。啊……還沒跟你說我的名字對吧？」

他伸出右手，然後這麼說道：

「我叫尤吉歐。請多指教啊，桐人先生。」

回握了一下看起來纖細但卻相當有力的手之後，我便在嘴裡復誦了好幾次少年的名字。這不曾聽過，也無法分辨是來自何種語言的姓名，不知為何讓我在發音時有種懷念的感覺。

這名自稱尤吉歐的少年放開了手，隨即再次坐在巨樹的樹根上。然後他從布包裡拿出另一個圓麵包遞給了我。

「這、這怎麼好意思呢！」

我急忙揮手婉拒他的好意，但他並沒有把麵包收回去的意思。

「桐人先生的肚子不也餓了嗎？你應該還沒吃東西吧？」

聽見他這麼說，我馬上就因為強烈的空腹感而不由得按住了胃部。河川的水固然相當美味，依然沒辦法填飽肚子。

「但是……」

我還想繼續婉拒時，他便強行把麵包塞進我手裡，而我也只好接受他的好意了。少年——尤吉歐這才微笑著聳了聳肩說：

「沒關係啦。雖然塞給你之後才這麼說實在有點不好意思，不過呢，老實說我並不喜歡吃這種麵包。」

「……那我就不客氣囉。其實我已經餓得快昏倒了。」

尤吉歐聽見後便笑著說「我就知道」。於是我在他正面的樹根上坐了下來，並且加了一句：

「還有，叫我桐人就好。」

「真的嗎？那你也叫我尤吉歐就可以了……啊，等一下哦。」

尤吉歐舉起左手，制止了馬上準備把麵包放進嘴裡的我。

「……？」

「沒有啦，雖然這麵包唯一的優點就是能保存很久，不過為了安全起見……」

說完，尤吉歐便對準自己右手上的麵包揚起了左手。他將食指與中指伸直併攏，其他手指則握了起來。然後直接用這樣的手勢在空中畫出由英文字母Ｓ與Ｃ組合起來的軌跡。

接著，他便在啞然凝視這一切的我，用那兩根手指面前輕輕敲了一下麵包，隨即有一面發出淡紫色光芒的半透明矩形隨著金屬震動的不可思議聲音出現。那玩意兒寬約十五公分，高約八公分吧。即使隔得有點遠，還是能夠看見四邊形裡有著相當熟悉的字樣——以簡單字形表示的英文字母與阿拉伯數字。這無疑——就是所謂的「狀態視窗」了。

這時我只能張大了嘴，在腦袋裡這麼呢喃著。

——不會錯了。這裡不是現實也不是什麼異世界，而是假想世界。

當這種認知在我心裡底定之後，我也因為放下心中一塊大石而覺得身體輕鬆不少。雖說本來就確定了百分之九十九，但沒有明確證據的不安還是一直纏繞在心頭。

雖然還是不清楚潛行的過程，不過至少已經證明自己身處於相當熟悉的假想世界裡，所以我也稍微有點心情來享受目前這種情況了。總之我決定也試著叫出視窗，於是伸直了左手的兩根手指。

我現學現賣的畫出Ｓ與Ｃ的形狀，接著畏畏縮縮地敲了一下麵包後，真的有類似鈴聲的效果音響起，然後紫色視窗便浮了出來。我把臉靠過去，死命盯著螢幕看。

表示在上面的，就只有「Durability：7」這樣簡單的文字列而已。很容易就能推測出這是麵包被設定的耐久值。當我凝視著數字猜測「若是歸零，麵包會變成什麼樣子」時，坐在我正面的尤吉歐便有些訝異地說道：

「我說啊，桐人。你該不會要說自己是第一次看見叫出『史提西亞之窗』的神聖術吧？」

我抬起臉，發現尤吉歐已經消除視窗，同時單手拿著麵包露出懷疑的表情。於是我急忙露出一個「那怎麼可能」的笑容，並在情急之下用左手碰了視窗表面。看見它變成光粒散去後，我的內心也稍微鬆了一口氣。

幸虧尤吉歐沒有繼續懷疑我，只是點了點頭說：

「『天命』還很充足，不用急著把它吃完。如果現在是夏天，可就不會剩下這麼多了。」

他所說的「天命」應該就是以數值表示的道具耐久力，而狀態視窗應該就是「史提西亞之窗」了。尤吉歐以「神聖術」一詞稱呼叫出視窗的行動指令，從這點看來，他似乎不認為這是系統上的功能，而是某種宗教儀式或者魔術現象。

雖然還有許多事情需要思考，但我決定先不去管它們，先滿足自己的食慾。

「那我就不客氣了。」

說完，我便張開大嘴往麵包咬了下去，然後馬上被它的硬度給嚇了一大跳。不過事到如今也不可能直接吐出來，只好使勁把它咬下一大塊。接著，我又立刻因為那硬到讓人不敢相信這裡是假想世界的真實度而感嘆不已。

雖然這玩意兒有點像妹妹直葉常買的全麥麵包，但更為堅硬紮實。由於它相當有嚼勁，在咀嚼當中也能嘗到一種簡單樸實的味道，所以飢腸轆轆的我便拚命動著下顎。如果能塗上奶油或是夾片起司……不，至少稍微烤一下，應該會更加美味吧。當我興起這種不知感恩的念頭時，同樣綳起臉啃麵包的尤吉歐便帶著苦笑表示：

「這一點都不好吃對吧？」

我急忙搖著頭回答：

「沒、沒這回事。」

「不用勉強啦。這是我離開村子前在麵包店裡買的，不過因為時間還早，所以只能買到前一天剩下來的麵包。畢竟我白天根本沒時間從這裡回村……」

「這樣啊……那從家裡帶便當來不就好了嗎……」

我不經意的發言，讓拿著麵包的尤吉歐垂下視線。幸好當我發現自己可能太過口無遮攔而縮起脖子時，他馬上就又抬起臉來輕輕笑著說：

「很久以前呢……有人會在午休時間幫我送便當來。不過現在已經……」

他的綠色眼睛裡晃著充滿深沉失落感的光芒，使得我瞬間忘記這裡只是個假想世界而探出身子詢問：

「那個人出了什麼事嗎……？」

我這麼一問，尤吉歐便抬頭看著遙遠的樹梢並沉默了一陣子，不久後他緩緩動起嘴唇：

「……那人是我的青梅竹馬，一個跟我同年紀的女孩子……小時候，我們幾乎從早到晚都玩在一起。即使我被賦予了天職，她依然每天都幫我送便當來……不過，六年前……我十一歲那年的夏天，整合騎士來到村子裡……把她帶到央都去了……」

整合騎士。央都。

雖然是意義不明的單字，不過大概能猜到一個是某種秩序維護者，而另一個則是這個世界裡的都市。於是我默默地等待他繼續說下去。

「說起來……都是我害的。安息日那天，我和她兩個人到北方洞窟去冒險……結果弄錯了回來的路，跑到盡頭山脈的另一邊去了。你也知道吧？那裡就是禁忌目錄規定絕對不准踏入的黑暗國度啊。雖然我沒有離開洞窟，她卻跌了一跤，手掌不小心碰到外頭的地面……只不過這點小事，整合騎士就來到了村子裡面，在眾人面前把她綁起來……」

尤吉歐右手裡尚未吃完的麵包，被他整個捏扁了。

「……我想救她。想著就算一起被抓走也沒關係的我，原本準備拿斧頭攻擊騎士……然而手腳卻根本動彈不得，只能默默地看著她被抓走……」

尤吉歐用無神的臉持續抬頭看著天空一陣子後，嘴上才終於浮現出自嘲的笑容。他接著又把捏扁的麵包丟進嘴裡，低下頭來不停地咀嚼著。

我因為不知道該怎麼安慰他才好，所以只能同樣地咬了一口麵包，在拚命咀嚼的同時思考。

既然有狀態視窗存在，那麼這裡一定是由現實科技所製造出來的假想世界，而且還有人在這裡進行著某種實驗。既然如此，為什麼會舉辦那樣的「活動」呢？我把麵包吞下去後，有些猶豫地問道：

「……你知道那個女孩後來怎麼樣了嗎……？」

尤吉歐只是看著地面輕輕搖了搖頭。

「整合騎士說會在審問後處以極刑……不過，我真的不知道她受到了什麼樣的刑罰。我曾經問過她的父親卡斯弗特村長一次……但村長卻要我當她已經死了……不過呢，桐人，我相信她一定還活著。」

尤吉歐隔了一會兒後又繼續說：

「愛麗絲一定還活在央都的某個地方……」

一聽見這個名字，我立刻用力吸了一口氣。

腦袋深處再度閃過不可思議的感覺。除了焦躁、寂寥感之外，最強烈的還是足以撼動靈魂的懷念——

我告訴自己這只是錯覺，並且等著衝擊淡去。我不可能和尤吉歐的青梅竹馬，也就是這個世界的居民「愛麗絲」有任何私交。想必我只是對廣為人知的「愛麗絲」這個名詞產生反應而已。沒錯——昨天在Dicey Cafe時，亞絲娜不是說過了嗎。開發STL的企業「RATH」以及假想世界「Underworld」，都是在《愛麗絲夢遊仙境》裡出現過的名詞。

雖然兩者名字相同確實是讓人相當驚訝的偶然，但應該沒有什麼特別的意義才對。跟這個比起來，尤吉歐所說的話裡面倒還包含著一個更值得我注意的情報。

剛才他說了「六年前十一歲時」這種話。也就是說他現在已經十七歲，而且從他說話的口氣來看，他似乎擁有一段相當漫長——可以說幾乎和我年紀差不多的記憶。

然而不可能有這種事。即使把搖光加速(FLA)功能所能辦到的三倍加速考慮進去，要在這個世界模擬十七年的生活，也得在現實世界裡花上長達六年的時間。然而STL實驗機正式生產到現在也不過三個月左右。

這究竟是怎麼一回事呢？

這裡不是我所知道的STL，而是某個未知的完全潛行機器當中，而且它最少從十七年前就已經開始運作了。或者，他們告訴我FLA功能最多加速三倍是個錯誤情報，實際上最少能夠加速三十倍以上。但這兩種解釋都很難讓我相信。

心底的不安感與好奇心開始急速膨脹。雖然我很想立刻登出好詢問外部人員究竟怎麼回事，但另一方面也想繼續留在內部盡可能地追求疑問的解答。

吞下最後一塊麵包之後，我才吞吞吐吐地對尤吉歐問道：

「那麼……你怎麼不試著去央都找她呢？」

話才剛說完，我便驚覺自己失言了。因為這句話讓尤吉歐產生了出乎意料之外的反應。有著亞麻色頭髮的少年呆呆凝視我的臉好幾秒，最後才用難以置信的表情低聲說道：

「……我們盧利特村在北帝國的最北端。如果要去南端的央都，就算乘坐快馬也得花上一個禮拜。若是走路，光是到最近的城鎮薩卡利亞就要兩天。即使安息日當天一大早就出發也到不了啊。」

「那麼……只要做好旅行的準備……」

「我說桐人啊，我看你的年紀和我差不多，在居住的村子裡應該也有被賦予天職吧？那你也該知道，我們不可能丟下天職去旅行才對啊。」

「……說、說的也是哦。」

我搔著頭表示同意，然後仔細注意著尤吉歐的模樣。

可以確定這個少年絕對不是行為模式單純的ＮＰＣ。他臉上豐富的表情以及極為自然的對話方式，都讓人認為他應該是真正的人類。

但另一方面，他的行為似乎也被某種比現實世界法律更有效的絕對規範給限制住了。沒錯，簡直就像VRMMORPG裡頭的NPC，他們絕對無法脫離系統規定的活動範圍。

尤吉歐他說由於自己沒有入侵「禁忌目錄」所禁止的範圍，所以沒有被逮捕。看來那個叫做什麼目錄的東西就是限制住他的絕對規範，我想應該是對他的搖光直接施加的禁令吧。雖然不知道尤吉歐的天職……不，應該說職業是什麼，但我實在無法想像有什麼工作比從小一起長大的女孩子生死還重要。

為了確定這件事情，我謹慎地思考著用詞遣句，向正拿起水壺喝水的尤吉歐問道：

「呃，你們村子裡，除了愛麗絲小姐之外，還有人因為違反禁忌……目錄而被抓走的嗎？」

尤吉歐再度瞪大了雙眼，一面擦拭嘴角一面用力搖了搖頭。

「怎麼可能。卡利塔爺爺說，在盧利特村三百年的歷史當中，整合騎士也就只有六年前來過那麼一次而已。」

他說完時，順便也把水壺對我拋了過來。我接過水壺並道了聲謝，然後拔起似乎是由軟木塞所製成的蓋子。裡面的液體雖然不甚冰涼，卻有種混合了檸檬與香草後的柔和芳香。我喝了三口便把它還給尤吉歐。

儘管我臉上裝得若無其事，心裡卻受到已經不知道是第幾次的衝擊。

——他說三百年的歷史！

如果這不是「背景設定」，而是實際模擬了如此漫長的一段歲月，那麼ＦＬＡ功能應該能夠實現數百倍……甚至是一千倍的加速才對。這麼一來，如果上週末所進行的連續潛行測試裡也使用了這樣的倍率，那我究竟在內部過了多久呢？事到如今才湧起一股寒意的我，上臂也同時起了雞皮疙瘩，但這時我根本無心感嘆生理反應的真實度。

獲得的情報愈多，謎團反倒變得愈深。尤吉歐究竟是人類還是程式？而這個世界又是在什麼日的下製造出來的呢——

看來這些事情，都得到尤吉歐口中那個叫盧利特的村子和其他人接觸後才曉得了。如果能在那裡遇見了解詳情的ＲＡＴＨ員工就好了……雖然心裡這麼想，但我還是硬裝出微笑的表情對尤吉歐說：

「謝謝你的招待。抱歉啦，我把你一半的午餐吃掉了。」

「別在意。那麵包我早就吃膩了。」

他用極為自然的笑容回應我，然後迅速收好便當布包。

「得請你在這裡等一下了。我先把下午的工作結束掉吧。」

尤吉歐說著就以輕快的動作站起身來，而我則對著他問道：

「對了，尤吉歐的工作……天職是什麼？」

「啊啊……從這邊看不到哦。」

尤吉歐又笑了一下，然後對我招招手。我好奇地起身，跟著他繞過巨樹的樹幹。

接下來，我便被與剛才完全不同的衝擊嚇得張大了嘴巴。

巨大杉樹那宛若暗夜的黑色樹幹上，有一道深及直徑的百分之二十——大約一公尺左右的砍鑿痕跡。它內部的木質跟石炭一樣黑，還能看見緊密的年輪周圍散發出金屬光澤。

我移動了一下視線，隨即發現砍鑿痕跡正下方立著一把斧頭。這斧頭看得出不是戰鬥用，只有著形狀相當簡單的刃面，不過略大的斧刃與略長的斧柄是由同樣材質所製，這一點倒是頗有特色。而且，這斧頭還有著不可思議的光澤，看起來就像是經過霧面處理的不鏽鋼一樣。定睛一看，隨即能發現它似乎是將某種東西削下一大塊後製成，柄刃一體成形。

整把斧頭只有斧柄部分捲著發出黑色光澤的皮革。尤吉歐用右手輕鬆地將那玩意兒舉了起來並扛在肩上，接著移動到樹幹上那長約一公尺半的切痕左端。他隨即張腿沉身，並且用雙手緊握住斧頭。

那副看起來瘦削的身體這時整個繃緊，往後拉的斧頭在空中瞬間停頓了一下子，接著便發出尖銳的破空聲。似乎相當重的斧刃漂亮地命中切痕中央，發出「鏘！」一聲清澈的金屬撞擊音。毫無疑問，這就是剛才引領我到這裡來的那道奇異聲音。當時我毫無根據的直覺這是伐木聲，竟然被我猜中了。

看著尤吉歐伐木的我，忍不住就對他那種具有美感的流暢動作發出讚嘆聲，而他也就這樣保持著比機械更加準確的軌道，持續在我面前砍著大樹。斧頭往後拉的動作大概花費兩秒鐘，接著停頓一秒，揮出斧頭再用一秒。這一連串行雲流水般的動作，甚至讓我以為這個世界裡頭也有劍技。

尤吉歐以四秒揮動一次的速度整整砍了五十下。在這兩百秒之間不停地砍伐的他，緩緩拔出深入樹幹的斧頭，接著便呼一聲吐出長長一口氣。他把道具靠在樹幹上，然後用力往旁邊的樹根上坐了下去。看他額頭流下的發亮汗水以及那不停急促呼吸的模樣，便能知道這份工作遠比我想像中還要來得辛苦。

我等待尤吉歐調整好呼吸之後，隨即簡短地對他說道：

「尤吉歐的工作……不對，應該說『天職』是『樵夫』嗎？你是負責在這個森林裡砍樹？」

他從短袖襯衫口袋裡拿出手帕來擦著臉，接著微微歪著頭考慮了一下才回答我：

「嗯～或許也可以這麼說吧。不過，自從我接下這個天職之後，七年來從沒砍倒過任何一棵樹就是了。」

「咦咦？」

「這棵巨大的樹，神聖語叫做『基家斯西達』。不過村裡的人大多叫它惡魔之樹。」

……神聖語？基家……斯西達？

看見我滿臉狐疑的模樣後，尤吉歐便對著我露出某種「真拿你沒辦法」的微笑，然後筆直地指著頭上的樹梢說：

「之所以會有這種稱呼，是因為這棵樹把周圍土地的提拉利亞恩惠都吸光了。所以這棵樹的樹枝底下只能長出像這樣子的苔蘚，在它影子籠罩範圍裡的樹也都長不高。」

雖然不清楚什麼是「提拉利亞」，但看來我發現這棵巨樹與空地時所產生的第一印象跟事實沒有太大的差距。我立刻像是要催促他繼續說下去般點了點頭。

「村裡的大人們想開發這片森林來拓展麥田的面積。但只要有這棵樹在，就不可能種出好的小麥，所以我們便想要砍倒它。不過所謂的惡魔之樹也不是省油的燈，它的木質真的非常堅硬，普通鐵斧大概砍個一下就會因為刃面破損而壽終正寢。因此我們才會花上一大筆錢，從央都買來這把由古代龍的骨頭裡削出來的『龍骨斧』，然後讓專任的『伐木手』每天砍伐這棵樹。我呢，就是那個伐木手。」

尤吉歐以一副稀鬆平常的表情這麼說道，而我只能茫然地反覆看著他的臉與巨樹上只有四分之一左右的斷面。

「……那麼，尤吉歐七年來每天都在砍這棵樹嗎？花了七年的時間，才砍了這麼一點點？」

這次換成尤吉歐瞪大了眼睛。他無奈地搖了搖頭。

「怎麼可能。如果七年就能夠有這種成果，我也會稍微有點成就感了。你聽好了，我是第七代的伐木手。盧利特村建村三百年來，每一代的伐木手每天都在砍伐，好不容易才有了這樣的成果。我想，當我變成老爺爺，把斧頭傳給第八代伐木手時，大概能夠砍出……」

尤吉歐用雙手比出了略有二十公分左右的空隙。

「這樣的長度吧。」

這時我僅能呼一聲吐出細長的一口氣。

奇幻系的ＭＭＯ裡，工匠或者礦工等生產職原本就得一直持續著單調的作業，但花上一輩子也無法砍倒一棵樹實在是太誇張了。既然這裡是設計出來的世界，那麼這棵樹一定也是某人出於某種意圖配置在這裡的，但我實在搞不懂那人這麼做的企圖究竟為何。

——不過，那件事暫且不論，我只知道自己內心忽然產生了一股難以壓抑的感覺。

「我說啊，尤吉歐……可不可以讓我試試看？」

看著休息三分鐘後便起身準備再次拿起斧頭的尤吉歐，我半出於衝動地開口向他問道：

「咦咦？」

「哎呀，我吃了你一半的便當嘛，也該幫忙你解決一半的工作才說得過去吧？」

就像是有生以來第一次聽見別人主動要求幫忙他的工作一般——或許也真是如此——尤吉歐呆呆地張大了嘴巴，但不久後他便有些猶豫地回答：

「嗯……是沒有天職不能讓其他人幫忙的規定啦……不過，這其實還滿難的唷。我剛開始的時候，根本沒辦法準確地砍中切面喔。」

「不試試看怎麼會知道呢？」

我對他露出笑容並伸出右手。接著便用力握住依然一臉不安的尤吉歐手上那把「龍骨斧」。

斧頭根本不像是由骨頭所製成，一股沉甸甸的感覺傳到我右手上。我急忙用雙手握住捲著皮革的斧柄，輕輕揮了一下來確認重心。

雖然在SAO以及ALO這兩個世界裡，我都不曾把斧頭當成主裝備，但砍中不會動的目標應該還不成問題才對。抱持這種想法的我直接站到砍鑿痕跡左邊，學著尤吉歐的姿勢張腿沉腰。

尤吉歐的表情依然有些不安，卻也看得出他覺得頗為有趣。我確認他已經拉開充分的距離之後，便把斧頭舉到與肩同高，接著咬緊牙根，把所有力量灌注在兩條手臂上，然後對準叫什麼基家斯西達的大樹樹幹切面中心揮去。

「喀嘰」，斧刃發出鈍重的聲響，命中距離切面中心還有五公分左右的地方。一陣橘色火花爆開，而我的手也遭到猛烈的後座力襲擊，手中斧頭掉了下去，我立刻用腳夾住連骨頭都感到麻痺的手腕，發出呻吟。

「好、好痛啊～～」

看見我這只能用狼狽來形容的一擊，尤吉歐便愉快地發出「啊哈哈哈」的笑聲。這時我只能用滿懷怨恨的眼神瞪過去，而他雖然豎起右手說了聲抱歉，臉上卻還是掛著笑容。

「……也不用笑得那麼誇張吧……」

「哈哈哈……哎呀，抱歉抱歉。你的肩膀和腰都太用力囉，桐人。全身都要再放鬆一點……嗯～該怎麼說呢……」

我看著急忙用雙手不斷比劃揮斧動作的尤吉歐，這才注意到自己犯了一個錯誤。這個世界似乎沒有模擬出嚴密的物理法則與肌肉收縮。既然ＳＴＬ製造出來的是擬真夢境，那麼最重要的應該是想像力才對。

雙手好不容易從麻痺當中恢復後，我便撿起腳邊的斧頭。

「好好看著吧，我這次一定會砍中……」

我抱怨了一番後，以盡可能放鬆的狀態擺出架勢。我將意識停留在整個身體的動作上，同時用緩慢且誇張的動作將斧頭往後拉。接著在腦海裡描繪出ＳＡＯ時代不知道使用過多少次的水平揮砍系劍技「平面斬」，然後在腰部與肩膀轉動的瞬間用上體重移動時產生的動能，將其從手腕傳送到斧頭，最後再轟到樹上──

但這次卻砍到距離切面相當遠的樹皮，在發出了「咖嘰」的刺耳聲音後斧頭還反彈了回來。雖然手不像第一次那樣麻痺，不過似乎是因為只注意動作卻疏忽了瞄準才會造成這種結果。我心想「這下又要被尤吉歐取笑了」而回過頭，想不到他竟然一臉認真地做出評論：

「哦……桐人，剛才那下很不錯唷。不過壞就壞在你途中看了一下斧頭。把視線集中在切面中央，不要移動。趁還沒忘記剛才的動作前趕緊再來一次！」

「嗯、嗯……」

結果接下來的一擊也失敗了。但之後我依舊在尤吉歐的指導下不斷揮動斧頭，而不知道在第幾十下時，斧頭終於隨著清澈的金屬聲砍進切面中央，讓樹木飛散出非常微小的黑色碎片。

到此我便跟尤吉歐交換，站在旁邊看著他漂亮地揮動五十下斧頭。然後我又從他手上接過斧頭，喘吁吁地砍了五十下。

也不知重複了多少次這樣的過程，回過神來才發現太陽已經開始下山，照射在空地上的光線也微微帶著橘色。當我喝下大水壺裡的最後一口水時，尤吉歐也剛好揮完斧頭對著我說：

「好……這樣就一千下了。」

「咦，已經砍了這麼多下了嗎！」

「嗯。我五百下，桐人也五百下。加上上午的一千下總共是兩千下，而每天砍兩千下基家斯西達就是我的天職了。」

「兩千下……」

我再次看著刻畫在漆黑巨樹上的長長切面。無論怎麼看，仍舊看不出比一開始時深了多少。當我因為竟然有如此缺乏成就感的工作而愕然時，背後的尤吉歐突然說道：

「哎呀，桐人你滿有天分的啊。到了最後，五十下裡面已經有兩三下能發出清脆的聲音了。託你的福，我今天也輕鬆多了。」

「是嗎……不過，尤吉歐自己來應該能更早結束吧。真抱歉，想幫忙反而拖累了你……」

覺得很不好意思的我一這麼道歉，尤吉歐馬上就笑著搖了搖頭。

「我不是說過這棵樹我一生也砍不倒嗎？因為啊，花費一整天才砍出來的深度，這傢伙在夜裡就能夠恢復一半……對了，我讓你看一件驚人的東西。其實本來是不能常這麼做的……」

他說著就靠近巨樹並舉起左手。用兩根手指畫出剛才的符號後輕輕敲了一下黑色樹皮。

原來如此，這棵樹也有設定耐久力嗎？了解是怎麼回事的我馬上跑了過去。然後和尤吉歐一起看向隨著鈴聲浮現出來的狀態視窗……錯了，應該是「史提西亞之窗」才對。

「嗚哇……」

我立刻忍不住發出呻吟。視窗上所顯示的，竟然是23萬2千這種離譜的數字。

「嗯~跟上個月看時相比，只減少了50左右嗎……」

尤吉歐這時也忍不住用沮喪的聲音這麼說道。

「也就是說呢，桐人……即使我揮一整年斧頭，也只能讓基家斯西達的天命減少六百左右。在我退休之前能不能砍到20萬都還是個問題呢。這樣你應該知道了吧……只是半天工作沒有什麼進展，根本就不是什麼大不了的事情。因為我們的對手不是一般的樹，而是『巨神杉樹』啊。」

一聽見他這麼說，我馬上就領悟了基家斯西達這個名稱的由來。它是由拉丁語和英語合成之後的結果。不是在「基家」這個地方斷句，應該是Gigas Ceder……巨人之杉。

也就是說，眼前的少年除了操著一口母語等級的流利日文之外，還把英文等其他語言歸類為所謂「神聖語」這樣的咒文當中。看樣子，他大概也不知道自己所使用的語言叫做日語吧。難道日語在這裡稱為地底世界語……不，是諾蘭卡魯斯帝國語嗎？不過……等一下，他剛才也說了「麵包」唷。麵包應該不是英語……是葡萄牙語或西班牙語吧？（註：日文「麵包」這個外來語是由葡萄牙語而來。）

當我因為自己脫序的思考陷入沉思時，不知道在什麼時候已經整理好所有東西的尤吉歐對著我說：

「桐人，讓你久等了。我們回村子去吧。」

之後他便把龍骨斧扛在肩上，拿起了空水壺帶我往村子走去；而在到達村莊之前，個性開朗大方的尤吉歐也告訴了我許多事情。像是尤吉歐的前任是一名叫做卡利塔的老人，那人是個使用斧頭的專家；還有村子裡年紀相近的少年們都覺得尤吉歐的天職相當輕鬆，所以他對此感到有些不滿等等。我對他所說的話一一做出反應，同時全力思考著一件事情。

我在想的是，這個世界究竟是出於什麼目的被想像出來並加以運用呢？

如果是為了檢驗ＳＴＬ所使用的「mnemonic visual」科技，那我只能說他們已經完全達到目的了。因為這個世界真實得難以和現實區分，我對此已經有了深切的體會。

但是，這個世界的內部時間竟然長達三百年以上。而更驚人的是，從那棵巨大的樹——基家斯西達的耐久值與尤吉歐的工作上來判斷，其模擬的時間甚至可能長達千年。

雖然我不知道搖光加速功能的倍率上限到底是多少，但被封印住記憶而潛行到這裡的人類，極有可能直接會在這裡活完一整個人生。雖然這對現實世界的肉體沒有任何危害，而且只要在潛行結束時封印記憶，對本人來說不過就是作了一個朦朧又漫長的「夢」而已——但是，對於經歷過這個夢的靈魂——搖光來說，又是如何呢？形成人類意識的光量子集合體，難道沒有壽命嗎？

無論我怎麼想，在這個世界所進行的都是相當「胡鬧．胡來．胡搞」的實驗。

這也就表示——存在著讓他們甘冒這種危險也要達成的目的。而那個目的，應該不是詩乃在Dicey Cafe所言只是要「產生最真實的假想空間」這種連AmuSphere都有可能實現的事情吧。在這個足以媲美現實世界的假想世界裡，花上可能接近無限的時間後才能達成的「目的」，究竟是什麼呢——

想到這裡我抬起頭來，看見小路前方已是森林的終點，一道橘色光芒正在那裡擴散開來。

在靠近出口的路旁，可以見到一間像是倉庫的建築。尤吉歐走到那裡，隨手把門打開。從他背後往裡面一看，能發現裡面放著幾把普通鐵斧還有開山刀形狀的小型刃器，以及繩子、水桶等道具和裡頭不知道是什麼的細長皮革包等各式各樣的東西。

尤吉歐把「龍骨斧」靠在牆上，接著啪一聲把門關起來。看見他已經轉頭準備走回小路上，我才急忙問道：

「呃，不用上鎖嗎？那把斧頭很重要吧？」

結果尤吉歐彷彿很吃驚一般瞪大了眼睛。

「上鎖？為什麼？」

「還問為什麼……當然是因為怕被偷……」

話說到此我才終於了解，這裡根本沒有小偷。因為那個叫什麼「禁忌目錄」的東西裡，一定有寫禁止偷盜吧。

尤吉歐看著話說到一半的我，用認真的表情道出不出所料的答案。

「怎麼可能會有人來偷。只有我能打開這間小屋而已啊。」

當我準備點頭回答「說的也是」時，心裡忽然又浮現一個新的疑問。

「咦，但是……你不是說過村子裡有侍衛嗎？如果沒有盜賊，為什麼還有那種職業呢？」

「那還用說。當然是為了保護村子不受到闇之軍隊的攻擊啊。」

「闇之……軍隊……」

「來，你應該看得見那邊吧。」

當尤吉歐舉起右手的同時，我們也正好通過最後一棵樹的下方。

眼前有一大片麥田，才剛開始結穗的綠色小麥前端正隨風搖曳。逐漸西傾的太陽照耀著小麥田，讓它看起來就像一片海洋。道路在麥田當中蜿蜒著向前延伸，前方遠處還可以看見有一座小山丘。凝眼往四周全被樹木圍起的山丘看去，就能發現上面聚集著好幾間沙粒般大小的建築物，而中央則有一座最為顯眼的高塔。看來那裡就是尤吉歐生活的盧利特村了。

而尤吉歐所指的是村子後方——也就是遙遠彼方稍為能夠看見相連在一起的白色山脈。它那像鋸齒般險峻的稜線由左至右一直延伸到視線所及的盡頭。

「那就是『盡頭山脈』。而山脈後面就是連索魯斯之光都無法到達的闇之國了。那裡連白天也烏雲密布，天上的光就如同血一般鮮紅。而且地面、樹木都像木炭一樣漆黑……」

可能是回想起兒時的記憶了吧，可以聽出尤吉歐的聲音變得有些顫抖。

「……闇之國裡有哥布林、半獸人等亞人類及各種怪物……還有乘坐黑龍的黑暗騎士。當然防守山脈的整合騎士會阻止他們入侵，不過聽說偶爾還是會有怪物偷偷穿越地下洞窟跑到這

邊來，雖然我沒有看過就是了。此外，根據公理教會的傳說……索魯斯的光芒每一千年會變弱一次，到那個時候，黑暗騎士便會率領闇之軍隊越過山脈發動總攻擊。而村子裡的侍衛和較大城鎮裡的衛兵隊，甚至是央都的帝國軍都會在整合騎士率領下參加這場戰爭，一起協力來對抗那些怪物。」

說到這裡，尤吉歐一臉訝異地問：

「……這些事情連村子裡的小孩都知道。你已經連這種事情都忘記了嗎？」

「嗯……嗯，覺得好像有聽過……不過細節好像有點不一樣。」

內心直冒冷汗的我將話題含糊帶過，接著尤吉歐便像完全不會對人產生懷疑般看著我微微一笑並點點頭。

「這樣啊……那說不定桐人真是來自於諾蘭卡魯斯以外的三個帝國呢。」

「可、可能吧……」

在敷衍的同時，我認為必須趕快結束這個危險話題，於是便指著已經相當近的山丘說：

「那裡就是盧利特村了吧。尤吉歐家在哪個方向？」

「在我們正面的是南門，而我家在西門附近，所以從這裡看不見唷。」

「這樣啊。那麼最高處的塔……就是阿薩莉亞修女的教會嗎？」

「嗯，沒錯。」

凝神細看之下，還能看見細長的塔尖端有著十字與圓形組合起來的標誌。

「比我想像中來得宏偉耶……真的能讓我這樣的人住進去嗎？」

「別擔心。阿薩莉亞修女人很好的。」

雖然我還是有些不安，但如果那個阿薩莉亞修女像尤吉歐一樣是個人性本善的活範本，那只要說出符合一般常識的答案應該就沒有問題了。雖然……我完全沒有這個世界的常識。

若那個修女根本就是ＲＡＴＨ的常駐觀測員便再好不過。然而，如果是負責觀察這個世界的工作人員，恐怕不會擔任像村長或是修女這種重要的職位吧。雖然工作人員很有可能只是扮成普通村民，不過我還是得把他找出來才行。

不過，那也得要這個小村子裡真的有觀測員才行……有些擔心的我，在和尤吉歐一起走過架在狹窄河流上的斑駁石橋後，正式踏入了「盧利特村」。

3

「來，這是枕頭和毛毯。如果覺得冷，裡面的櫃子裡還有好幾條毯子。晨禱的時間是六點，七點開始吃早餐。雖然我會過來看一下，不過希望你能盡量自己起床。還有熄燈後就禁止外出了，你要注意一下。」

我伸出雙手，接下隨著一大串話遞來的樸素枕頭與毛毯。

坐在床上的我，眼前站著一名看起來年約十二歲左右的少女。她身穿有著白色衣領的黑色修道服，亮茶色長髮整個垂在背後。那雙同色系的眼珠滴溜溜地不停打轉，跟在修女眼前時表現出來的老實態度完全不同。

這個名叫賽魯卡的少女，好像是住在教會裡學習神聖術的見習修女。可能是也得監督同樣住在教會裡的數名少男少女的緣故吧，她就連對我這個年長者也是用母姊般的口氣說話；雖然這實在很好笑，但我最後還是強行忍了下來。

「嗯～那其他還有什麼不了解的嗎？」

「沒有了，真的很謝謝妳。」

頭。

道完謝之後，賽魯卡的表情瞬間稍微放鬆了一下，但她馬上又恢復成嚴肅的模樣點了點

「那麼，晚安了——知道怎麼熄燈吧？」

「……知道。晚安，賽魯卡。」

再度點了點頭後，賽魯卡便搖曳著略嫌寬大的修道服走出了房間。待她細微的腳步聲走遠，我才深深嘆了口氣。

我被分配到教會二樓一間平常沒在用的房間。大約三坪大小的空間裡放著一張鑄鐵製的床、同樣材質的桌椅、小小的書架以及櫃子。我將放在膝上的毛毯和枕頭放到床單上，然後躺到床上並把手枕在腦後。頭上油燈裡的火焰持續地搖晃，發出滋滋的聲音。

「這到底……」

是怎麼回事啊？我把原本要說出口的話吞了回去，接著在腦內一件件回憶進入村子後到現在所發生的事情。

帶我進村子後，尤吉歐馬上朝著門旁邊的侍衛執勤室走去。裡頭是一名和尤吉歐同年紀的年輕人，叫做吉克。他一開始雖然用懷疑的眼神打量我，但一聽到是「貝庫達的肉票」之後，竟然馬上就允許我進村了。

其實尤吉歐在說明事情經過時，我的目光一直盯著侍衛吉克腰間那把樸素的長劍，根本沒

有認真聽他們在說些什麼。雖然很想跟他借用那把有些老舊的劍，試試看在這個世界裡我——正確來說應該是假想劍士桐人身上的絕技是否有用，但最後還是壓下了這股衝動。

我和尤吉歐離開值勤室之後，便在眾人有些偷偷摸摸的好奇視線之下走在大街上。途中也有不少人詢問「這人是誰」，而尤吉歐每一次都會停下來向他們說明，所以我們花了將近三十分鐘才走到小村的中央廣場。其間還碰上一名提著大籃子的老婆婆，她用泛淚的眼睛看著我說「真是可憐」，然後從籃子裡拿出一顆蘋果（或說很接近的水果）給我，而這也讓我內心產生了一點罪惡感。

村子建在一座平緩山丘上，教會則位於頂端。當我們終於到達時，太陽已經快完全下山了。敲門後，出現一名容貌馬上會讓人聯想到「嚴格」一詞的修女，而她便是尤吉歐口中的阿薩莉亞修女了。我一看見她就想起《小公主》裡面的敏欽校長，所以也馬上在內心發出「看來沒希望了！」的呻吟。然而，修女同樣出乎意料之外地一口答應了我的借宿，甚至還吩咐幫我準備晚餐。

我和尤吉歐約定明早再會後，便被直接帶進教會裡面。修女把最年長的賽魯卡以及其他六個小孩介紹給我認識，然後我便和他們共進了安靜祥和的晚餐（供應的料理是炸魚、水煮馬鈴薯以及蔬菜湯）。飯後，正如事前所害怕的一般，我受到了孩子們一連串的質問；好不容易在不露出馬腳的情況下躲過這場災難時，卻又被叫去和三個男孩子一起洗澡。經過了各式各樣的試煉之後，總算能一個人躺在客房的床上——事情經過大概就是這樣了。

一整天的疲勞狠狠壓在身上，讓我感覺只要一閉上眼睛就會馬上睡著，然而來襲的巨大混亂感卻不允許我這麼做。

這到底是怎麼回事呢？我無聲地這麼呢喃。

先說結論，這個村子裡真的沒有任何一個所謂的ＮＰＣ。

從我最初遇見的侍衛吉克到路上擦身而過的村民們、給我蘋果的老婆婆，還有表面看來嚴肅但相當親切的阿薩莉亞修女、見習生賽魯卡與失去父母親的六個小孩子。他們所有人都和尤吉歐一樣有真實的感情、進行自然的對話、做出精妙的身體動作。簡單來說，就是每個人都像真人一樣。至少絕對不像一般ＶＲＭＭＯ裡的自動應答角色。

——但是，這種事情絕對不可能發生。

我記得開發者比嘉先生確實說過，目前Soul Translator就只有ＲＡＴＨ六本木分公司裡的一台，以及總公司裡即將組裝完成的三台，共計四台。就算之後又增加了一兩台，數量也絕對不夠讓那麼多人潛行到假想世界裡建構這等規模的村莊。根據我邊走邊觀察的結果，盧利特村村民少說也有三百人左右，而且那台巨大的ＳＴＬ實驗機絕對不是什麼容易增產的機器。更何況，這世界裡似乎還有好幾個村莊與城鎮，甚至有所謂的「央都」，只要考慮到住在這些地方的人民，就知道即使ＲＡＴＨ投入大量資金生產出足夠的機器，也絕對不可能在暗地裡招募到數萬名的測試玩家。

尤吉歐他們不是真正的人類——他們並非記憶遭到封鎖的玩家？他們全都是超乎常識且幾乎接近完美的自動應答程式……？

「……還是說……」

想到這裡，我的腦海裡瞬間浮現「人工智能（AI）」這個單字。

近年來，所謂的ＡＩ在電腦、導航系統、家電等機械的操縱輔助用途上已有了長足的進步。只要用聲音對有著人類或動物外型的角色下令或提問，它們便能進行相當準確的操作或者告知發問者需要的情報。其他像我頗為熟悉的ＶＲ遊戲ＮＰＣ，其實也算是ＡＩ的一種。雖然它們主要的工作是提供任務或者活動的情報，但就算漫無目的向它們搭話也能夠得到某種程度的流暢回答，所以有一派以「ＮＰＣ最萌」為信條的人馬每天都纏著美少女類型的ＡＩ，一整天就光是和它們對話而已。

但這些ＡＩ當然不算擁有真正的智慧。其實它們不過是「對方那麼問就這麼回答」的命令集合體，所以無法對不存在於資料庫裡的問題提出準確的回答。像這種時候，一般ＮＰＣ便會露出平穩的笑容並歪著頭說出「無法理解您的問題」之類的台詞。

但是，今天一整天裡，尤吉歐曾經說過類似的台詞嗎？

他對我所提出的無數疑問，全都帶著「驚訝」、「疑惑」、「愉快」等自然的感情做出了非常適切的回答。而且不只是尤吉歐，就連阿薩莉亞修女、賽魯卡以及小孩子們，臉上都從來沒有出現過「沒有相關資料」的表情。

就我所知，從古至今的所有人工智能裡，完成度最高的應該就是舊ＳＡＯ裡頭為了管理玩家精神狀況用的程式，也就是目前以我和亞絲娜的「女兒」這個身分存在的ＡＩ——結衣了。她在那兩年裡觀察了無數玩家的對話，建構了龐大且精密的資料庫。現在的她可以說已經到了「自動應答程式」與「真正的智能」之間的境界線。

但是，就算是結衣也沒辦法完美無缺。她除了偶爾會出現「資料庫裡沒這個詞」的表情外，有時也會無法分辨「假裝生氣」和「為了掩飾害羞的生氣」等人類的微妙感情差異。她在對話時，依然會在極少數狀況下出現些微「ＡＩ應該有的表情」。

但是，尤吉歐和賽魯卡身上沒有這種情形。如果盧利特村所有村民都是由程式設計師所寫出來的少年型、少女型、老人型、壯年型……等ＡＩ，那麼在某種意義上來說，這甚至是個遠遠凌駕於ＳＴＬ之上的超科技呢。不過，我實在不認為目前的科技水準能做到這種事……

想到這裡，我便撐起躺平的身體下床。

床頭牆壁上掛著老舊的鐵鑄油燈，晃動的橘色光芒散發些許燒焦味。我在現實世界裡當然沒摸過真正的油燈，不過和亞絲娜在阿爾普海姆的家裡也有盞類似的燈，因此以為它們都一樣的我，這時候用手指碰了一下表面。

發現沒有操縱視窗彈出來，我才想到這根本行不通，於是直接用兩根手指畫出行動指令，也就是所謂的「史提西亞之印」。我畫完印記後碰了一下油燈，這回終於浮出一個紫色視窗，但上面只顯示了油燈的耐久值，並沒有開．關燈的按鍵存在。

糟糕，隨便答應賽魯卡結果卻不知道怎麼關燈啊……當我正因此而感到心慌時，終於在油燈底下發現一個小小的圓形物體。我將它依順時鐘方向轉了一圈，結果燈芯馬上隨著啾啾的金屬聲扭緊，火焰也在留下一絲黑煙後消失了。室內頓時陷入黑暗，只剩下從窗簾縫隙透過來的一道細長月光。

好不容易克服這個突發性難關的我，走回床邊後就把枕頭放在正確位置上並再次躺了下來。由於感覺有些冷，於是我把賽魯卡給的厚毛毯拉到肩膀處，很快地就有一陣濃厚的睡意朝我襲來。

——他們不是人類，也不是ＡＩ。那究竟是什麼？

其實在我思緒的角落裡，早已經有一個答案逐漸浮現。但我實在很害怕直接將它說出口。如果我所想的事情真有可能辦到——ＲＡＴＨ這個企業可說已經把手伸進神之領域的深處了。跟那個答案相比，用ＳＴＬ來解讀人類靈魂這種事，只不過是用手指捏起打開潘朵拉之箱的鑰匙。

漸漸入眠的我，側耳傾聽起自己在意識深處的呼叫聲。

現在不是到處找尋登出方法的時候了。快到央都去。去那裡搞清楚這個世界存在的理由……

喀啷——、

好像有鐘聲從遠方傳了過來。

在半夢半醒之間有了這樣的感覺後，有人輕戳我的肩膀，但我只是整個人鑽進毛毯裡並低聲咕噥：

「嗚～再十分……不，再五分鐘就好……」

「不行，已經是起床時間囉。」

「那三分……三分鐘就可以了……」

就在肩膀不斷被人戳著的情況下，一道小小的生疏感逐漸推開矇矓的意識浮現。如果來人是妹妹直葉，不可能只用這種客氣的方式叫我起床。她一定會大叫著拉扯我的頭髮，不然就是粗魯地捏住我的鼻子，最後甚至會把棉被整個拉走，十分地心狠手辣。

這時，我才終於想起自己不是待在現實世界或阿爾普海姆，於是從毛毯中探出頭來。我微微睜開眼睛，立刻就和已經穿好修道服的賽魯卡四目相交。這名見習修女隨即用有些無奈的表情說：

「已經五點半囉。小孩子們也都起來洗完臉了。動作再不快一點，會來不及參加禮拜的。」

「……好，我起來了……」

雖然還是很捨不得離開溫暖的毛毯與平靜的夢鄉，但我依然撐起了上半身。看了一下周圍，這裡果然跟我昨晚睡前的記憶一樣，是盧利特教會二樓的客房，或許應該說是Soul Translator所製造出來的Underworld內部吧。看樣子，我的奇妙體驗並不是睡一個晚上就能夠醒過來的短暫夢境。

「似夢非夢嗎……」

「咦，你說什麼？」

我不禁低聲嘟囔，但在看見賽魯卡疑惑的表情後便急忙搖了搖頭。

「沒、沒什麼啦。我換好衣服就過去，到一樓的禮拜堂就可以了吧？」

「對。雖然你是客人，而且還是遭到貝庫達綁架的受害者，但只要在教會裡起居就一定得向史提西亞神祈禱才行。修女經常告誡我們，就算只是一杯水，我們也得經常懷著對神的感謝之心……」

要是繼續待在這裡不知道還得聽她說多久的大道理，於是我急忙從床上下來。當我正準備脫下他們借給我當睡衣的薄T恤而拉起衣角時，換成賽魯卡慌張地說：

「剩、剩下不到二十分鐘了，絕對不能遲到唷！還有，你一定要先到外面的水井那邊洗完臉才能過來！」

她快步橫越地板，迅速打開又關上房門後便消失在外頭。剛才那果然不是會出現在NPC身上的反應……我邊想邊脫掉T恤，接著伸手拿起掛在椅子上的「初期裝備」藍色束腰外衣。忽然感到有些在意的我把衣服拿近自己的鼻子，上頭果然沒有汗臭味。就算再怎麼厲害，應該也沒辦法重現產生味道的那些細菌吧。說不定髒污和損毀等劣化也都統一由喚做「天命」的耐久度數值來決定。

一想到這裡，為了保險起見，我便把束腰外衣的「窗戶」叫出來，耐久值顯示為「44／45」。看來應該暫時沒問題才對，但只要繼續待在這個世界裡，我就一定需要幾套替換的服裝，到那個時候，就得想辦法取得這個世界的貨幣了。

在思考這些事的同時，我換完了上下半身的衣服並離開房間。

接著我走下樓梯，從廚房旁邊的後門來到外面，發現頭上已經出現了漂亮的朝陽。剛才賽魯卡說現在還不到六點，不過這個世界的居民到底是怎麼計算時間的呢？餐廳和客房裡都沒有類似時鐘的東西。

我疑惑地踏上古老的石頭地板，很快就看見了同樣是由石頭疊起的井口。由於剛才小孩們已經用過水井，所以周圍的草地仍相當潮濕。我掀開井上的蓋子，將綁在繩子上的木製水桶丟

了下去，馬上就聽見「喀啦喀啦碰～」的巨大聲音。接著我拉起繩子，把木桶裡裝滿的水倒進旁邊的臉盆裡。

用刺骨的冰水洗完臉後，我順便也撈了一杯水喝進肚子裡去，這時殘留在腦袋裡的睡意才總算完全消失。昨天晚上大概不到九點就睡著了，所以即使這麼早起，我也已經睡了八個小時以上……一想到這裡，我便因為感到有些納悶而歪頭思索。

如果這裡是Underworld，那麼ＦＬＡ應該仍然在運作當中才對。假如倍率是三倍，那麼我實際的睡眠時間便不到三小時；但如果真是我昨天隱約猜想到的一千倍加速，那麼這八小時在現實中也不過短短三十秒。才睡那麼一點時間，頭腦真的能感覺如此清醒嗎？

真是的，這裡讓人摸不著頭腦的事情實在太多了。雖然想要趕緊脫離這個世界好確認目前的狀況……但昨天晚上沉睡前響起的耳語聲卻始終揮之不去。

我，桐人——桐谷和人在保有意識與記憶的情況下，直接於這個世界裡醒了過來。無論這是突發狀況或者是某人在某種企圖下所造成的情形，我都應該有自己得完成的使命吧？雖然我不是甚麼命運論者，但是相對地，我也無法否定自己確實有任何事物都有其意義的想法。否則在ＳＡＯ事件裡消失的大量生命，將會變得毫無意義……

我又往臉上潑了一次冷水，讓思緒暫時中斷。當前的行動方針有兩大要點。首先是要調查這個村莊，確認是否有知道登出方法的ＲＡＴＨ工作人員存在。再來就是為了知道這個世界存在的理由，我得想辦法到那個叫什麼央都的地方去。

第一項應該不難才對。雖然在無法確定FLA倍率的狀態下還無法有百分之百的把握，但如果真有RATH的技術人員喬裝成村民在此生活，想必不會持續在此潛行數年甚至數十年。也就是說，時常利用行商或者旅行等理由離開村子的居民，就很有可能是觀測人員了。

至於第二項嘛──老實說我現在還沒有任何點子。尤吉歐說，要去央都就算騎馬也得花上一週。所以若是走路，至少也得花上三倍的時間吧。如果可以我當然還是想騎馬，但除了不知道怎麼入手馬匹之外，我也沒有任何可供旅行的裝備與資金，更何況目前的我可以說根本沒有任何關於這個世界的基本知識。所以說，一定得有人幫我帶路，儘管尤吉歐應該是最適合的人選，但我已經聽說他有一份一輩子都無法完成的「天職」了。

乾脆我也觸犯那個禁忌目錄，然後讓那個什麼騎士逮捕起來好了。但是，就算用這個方法到達央都，多半也會馬上被關進大牢，此外我也沒有可以持續從事搬石頭這種苦差事的耐性。更何況還有可能馬上執行死刑呢。

之後還是得向尤吉歐詢問一下神聖術裡有沒有開鎖和復活的咒文才行。想到這裡時，教會後門忽然打開，賽魯卡跟著探出臉來。當我們眼神交錯時，她馬上破口大罵：

「桐人，你洗臉要洗多久啊！禮拜要開始囉！」

「啊，嗯嗯……抱歉，我馬上過去。」

我舉起一隻手，接著迅速把水井蓋子、木桶以及臉盆放回原處並快步走回建築物裡。

莊嚴的禮拜與熱鬧的早餐結束後，小孩子們便開始處理打掃與洗衣等雜務，賽魯卡則表示要跟修女學習神聖術便窩進書房裡了。雖然吃飽沒事幹教人內心實在有些罪惡感，但我還是穿過了教會大門外出，走到前面的中央廣場中間等待尤吉歐。

沒幾分鐘，熟悉的亞麻色頭髮便出現在逐漸消失的晨靄後方。接著教會鐘樓隨即響起單調卻悅耳的旋律。

「啊啊……原來如此……」

由於我一見面就說出這種話，讓尤吉歐因為驚訝而不停眨著眼睛。

「早啊，桐人。你剛才說什麼原來如此啊？」

「早啊，尤吉歐。沒有啦，只是……我現在才發現，在整點時響起的鐘聲旋律每次都不同。也就是說，村子裡的人都是靠鐘聲得知時間。」

「那還用說嗎。我們把『在索魯斯的光芒下』這首讚美詩分成十二節輪流鳴放，每半個時辰就會發出一聲鐘響。不過很可惜的是，鐘聲無法傳到基家斯西達那裡，所以我只能用索魯斯的高度來判斷時間了。」

「原來是這樣啊……也就是說，這個世界裡沒有時鐘嗎……」

聽見我脫口而出的一句話，尤吉歐馬上微微歪著頭問：

「時鐘……？那是什麼？」

糟糕，竟然連這個名詞都沒有啊，內心冷汗直流的我開始試著向他解釋：

「呃，時鐘就是……在圓形板子上寫數字，由指針不停繞圈告知目前時間的道具……」

結果尤吉歐竟然露出了燦爛的笑容並點了點頭。

「啊啊……如果是那個的話，小時候我曾經在圖畫書上看過喔。據說很久很久以前，在央都正中央有這種『指示時間的神器』。不過，因為人們老是抬頭看著神器而不工作，於是發怒的神明便用落雷將它擊壞了。之後就只有不知何時會響的鐘聲才能告訴人們目前的時間。」

「這、這樣啊……不過，每當快要下課時，總會特別在意時間……」

我又不小心冒出來這麼一句話，幸好這次尤吉歐能聽得懂我的意思。

「啊哈哈，就是說啊。我還在教會裡上課的時候，也總是豎起耳朵等待午餐鐘聲響起呢。」

尤吉歐笑著移動視線，所以我也和他一樣抬頭看向教會的鐘塔。從四面塔壁上挖開的圓形窗戶裡，可以見到大大小小的鐘在太陽照射下閃閃發亮。但是鐘聲明明才剛響過，鐘塔裡怎麼看不見任何人影呢？

「那些鐘……是怎麼發出聲音的啊？」

「……桐人你啊，還真的什麼都忘了耶。」

尤吉歐用有些傻眼卻又感到有趣的聲音說完後，乾咳了幾聲才說下去：

「鐘根本不用人去敲啊。因為那是村子裡唯一的神器。每天在固定時刻，一定會準時演奏出讚美詩來。當然不只是盧利特村而已，包括薩卡利亞在內的其他村落、城鎮，也都有這樣的鐘塔……不過，現在神器已經不只有鐘而已了……」

開朗的尤吉歐難得會出現這種把話吞回嘴裡的情形，於是我忍不住揚起了眉毛。但是尤吉歐似乎沒打算繼續談論這個話題，只是啪一聲輕拍了一下手說：

「那我差不多該去工作了。桐人今天有什麼打算？」

「呃……」

我稍微考慮了一下。雖然很想在村子裡到處打探消息，但自己一個人到處晃難保不會碰上什麼麻煩。按照剛才的想法，若想要知道究竟有沒有觀察員，只要詢問尤吉歐是否有經常外遊的村人即可，而為了實現慫恿尤吉歐前往央都的陰險計畫，我必須更加詳細地調查他的天職才行。

「……如果不嫌棄的話，能不能再讓我多幫忙工作個一天呢？」

我考慮完後如此說道，尤吉歐則是咧嘴一笑並點頭回答：

「當然，我高興都來不及了。不過我本來就有預感桐人會這麼說了，你看，我今天帶了兩人份的麵包費喔。」

他從褲子口袋裡拿出兩枚小銅幣，然後在手掌上彈出聲音來。

「咦咦，這樣太不好意思了。」

我急忙左右搖著手臂與頭，而尤吉歐則是聳了聳肩笑著回答：

「別在意。反正每個月從村公所領的薪水也沒地方可花，只能存起來而已。」

哦，那真是太好了，看來到央都的盤纏有著落了——我心裡有了這種下流的想法。接下來就只要想辦法把那棵誇張的大樹砍倒，讓尤吉歐完成天職就可以了。

尤吉歐臉上依舊掛著開朗的笑容，讓心懷不軌的我有些羞愧。他說了聲「那我們出發吧」，接著便朝著南方前進。我從後追了上去，同時再次抬頭看向每個小時都會自動演奏的鐘樓。

這裡真是個奇妙的世界。除了相當寫實的農村生活之外，還有著濃厚的ＶＲＭＭＯ味道。以前待過的浮遊城艾恩葛朗特各主街道區裡，也是每到整點就會有告知時間的鐘聲響起。

神聖術——還有公理教會。是不是可以把它們當成這裡的咒文與控制整個世界的系統呢。如果是這樣，世界外側的「闇之國」又是怎樣的存在呢？與系統敵對的另一個系統嗎……

就在我陷入沉思時，我們已經來到一家像是麵包店的房子前面。尤吉歐和穿著圍裙站在店前的老闆娘打了聲招呼，並且買了昨天那種麵包。仔細一看，店裡有一名像是店長般的男性正用力捏著麵團，此外大型爐灶當中還飄出芳香的味道。

雖然我認為再一個小時……不，應該只要再三十分鐘就能買到剛出爐的麵包了，但不能遲到應該也是「天職」制度的一部分吧。尤吉歐一定得在固定的時間到森林揮動斧頭，而且絕對無法改變。從這一點來看，就能推測出「讓他違反這種制度和我一起出遠門旅行」是一件相當不容易的事了。

然而，無論什麼樣的制度都會有例外。就像我這個來歷不明的人，不也能夠以助手的身分和他一起去工作了嗎？

穿越南門之後，我和尤吉歐走在貫穿麥田的道路上，朝著橫跨在遠方的深邃森林前進。從這裡就已經能清楚看見基家斯西達那鶴立雞群的模樣了。

在我和尤吉歐輪流奮力揮動龍骨斧時，名為索魯斯的太陽不知不覺已升上了天空中央。

我死命揮動重如鉛塊的手臂，把第五百下斧頭橫向砍進怪物杉樹的樹幹。咚——細微木屑隨著一陣刺入心扉的聲音迸出，讓我知道巨樹龐大的耐久值已經有了極細微的減少。

「嗚哇~我不行了，再也揮不動了。」

我放聲哀嚎並且把斧頭拋了出去，然後像灘爛泥般倒在苔蘚上。我接過尤吉歐遞來的水壺，大口喝下名為「西拉魯水」——不知是從哪種語言而來——的酸甜液體。

尤吉歐露出游刃有餘的笑容低下頭看著我，接著用老師般的口氣對我說：

「不過，桐人真的很有天分。才不過兩天，就能夠相當準確地砍中斷面了。」

「……但還是完全比不上尤吉歐啊……」

我嘆了口氣後坐起身來，把背靠在基家斯西達上。

托上午拚命揮重沉重斧頭的福，我對於自己在這個世界裡的能力值似乎已經有了相當程度的了解。

我馬上就知道，自己根本沒有舊ＳＡＯ世界的劍士桐人那種超人等級的力氣與敏捷度。話雖如此，倒也沒有跟現實世界裡頭那個虛弱的桐谷和人一樣。如果是現實世界裡的我，像這樣整整一個小時都在揮動大斧頭，隔天一定會因為肌肉痠痛而爬不起來吧。

也就是說，我現在的體力應該是這個世界十七、八歲年輕人的平均值。而尤吉歐畢竟已經從事這份工作長達七年，可以感覺到他的能力值比我高出許多。

幸好運作假想身體所需的感覺與想像力，和之前玩過的ＶＲＭＭＯ遊戲相去不遠……不對，甚至可以說更為方便。在注意重量與軌道的情況下揮動幾百次手臂之後，我已經多少有些自信能控制這把力量值需求頗高的斧頭了。

而且我過去在艾恩葛朗特裡，也曾經不惜犧牲睡眠時間反覆練習同樣的動作，說起來這也算是我的拿手好戲。至少在毅力這點上，我是不會輸給尤吉歐的——

等等……我剛才好像想起了什麼重要的事情……

「來，桐人。」

尤吉歐輕輕拋過來兩顆圓麵包，打斷了我的思緒。我急忙伸出雙手接下。

「……？看你一臉奇怪的表情，怎麼了嗎？」

「啊……沒有啦……」

我雖然拚命想抓住即將從腦袋裡溜走的思緒尾巴，但最後還是只有「好像想到什麼要緊事」的焦躁感像霧一般飄盪在心頭。算了，如果很重要遲早會想起來吧。於是我聳了聳肩再次向尤吉歐道謝。

「謝謝。那我就不客氣了。」

「抱歉啦，只能讓你吃跟昨天一樣的麵包。」

「千萬別這麼說。」

我大口往麵包咬了下去。味道雖然不錯——但還是太硬了點。而尤吉歐似乎也有跟我同樣的感想，只是繃著一張臉拚命動著下巴。

我們倆花了幾分鐘的時間默默啃完第一個麵包，然後看著對方的臉露出微妙的笑容。尤吉歐喝了一口西拉魯水，忽然把視線移向遠方。

「……真想讓桐人也嚐嚐愛麗絲做的派啊……不但派皮相當酥脆，裡面還裝了一大堆有湯汁的內餡……如果再加上剛擠好的牛奶，真會讓人覺得那是世界上最美味的食物了……」

聽他這麼說的時候，我的舌頭竟然也很不可思議地浮現了那種派的味道，不由得口水直流。我急忙往第二個麵包咬了一口，然後有些顧慮地問：

「尤吉歐啊。那個人……愛麗絲她以前為了繼承阿薩莉亞修女的工作，曾經在教會裡學習神聖術對吧？」

「嗯，是啊。大家都說她是村子裡有史以來的天才，十歲左右就能使用很多種神聖術了。」

尤吉歐以有些自傲的表情這麼回答。

「那……目前在教會學習的那個女孩賽魯卡是……？」

「嗯嗯……阿薩莉亞修女在愛麗絲被整合騎士帶走後也覺得很難過，還說再也不收弟子了。不過賽魯卡去年終於以新見習生的身分進入教會。她啊，是愛麗絲的妹妹唷。」

「妹妹……這樣啊……」

真要說起來，賽魯卡給人的印象應該比較像個嚴格大姊姊才對。我回想著賽魯卡的臉，口中低聲嘟囔。既然是那孩子的姊姊，那麼叫做愛麗絲的少女一定也很愛照顧人而且很雞婆吧。我想她和尤吉歐一定是很好的搭檔。

想到這裡，我便朝尤吉歐瞄了一眼，而當事人不知為何像是有些不安地皺起眉頭說：

「……因為年紀差了五歲，所以我幾乎沒和賽魯卡玩在一起。偶爾去愛麗絲家時，賽魯卡也老是害羞地躲在媽媽或奶奶後面……無論是她父親卡斯弗特村長、其他大人還是阿薩莉亞修女，都認為她既然是愛麗絲的妹妹，那麼一定也有神聖術的天分，所以對她的期望也相當高……但是……」

「你是說，賽魯卡不像她姊姊那麼有天分嗎？」

聽見我直截了當的問題後，尤吉歐微微露出苦笑並搖了搖頭說：

「不是這個意思。每個人剛被賦予天職時，總會有些不習慣。我也是花了三年才能完全控制這把斧頭。不論是什麼樣的天職，只要認真努力，總有一天能像大人那樣熟練。只不過……賽魯卡才十二歲而已，我總覺得她好像有點努力過頭了……」

「努力過頭？」

「……愛麗絲即使開始學習神聖術也沒有住在教會裡頭。她的學習時間只有上午而已，中午她會替我送便當來，下午就回家幫忙去了。但是賽魯卡說這樣學習時間根本就不夠，所以就離家住宿了。雖然這和珍娜與阿魯古剛好也開始在教會裡生活，阿薩莉亞修女一個人可能忙不過來也有一點關係就是了……」

我想起賽魯卡勤勞地幫忙照顧其他小孩的模樣。雖然外表看起來不怎麼辛苦，但一整天除了用功外還得照顧六個小孩，對一個也才十二歲的少女來說確實不簡單。

「原來如此……然後忽然又加上我這個『貝庫達的肉票』是吧。看來，我得注意別給賽魯卡添麻煩才行。」

我下定決心明天要五點半起床，接著追問下去：

「話說回來，在教會裡生活的小孩子，除了賽魯卡之外都有至親過世對吧？是雙親都過世了嗎？在這麼和平的村子裡，為何會有這麼多孤兒呢？」

尤吉歐聽到這裡，便以憂鬱的表情看著腳底下的苔蘚。

「……三年前村裡發生了傳染病，據說前一百年裡都沒發生過這種事。村裡因此而死的大人加小孩，總共有二十個以上。阿薩莉亞修女和草藥師伊貝達大嬸用盡了所有方法，依然救不回那些發高燒的人。教會裡的孩子們，就是在那時候失去了雙親。」

我因為尤吉歐出乎意料之外的發言而說不出半句話來。

——他說有傳染病？但這裡可是假想世界，不可能有細菌或是病毒存在。也就是說，應該是管理這個世界的人類或系統出於某種企圖讓居民病死。但到底是為了什麼？或許是想以天災的形式給予居民壓力，不過這樣又能夠模擬出什麼樣的結果呢？

到頭來，所有問題全都指往同一個方向——這個世界存在的理由。

可能是發現我一臉憂鬱吧，尤吉歐這時也用相當沉重的表情再度開口：

「不只是傳染病而已。我覺得最近發生了很多怪事。像是落單的長爪熊或黑毛狼襲擊人類，還有小麥沒結穗等等……有幾個月就連從薩卡利亞來的定期馬車都看不見。據說是因為……街道南方出現了哥布林集團。」

「什、什麼！」

我連續眨了兩、三下眼睛。

「你說哥布林……但你不是說過，有騎士在守護國境嗎……」

「當然有啊。闇之種族若敢靠近盡頭山脈，應該一下子就會被整合騎士掃蕩乾淨了。那些傢伙比只是碰到闇之國土地的愛麗絲要壞多了，怎麼能讓他們活下來呢。」

「尤吉歐……」

尤吉歐平時相當安穩的聲音，忽然帶著某種深沉的不耐感，讓我嚇了一大跳。但這種感覺一瞬間便已消失，少年嘴角再度露出一絲笑容。

「……所以，我認為那應該只是謠言而已。不過，這兩、三年來教會後面確實多了不少新的墳墓。但我祖父說難免會有這種時期出現……」

這麼說來，也該趁現在提出一直懸在心上的問題了。於是我便裝出若無其事的模樣詢問：

「……我說啊，尤吉歐。神聖術裡頭，那個……有沒有讓人死而復生的法術？」

當我覺得應該又會被對方以「怎麼如此沒有常識」的眼神盯著看而做好心理準備時，尤吉歐卻一臉嚴肅地輕輕咬著嘴唇，然後以幾乎看不出來的細微動作點了點頭。

「……村裡的人幾乎都不知道，不過愛麗絲確實曾說過高級神聖術裡有增加天命的法術。」

「增加……天命？」

「嗯。各種人與物的天命……都無法用人為手段來增加，當然我和桐人的也是一樣。比如說人的天命，從嬰兒、小孩一直到長大成人為止都會不斷增加，大約二十五歲時會到最大值。此後就會開始慢慢地減少，到了七十與八十歲之間便會歸零，蒙史提西亞寵召。這些事桐人應該還記得吧？」

「嗯嗯……」

這話當然是第一次聽說，但我卻一臉認真地點了點頭。尤吉歐的意思，也就是HP的最大值會隨著年齡增減吧。

「但是，一旦生病或受傷就會讓天命大大地減少，還有可能就此死亡，所以才會用神聖術與藥物來治療。經過治療之後天命通常就會恢復，但絕不可能超過生病或受傷前的量。不論讓老年人喝下多少藥，也不可能讓他的天命恢復到年輕時期；要是傷勢過於嚴重，也有可能無法治癒……」

「你的意思是說，有法術能辦到這些事情囉？」

「愛麗絲說她看到教會裡的古書上這樣寫著時也嚇了一跳。她雖然向阿薩莉亞修女詢問了那種法術，但修女竟然出現相當恐怖的表情，不但把書拿走還要她忘了這件事……所以我也不是很清楚。不過，那種法術好像是只有公理教會非常高階的司祭才能使用。不像受傷或生病那樣，而是直接對人的天命產生影響……當然我也不知道具體來說究竟是什麼。」

「這樣啊……高階司祭啊。那麼所謂的神聖術，是每一名教會的僧侶都懂得使用嗎？」

「那當然囉。神聖術的力量源自索魯斯神與提拉利亞神散佈在空氣與大地裡的『神聖力』。愈大的法術就需要愈多的神聖力。如果是操縱人類天命的超級法術，說不定就算聚集這整座森林裡的神聖力都不夠呢。不過，我看就連薩卡利亞都沒有術師能操縱如此龐大的力量吧。」

尤吉歐說到這裡便停頓了一下，接著才又用低沉的聲音表示：

「而且……如果阿薩莉亞修女能使用那種法術，她一定不會眼睜睜看著小孩子們的父母親或村民的小孩病死。」

「原來如此……」

——這也就是說，如果我突然死在這裡，似乎並不會在教會祭壇上隨著管風琴的聲音復活。要是真的死掉，應該會在現實世界的ＳＴＬ裡醒過來吧？不，如果不是那樣我可就頭痛了。ＳＴＬ和NERvGear不同——它應該沒有破壞搖光的功能才對。

但是，我還是希望把死亡當成最後的登出手段。因為我還不能完全證實這裡是Underworld

的猜測，而且就算有了確信，在尚未得知這個世界的存在目的之前便離開，這樣真的好嗎——

我的靈魂深處一直有道聲音這麼對我呢喃著。

雖然我很想立刻瞬間轉移到央都，直接衝入那個什麼公理教會總部質問那些「高級祭司」，然而我對此根本無計可施。竟然無法從進行城鎮之間的傳送，這個遊戲的平衡度實在太差勁了。就連SAO裡，也是幾乎每個城鎮都設有轉移門啊！

如果這是一般的VRMMO，我一定馬上就會思考寄給營運公司的抱怨信裡該寫些什麼內容才好。既然沒辦法抱怨，也只能在系統所容許的範圍內盡最大的努力了。沒錯，就像過去在艾恩葛朗特裡絞盡腦汁攻略魔王時那樣。

我吃完第二個麵包後，便把嘴湊到尤吉歐遞來的水壺上，同時抬頭看著異常高大的樹幹。

為了前往央都，我無論如何都需要尤吉歐的幫忙。但個性認真的他絕不可能拋下天職不管，而且禁忌目錄應該也禁止這麼做吧。既然如此，我就只剩下一個選擇——想辦法把這棵巨大的杉樹解決掉。

我把目光移了回來，發現尤吉歐正拍著褲子起身。

「那我們差不多該開始下午的工作了。由我先開始吧，可以幫忙拿一下斧頭嗎？」

「嗯。」

為了把靠在旁邊的龍骨斧遞給伸出手的尤吉歐，我用右手握住了斧柄中間。

這個瞬間，忽然有道靈光如電擊般閃過我的腦袋。為了抓住剛才從手掌中溜走的某項重要情報，我這次相當慎重地準備牢牢抓住它的尾巴。

尤吉歐確實這麼說過——普通斧頭的刃面馬上就會破損，所以才會花大錢從央都買來這把龍骨斧。

如果使用更強力的斧頭呢？用攻擊力與耐久力更大，需求力量值也更高的斧頭就行了吧。

「我、我說尤吉歐啊……」

我摒住呼吸這麼問道。

「村子裡沒有比這更強的斧頭嗎？就算村裡沒有，像是薩卡利亞之類的地方呢……只要能買到比這更強的斧頭，應該就不用花上三百年了吧？」

但尤吉歐卻毫不考慮地搖了搖頭。

「怎麼可能會有。龍骨已經是最棒的武器素材了，它甚至比南方的達馬斯克鋼與東方的玉鋼還要硬啊。如果還要更強，也只有整合騎士所持的……神器才有可能……」

由於他說到後來聲音愈來愈小還變得斷斷續續，所以我只能歪著頭等他繼續說下去。尤吉歐沉默了整整五秒鐘左右，才像是怕周圍有人聽見一般悄聲說道：

「……斧頭沒有。但是……有一把劍。」

「劍……？」

「你還記得我在教會前面說過，除了『宣告時刻之鐘』外，村子裡還有另外一件神器嗎？」

「嗯……記得。」

「其實，就在附近而已……村子裡只有我知道這件事。這六年來，我一直藏著它……你想看看嗎，桐人？」

「當、當然了！請務必讓我看一下！」

我興致勃勃地這麼說道，結果尤吉歐又考慮了一下，最後才終於點了點頭把手上的斧頭又交還給我。

「那麼，麻煩你先開始工作吧。我去把它拿過來，不過可能得花上一點時間。」

「在很遠的地方嗎？」

「沒有，就在那邊的置物小屋裡。只不過……它非常地重。」

正如尤吉歐所言，當我揮完五十下斧頭時才終於回來的他，正用一副疲勞萬分的表情擦著額上汗水。

「喂、喂，你不要緊吧？」

我一問之下，他便像根本沒有餘力回答般點了點頭，接著把扛在肩頭上的東西扔到地面上。一陣沉重的聲響過後，苔蘚絨毯整個凹了下去。我把裝有西拉魯水的容器交給不停喘氣並癱坐到地上的尤吉歐後，轉頭注視躺在地面上的物體。

我曾經見過這個東西。那是一個長約一公尺二十公分的細長皮製袋子。昨天尤吉歐放龍骨斧那間小屋裡有個隨便扔在地上的袋子，顯然就是眼前這玩意兒了。

「我可以打開嗎？」

「嗯……嗯嗯。不過……要小心點。要是掉在腳上，可不是擦傷……就能了事的唷。」

尤吉歐扯著乾枯的喉嚨這麼說道，我對著他點了點頭，然後畏畏縮縮地把手伸了出去。

下一刻，我整個人便嚇得腳都軟了。應該說，如果這裡是現實世界，我的腰椎可能會因此而移位吧。這個袋子就是如此地沉重。即使我已經用雙手使勁握住，它卻還是像生了根一樣躺在地上一動也不動。

妹妹直葉除了參加劍道部辛苦的練習外還經常自己鍛鍊身體，所以實際上比外表看起來還重了一些——當然我不曾對她本人說過這種感想——說真的，眼前這個袋子的重量就快要跟她一樣了。我再次站穩了雙腳並沉下腰，像舉槓鈴般擠出全身的力量。

「呼……！」

我感覺渾身關節都已經吱吱作響，但袋子這時終於開始移動了。為了讓綁繩子的袋口來到上面，我將它轉了九十度，然後再次把下端靠在地上。接著又為了不讓它倒下而用左手撐住，最後再用右手把繞在上面的繩子解開並將皮革袋子褪下來。

出現在我眼前的，是一把讓人忍不住發出讚嘆聲的美麗長劍。

它有著加上精緻刻工的白銀劍柄，而且把手部分還用白色皮革層層裹住。護手部分做得像是植物的樹葉和藤蔓，而我也立刻看出它是屬於哪種植物——因為把手上端與白色皮革劍鞘上也嵌了由閃亮藍寶石所製成的薔薇花。

雖然長劍散發出一種古物的氛圍，上頭卻沒有任何的髒點與汙垢。甚至能說飄散著一股——「長年找不到主人的我，只能一直沉睡下去」的氣質與風格。

「這是……？」

我抬頭這麼問道。尤吉歐好不容易調勻了呼吸，這才用有些懷念又有些不捨的表情凝視著劍回答：

「『藍薔薇之劍』。我不清楚它真正的名字是什麼，不過童話故事裡是這麼稱呼它。」

「童話故事……？」

「盧利特村的小孩……不，其實大人也都知道這個故事。三百年前——在這塊土地建村的初代開拓者裡面，有一位叫做貝爾庫利的劍士。跟他相關的冒險故事可以說講都講不完，但其中最知名的就是名為『貝爾庫利和北方白龍』的故事……」

尤吉歐忽然望向遠方，然後以帶著些微感傷的聲音繼續這麼說：

「……簡單地說，就是到盡頭山脈探險的貝魯庫利，因為迷路而闖進洞窟深處的白龍巢穴。幸好身為人界守護者的白龍這時正在午睡，因此貝爾庫利馬上就準備逃走，但他卻在散佈於巢穴各處的寶藏裡發現了一口白劍。他非常想將這把劍佔為己有，於是小心翼翼地拿起了劍並準備逃走，然而貝爾庫利腳底忽然長出了許多藍色薔薇，把他整個人給捲了起來。貝爾庫利跌倒所發出的聲音也吵醒了白龍……大概就是這樣的故事……」

「那、那接下來呢？」

被故事吸引的我忍不住這麼問道，但尤吉歐笑著說「接下來的故事還長得很」，隨即簡短地交代了故事的結局。

「總之呢，後來又發生了許多事情，最後貝爾庫利總算得到白龍的原諒，放下劍之後便夾著尾巴逃回村子裡來了。而故事就這樣可喜可賀地結束……很普通的童話故事對吧？如果不是有些小孩想去確認故事的真實性……」

聽見那帶著深沉後悔的聲音，我馬上就理解了。尤吉歐口裡的小孩，其實說的就是他自己和他青梅竹馬的朋友——那個名叫愛麗絲的女孩子。我想，村子裡也沒有其他如此有行動力的小孩了吧。

短暫沉默之後，尤吉歐才接著說：

「六年前，我和愛麗絲一起去盡頭山脈尋找白龍。但龍已經不在了。取而代之的是一堆滿是刀傷的骨頭山。」

「咦……難道是有屠龍的傢伙出現了嗎？到底是誰……？」

「我也不知道。只不過……不可能會有人對寶藏沒興趣吧？在骨頭底下，滿滿的金幣和寶物堆積如山。而這把『藍薔薇之劍』也在裡面。當然，當時的我根本沒辦法把那麼重的劍拿回來……之後我和愛麗絲在踏上歸途時搞錯了洞窟入口，穿越山脈跑到闇之國那邊去了。再來就是我昨天跟你說過的那些。」

「這樣啊……」

我把視線從尤吉歐身上移開，再次看著這把用我雙手支撐住的劍。

「但是……那把劍為什麼現在會在這裡？」

「……前年夏天，我又去了一次北方洞窟，把它給拿回來了。每逢安息日我便去搬動個幾基洛爾，然後藏在森林裡面……整整花了三個月的時間才把它放進置物小屋裡頭唷。至於為什麼要這麼做嘛……說起來其實連我自己也不是很清楚……」

難道是因為不想忘記愛麗絲嗎？還是今後想要帶這把劍去解救愛麗絲呢？

雖然腦裡閃過種種可能性，但對尤吉歐這名少年的敬意，卻讓我無法隨口就將自己的想法說出來。我反而打起精神再次舉起劍身，用右手握住劍柄準備將劍拔出。

一開始雖然像在拔一根深入地面的木樁般遭到頑強抵抗，但一拔動之後劍身便像被推出來般離開了劍鞘。「鏘」一聲清脆的聲音過後，劍身便完全被拔出，同時右臂也有種要從右肩上脫落的感覺，於是我急忙丟掉左手的劍鞘用雙手握住劍柄。

看起來像皮革製的劍鞘似乎也具有異常的重量，在被我扔掉之後馬上隨著沉重的聲音刺入地面。雖然左腳差點就要被壓碎，但我根本沒有餘力往後退，只能拚命支撐著手裡的劍。

幸好出鞘後的劍輕了大約三成左右，使盡全力後勉強能暫時保持平衡。而我的眼睛也像被吸引過去般，緊盯著眼前的劍身不放。

打造劍身的素材實在是太不可思議了。寬大約有三公分半的細長金屬，在穿過樹葉間隙的陽光照耀下發出了淡藍色光芒。細看之下，能夠發現日光不只是被表面反射出來而已，有幾道光線甚至在劍身中產生漫射現象。換言之，劍身看起來有些透明。

「這不是普通的鋼鐵。也不是銀或龍骨。當然更不可能是玻璃……」

尤吉歐以帶著些許敬畏的口氣低語。

「——也就是說，我認為這不是由人類所打造出來的……不是實力高強的神聖術師藉由神力煉成，就是神親自動手創造……而這種器具就被稱為『神器』了。我想這把藍薔薇之劍一定也是神器之一。」

——神。

尤吉歐和賽魯卡話裡及修女的祈禱文中，時常出現「索魯斯」和「史提西亞」這樣的名字。雖然我早就注意到這點，但一直認為只是奇幻世界常會出現的設定而沒有多加留意。

既然有神明親自創造的道具登場，那麼我是不是得改變一下自己的想法呢。假想世界裡的神——是否就等於現實世界裡的管理者？還是伺服器裡的主要應用程式呢？

總之，看樣子這也不是個能光靠思考就能得到答案的問題。現在只能先把它和什麼公理教會云云歸類在一起，將它們都定位成這裡的「中樞系統」。

總而言之，可以確定這把劍在系統裡應該是擁有高優先權的物件。再來，就是它和同屬高階物件的基家斯西達之間，究竟是誰的優先度比較高了——而這個結果也將影響到我能不能和尤吉歐一起出發去央都。

「尤吉歐。你可以查一下現在基家斯西達的天命有多少嗎？」

舉著劍的我一這麼說，尤吉歐便露出懷疑的眼神。

「桐人……你該不會打算用那把劍來砍基家斯西達吧？」

「不然我幹嘛要你拿這把劍過來？」

「咦咦……但是……」

為了不讓歪頭考慮的尤吉歐有任何猶豫空間，我馬上又加了一句：

「難道說禁忌目錄裡有明文禁止用劍砍基家斯西達？」

「呃……倒是沒有這樣的條文……」

「還是說村長或前任的……卡利塔爺爺有說過不能用龍骨斧之外的器具？」

「呃……這也沒有……不過……總覺得……之前好像也發生過這種事……」

尤吉歐嘴上咕噥著，但還是站起身來靠近基家斯西達。他用左手畫完印記並敲了一下樹幹，然後看著浮現的視窗。

「嗯……有二十三萬兩千三百一十五唷。」

「好，記住這個數字喔。」

「不過啊，桐人。我覺得你揮不動那把劍耶。看你光是把劍舉起來整個人就搖搖晃晃的了。」

「你看著吧。沉重的劍不是靠力量來揮動。重心移動才是關鍵。」

雖然這已經是遙遠的記憶，不過在舊ＳＡＯ世界裡，我一直因為自己的喜好而尋找著沉重的劍。因為跟以出手次數來決定勝負的速度重視型武器相比，我更喜歡以全力一擊來粉碎敵人的手感。隨著等級上升與力量值增加，劍的體感重量也逐漸變輕，讓我只能不斷地更換更重的劍——而成為我最後搭檔的一對愛劍，在入手時重量就跟這把藍薔薇劍差不了多少。何況過去的我還能夠辦到左右手各拿一把重劍的驚人之舉呢。

當然每個假想世界的系統根幹有所不同，所以不能夠把它們混為一談，但至少運作身體的想像力應該是共通的才對。等尤吉歐離開樹邊，我便移動到深刻斷面的左邊並沉下腰，用光是拿著就讓兩條手臂快斷掉的劍擺出下段架勢。

我準備使出的當然不是什麼連續技，只是相當簡單的右中段水平斬而已。以SAO劍技名稱來說就是「平面斬」。一招遊戲開始時就能使用的超級基本技。

調整好呼吸後，我便把重心移往右腳並開始把劍往後拉。我的左腳立刻被劍的重量拉得浮了起來。雖然整個人好像要跌個四腳朝天，但我還是硬撐著把劍尖舉到最高點，接著在右腳用力往地面一踢後將重心移往左半身，同時把腳、腰的旋轉力從手臂傳送到劍上，開始揮砍。

劍當然沒有發光，而我的動作也沒有自動加速，但我的身體已經完美地重現劍技的軌跡了。著地的左腳讓地面微微震動，產生移動的巨大質量順著慣性沿理想的軌道往前奔去——

但完美的劍技表演也就到此為止了。無法撐住重量的雙腿從膝蓋開始產生搖晃，讓劍完全偏離目標砍倒了樹皮上。

哦——！一陣直刺耳膜的聲音響起，讓頭上各個樹枝的小鳥飛起來往四面八方逃亡。但我根本看不見這些景象。因為我無法承受反作用力的手已經完全離開劍柄，整張臉也狼狽地撲進苔蘚裡面。

「哇，所以我不是說了嗎！」

尤吉歐急忙跑來幫助我站起身，而我只能拚命吐出塞在嘴裡的綠苔。最先著地的臉部就不用說了，就連兩手手腕、腰部以及兩腳膝蓋都痛得讓人想要哇哇大叫。我跪在現場呻吟了一會兒之後，好不容易才擠出聲音說：

「……這下不行了……狀態一定是全紅……」

尤吉歐當然聽不懂舊ＳＡＯ裝備上要求力量值未滿的武器時視窗所顯示出來的狀態，只是用更加擔心的表情看著我。我只能急忙補上一句話：

「沒有啦，那個……體力好像不太夠。應該說，真的有人能裝備這把重死人的劍嗎……」

「所以我不是說過我們辦不到了嗎？一定是要獲得劍士的天職……或是入選城鎮衛兵隊的人才有那種能力啦。」

我垂下肩膀，摸著右手腕回頭看去。尤吉歐這時也隨我一起往後看。

然後我們兩個人便同時僵住了。

藍色薔薇劍那美麗的劍身，有一半已經砍進基家斯西達的樹皮裡，就這樣停留在半空中。

「……不會吧……才一擊就……」

尤吉歐搖搖晃晃地站起身來，沉默了好一陣子後才以沙啞的聲音低語。

他畏畏縮縮地伸出右手指尖，輕輕劃過劍與樹的接合部位。

「劍刃真的沒有受損……而且還深入基家斯西達長達兩限左右……」

我忍受著全身的疼痛站起身子，一邊拍著衣服上的髒汙一邊這麼說：

「所以我說值得一試嘛。那把藍薔薇之劍比龍骨斧還……呃，攻擊力比龍骨斧還要高。你再看一下基家斯西達的天命吧。」

「嗯嗯……」

尤吉歐點點頭，再次畫出印記並敲了一下樹皮。接著便緊緊盯著彈出來的視窗看。

「……二十三萬兩千三百一十四。」

「什、什麼！」

這次換成我嚇了一大跳。

「才減少一而已嗎？這一劍明明砍得那麼深了……到底是怎麼回事……果然還是得用斧頭才行嗎……？」

「不對，不是那樣。」

尤吉歐把雙手環抱在胸前並搖了搖頭。

「是砍的地方不對。如果不是砍中樹皮而是砍中斷面中心，天命應該會減少更多……的確，只要使用這把劍，或許能比使用龍骨斧還要快上許多……說不定能在我這一代就結束這份天職……不過——」

尤吉歐轉過頭來，面露難色的他輕輕咬著嘴唇。

「也得能確實操縱這把劍才行。才揮動一次就讓身體痛成這樣，而且還砍不中瞄準的地方，結果反而會比使用斧頭還要慢完成工作吧。」

「雖然我不行，但尤吉歐說不定沒問題啊？你的力氣應該比我大，試著揮一下那把劍嘛。」

我毫不放棄地繼續遊說，尤吉歐雖然露出猶豫的表情，最後還是低聲說了句「那就一次哦」並且將身體轉向大樹。

他用兩手握住砍入樹幹的藍薔薇劍劍柄，像在撬東西般移動著劍身。當劍刃好不容易才離開樹幹時，尤吉歐的上半身立刻開始搖晃起來，劍尖也隨著沉重的聲音插進地面。

「哇！果、果然還是太重了。我看真的沒辦法啦，桐人。」

「我都可以了，尤吉歐一定也沒問題啦。要領和揮動斧頭沒什麼兩樣。不過得比揮動斧頭時多利用一些身體的重量，不能只靠臂力，要讓全身的力量取得平衡。」

雖然不知道這樣子說能不能準確地傳達出竅門，但是尤吉歐畢竟擁有長年揮動斧頭的經驗，似乎馬上就理解我無法完全表達的部分了。他純樸的臉變得嚴肅，接著輕輕點了點頭，然後沉下腰部舉起沉重的劍。

他緩緩把劍向後拉，短暫蓄力之後便隨著猛烈呼氣開始了極為快速的揮砍。他右腳腳尖直線往前跑，展現出的重心移動技巧完美得讓我大吃一驚。藍色光芒在空中留下軌跡，劍尖也朝著深入的斷面中心衝去。

——但是，最後一刻撐住全部質量的左腳還是稍微滑動了。往上挑的劍砍進V字型斷面的上端，發出厚重的聲音後停了下來。接著尤吉歐便和我相反地往後彈去，腰部撞上粗大樹根並發出低沉的呻吟。

「嗚咕……」

「喂喂，你不要緊吧？」

我急忙跑過去舉起了右手，但身上的痛楚還是讓我繃著一張臉。事到如今，我才意識到這個世界存在著痛覺。

在SAO或ALO等既存的VRMMO遊戲裡，角色受傷時腦部所產生的疼痛感全都被名為「疼痛緩和裝置」的系統給攔截下來了。如果不這樣做，就不可能進行血肉橫飛的肉搏戰直到HP只剩個位數了。

但是，這個世界似乎沒有絲毫的娛樂性存在。雖然痛楚已經逐漸緩和下來，但我的手腕與肩膀到現在還是能感受到陣陣刺痛。光是扭傷與撞傷就已經這樣了，要是被武器給砍成重傷，究竟會產生多麼恐怖的痛苦呢。

看來今後若要在Underworld裡拿劍戰鬥，必須做好之前從來沒有被要求過的覺悟。畢竟至今為止，我從來沒有想像過被有重量的刀刃砍中肉體時會有什麼樣的痛楚。

尤吉歐只繃起臉三十秒便以輕快的動作站了起來，看來他應該比我還要耐痛才對。

「嗯～這辦法行不通的，桐人。在擊中目標之前，我的天命可就先耗掉不少囉。」

我們倆把視線移回樹上，發現藍薔薇之劍以淺淺的角度命中斷面上緣後就彈了開來，現在已經深深插入樹根附近的地面了。

「我倒是覺得頗有發展性呢……」

雖然我依然不肯死心的這麼表示，但尤吉歐臉上已經出現告誡小孩子般的表情，我也只好放棄掙扎並從苔蘚上撿起白色皮革劍鞘。尤吉歐把拔出的藍薔薇劍慎重收回我支撐的劍鞘裡，然後罩上皮革袋並重新綁好繩子，最後小心翼翼地將劍放在稍遠處。

呼一聲喘了口氣之後，尤吉歐才拿起靠在基家斯西達樹幹上的龍骨斧，然後叫道：

「嗚哇，感覺這把斧頭跟羽毛一樣輕呢——我們已經浪費了不少時間，看來下午得努力工作才行了。」

「嗯嗯……抱歉囉尤吉歐，要你配合我的突發奇想……」

我出聲道歉，少年則露出只能用純真一詞來形容的笑臉。

「沒關係啦桐人，我也覺得很有趣啊。那麼……換我先砍五十下囉。」

尤吉歐說完便很有節奏地揮起斧頭。我把視線從他背上移開，直接走到躺在地上的長劍旁，隔著皮袋用指尖輕撫劍鞘。

我的想法應該沒有問題才對。只要使用這把劍，一定能砍倒基家斯西達。但尤吉歐說的也沒錯，它並不是隨便亂揮就能夠產生效果的東西。

既然有這樣一把劍存在，那麼這個世界裡一定有人能夠裝備且自由地操縱它才對。我和尤吉歐只是還沒達到能使用它的條件而已。

那麼，那個條件究竟是什麼呢？職業？等級？屬性？到底要怎麼做才能查出來呢……

「…………」

想到這裡時，我忍不住微微張開了嘴。因為自己的遲鈍實在太令我驚訝了。

只要看狀態視窗不就知道了？昨天尤吉歐打開圓形麵包的「窗戶」時……還有我在教會房間裡準備熄滅油燈時，都已經叫出過狀態視窗了，而我竟然還會想不到這一點，腦袋真的是有點問題啊。

我急忙伸出左手，用指尖畫出那個符號，稍微考慮了一下之後才敲了敲右手手背。結果正如我所期待的，有一個紫色矩形隨著鈴聲浮現，我當然馬上緊盯著畫面看。

和麵包的視窗有些不同，上面顯示著好幾排文字列。我反射性地尋找登出鍵，但很可惜的是上面並沒有這種東西。

首先，最上排寫著「ＵＮＩＴ　ＩＤ：ＮＮＤ７－６３５５」。雖然Unit ID這種稱呼多少讓人覺得毛骨悚然，但我只能要自己別去多想。接下來的英文和數字應該是存在於這個世界裡的人類編號吧。

下面一排，則表示著基家斯西達也有的Durability，也就是尤吉歐所說的「天命」。上面的數值是「３２８０／３２８９」。一般來說左邊的應該是現在值，右邊的則是最大值。之所以會略微減少，可能是剛才隨便亂揮重劍而跌倒所造成的吧。我繼續把視線往下方移動。

第二行上面顯示著「Object Control Authority：38」。下面則是「System Control Authority：1」這樣的文字。

而這就是上面所顯示的所有資訊了。根本看不見任何RPG遊戲所必需的經驗值、等級與狀態等數值。我咬緊嘴唇，沉吟了一會兒。

「嗯～物件控制權限……應該是這個吧……」

從單字意義上看，它的確像是與使用道具有所關連的數值。但38這個數字究竟算何種程度則是無從判斷起。

我嘆了口氣並抬起臉來，結果尤吉歐專心揮動斧頭的背影馬上出現在我面前。在看著他那不停躍動的身體時，我忽然想到某件事，於是我立刻消除自己的視窗，準備喚出躺在面前的藍薔薇之劍的情報。我鬆開皮革袋子的袋口，讓劍柄稍微露出來，然後急忙畫出印記並輕敲了它一下。

浮現出來的視窗上，除了有耐久值197700這種直逼基家斯西達的天命數值之外，也有我想知道的情報。耐久值下方所浮現的「Class 45 Object」，很有可能是跟剛才的控制權限相對應的數字。我的權限是38。確實尚未達到45。

消去劍的視窗後，我便把袋子綁了回去，接著當場躺了下來。我瞪著從基家斯西達的樹枝縫隙間能看到的一小片藍天，嘆了口氣。雖然得到了一些情報，不過也只是從數字上確認了我無法操控這把藍薔薇之劍的事實而已。雖說只要讓權限上升到45應該就能解決問題，但我完全想不出升級的辦法。

如果這個世界基本上是按照一般VRMMO的準則來運作，那麼想要提升某種數值就只有長時間的反覆訓練或打倒怪物賺取經驗值了，但我完全沒有嘗試前一種選項的時間與心情，至於後者……我根本還沒在森林或原野裡看過任何的怪物。這種「雖然得到相當稀有的道具但等級卻不足以裝備」的狀況，通常會增進玩家賺取經驗值的動力，然而不知道提升等級的方法時便只會造成玩家的心理壓力。

MMO遊戲處於尚未有攻略網站存在的摸索狀態時，才是最有意思的一段時間——我發誓，等我回到現實世界之後，再也不說這種自認為帥氣的重度遊戲玩家發言了。就在我做出這種無謂的決定時，砍完五十下的尤吉歐已經擦著汗水朝我走了過來。

「怎麼樣啊，桐人？還揮得動斧頭嗎？」

「嗯嗯……已經不痛了。」

我舉起雙腳，利用往下壓的反作用力站起身並伸出了右手。接過龍骨斧後，我發現它的重量跟藍薔薇之劍比起來確實只能說小巫見大巫。

只有祈禱揮動斧頭的行為多少能讓關鍵數值上升了。我一邊這麼想，一邊用力將雙手握住的斧頭往後拉。

當不習慣重勞動而疲憊不堪的身體整個浸到熱水裡時，我便忍不住說出這麼一句話來。

「嗚啊啊……真舒服……」

盧利特教會的浴室，是在鋪了素燒瓷磚的地板上埋進特大的銅製浴缸，然後在外壁的爐灶裡燃燒木材讓洗澡水變熱。雖然中世紀歐洲應該不會有這樣的浴室，但不管這是世界創造者的設計，還是內部時間經過幾百年模擬後獨自進化的結果，它都是個讓我感謝萬分的設施。

吃完晚餐後，首先是阿薩莉亞修女、賽魯卡以及另外兩名女孩子使用浴室，接著才輪到我和四名男孩子入浴。那幾個吵死人的小鬼頭一直到剛剛才終於離開浴室，但是裝滿巨大浴缸的洗澡水卻沒有半點污濁。我用雙手撈起透明液體淋在自己臉上，然後再度發出「呼～」的鬆弛聲音。

目前，我被丟進這個世界已經差不多三十三個小時了。

由於不清楚我開始潛行之後的ＦＬＡ倍率究竟為何，所以也無從判斷現實世界裡究竟過了多久。如果是等速——也就是完全和現實同步，而我又行蹤不明，那麼現在家人和亞絲娜應該十分擔心吧。

一想到這裡，便有一股「根本沒時間悠閒地在這裡泡澡，還不趕快尋找登出方法」的焦慮感湧上喉頭。但另一方面，我也無法否認內心存在著一種欲望，讓我想要繼續探求這個世界的秘密。

我在保有桐谷和人意識和記憶的狀態下存在於這個世界，應該只是一種突發狀況才對。因為在這種狀況下，我的任何行動都可能讓模擬方向產生很大的偏差。而對於在這個世界進行模擬的人來說，絕對不會樂意見這最少有三百年以上的壯大實驗受到任何污染。

這也就表示，目前狀況對我來說除了是個驚天動地的大危機之外，同時也是個千載難逢的好機會。ＲＡＴＨ——這個規模不大知名度也不高卻擁有龐大資金的謎之新興企業，究竟有何企圖呢？若要查清真相，這是我最初也是最後的機會。

「等等……這會不會也是藉口呢……」

我把嘴巴也浸到熱水裡，吐著泡泡咕噥道。

或許，我純粹只是遭到身為一名ＶＲＭＭＯ玩家想要「攻略」這個「世界」的單純欲望所驅使罷了——只靠自己的知識與第六感行走於這個沒有任何說明的世界，並且在此鍛鍊自己的劍術來打倒眾多勇士，最後奪取最強者稱號。就是這麼愚蠢且幼稚的慾望。

假想世界裡的實力，不過就是各項參數所顯示出來的幻象，這點我在過去已經有了許多次的體驗。像是二刀流最高級劍技被希茲克利夫破解時、在精靈王奧伯龍面前狼狽倒在地上時、在死槍追擊下只能到處逃竄時，我都曾經帶著無限悔恨的心情告訴自己絕對不能犯下同樣的錯誤。

儘管如此，內心深處依然有一把炙熱的火焰不停煽動我。這個世界究竟有多少個人能輕易拿起我無法自由揮舞的藍薔薇之劍呢？守護法律的整合騎士到底有多強？闇之國的黑暗騎士如何？支配整個世界的公理教會又是由什麼人來領導呢……？

下意識揮動的右手指尖劃過水面，飛起來的水滴碰到正面牆壁後發出細微的聲音。

同一時間，通往脫衣處的門後方也有聲音響起，這才讓我從沉思當中回過神來。

「咦，還有人在裡面嗎？」

我發現是賽魯卡之後急忙撐起身體。

「那、那個，是我——桐人。抱歉，我馬上就起來。」

「不……不用，你慢慢洗沒關係，只是離開時一定要把浴槽的栓子拔起來，然後把燈熄掉。那麼……我回房去了，晚安。」

她似乎打算馬上離開，但我忽然想起一件事，因此隔著門叫住了她。

「啊……賽魯卡。我有點事情想問妳，晚上可以耽誤妳一下嗎？」

倏然停下腳步的女孩像是有些猶豫般沉默了一陣子，但她最後還是用幾乎難以辨認的聲音回答我：

「……如果只有一下下就可以。房裡的孩子們都已經睡了，我會到你房間等。」

接著她便不等我回答，直接發出細微的腳步聲離開了。我急忙站起身子，把浴缸底下的木栓拔開並熄掉燈後走到脫衣處。由於不用毛巾水滴也會自動消失，所以我趕緊穿上居家服，從一片寂靜的走廊爬上樓梯。

當我打開客房的門時，坐在床上晃著腳的賽魯卡隨即抬起臉來。她的穿著和昨天晚上不同，一身樸素的木棉睡衣，棕色頭髮也綁成了辮子。

賽魯卡面不改色地從旁邊桌上拿起一個大玻璃杯，朝我遞了過來。

「哦，謝謝妳。」

我邊道謝邊接過杯子，然後在賽魯卡旁邊坐下，一口氣喝光冰涼的井水。水分直接流入乾渴身體的爽快感，讓我不由得低聲叫了起來。

「啊～簡直是天降甘霖。」

「甘霖？那是什麼？」

感到驚訝的賽魯卡微微歪著頭這麼問道。發現自己又講出這個世界沒有的名詞後，我只能急忙解釋：

「嗯……就是非常美味，喝下去就能讓人覺得精神百倍的水……差不多是這樣吧。」

「原來如此……就是像萬靈藥那樣的水囉……」

「那、那是什麼？」

「就是經過教會修士大人祝福的聖水啦。雖然我沒有見過，但聽說只要喝下一小瓶就能夠治癒傷口與疾病，甚至還能恢復減少的天命呢。」

「喔……？」

既然有那種藥，為什麼還有那麼多人因為傳染病而喪生呢？我內心雖然這麼想，但總覺得不應該直接問出口，於是保持沉默。不過至少可以知道，即使在公理教會這種有著神聖名字的組織統治下，這個世界也不像我當初所想的那麼美好。

接下我喝完的空杯子後，賽魯卡便馬上催促我。

「如果有別的事要問就快一點。雖然洗完澡後便禁止到男生房間的規定並不包含客房在內，不過要是讓阿薩莉亞修女知道，一定還是會被告誡一番的。」

「真……真是不好意思。那我簡單問一下就好，嗯……我想問關於妳姊姊的事。」

這時，白色睡衣底下的纖細肩膀立刻晃動了一下。

「……我才沒有什麼姊姊呢。」

「那是現在吧？尤吉歐告訴我了。他說妳有一個叫做愛麗絲的姊姊……」

我話還沒說完，賽魯卡便忽然抬起頭來，而這也讓我嚇了一跳。

「尤吉歐他告訴你愛麗絲姊姊的事情？他說了多少？」

「啊……嗯嗯……像是愛麗絲也在這間教會裡學過神聖術……還有她六年前被整合騎士帶

到央都去的事……」

「……這樣啊……」

賽魯卡輕嘆了口氣並低下頭來，接著小聲地說：

「……尤吉歐並沒有忘記愛麗絲姊姊的事情啊……」

「咦……？」

「村子裡的人……連爸爸、媽媽和修女都絕對不會提起關於愛麗絲姊姊的事情。她的房間也在好幾年前就被打掃乾淨了……簡直就像愛麗絲姊姊打從一開始便沒有存在過一樣……所以我才想，大家是不是都忘記姊姊的事了呢……尤吉歐應該也……」

「尤吉歐不但沒有忘，還很在意愛麗絲的事呢。如果……不是有天職，他可能馬上就到央都去找尋愛麗絲了。」

聽見我這麼說，賽魯卡又沉默了一會兒，最後才低聲說出這麼一句話來。

「是這樣嗎……那……尤吉歐臉上失去笑容，也都是因為愛麗絲姊姊的緣故囉。」

「尤吉歐……失去笑容？」

「嗯。姊姊還在村子裡的時候，尤吉歐臉上總是掛著笑容。甚至可以說很難發現他有不笑的時候。不過當時我年紀還小，所以記得不是很清楚……但自從姊姊不在了之後，我似乎就再也沒看見尤吉歐笑過了。而且不只是這樣……安息日他不是窩在家裡，就是一個人跑到森林裡去……」

我邊聽邊感到納悶。尤吉歐的言行舉止確實相當沉穩，但我並不認為他有壓抑自己的感情。往返森林的路上與休息時，他曾多次笑著和我說話啊。

若他在賽魯卡和其他村人面前不露出笑容，理由大概是——罪惡感吧？是因為害得人見人愛且受期待將接下修女職位的愛麗絲被整合騎士抓走，而自己卻又沒辦法救她，因而導致的罪惡感……？因為我不知道當時的事又不是村子裡的人，所以他在我面前才能夠不再自責，是這個樣子嗎？

如果事情真是如此，那麼尤吉歐的靈魂絕對不可能只是電腦程式。他一定和我一樣有著真正的意識與靈魂……也就是搖光。而這整整六年的漫長時光裡，他一定為了這件事深感苦惱，也因此而不斷受到折磨。

一定得去央都才行。我再次有了強烈的念頭。這不光是為了我的目的而已。要是不把尤吉歐帶出村子並找到愛麗絲讓他們兩人碰面，總覺得像有根刺卡在喉嚨裡一樣。所以，無論如何都得先把那棵基家斯西達給砍倒才行……

「……喂，你在想什麼？」

我被賽魯卡的聲音從沉思中拉了回來，於是抬頭對她說：

「沒什麼……我只是在想，尤吉歐想必跟妳所說的一樣，直到現在還是很重視愛麗絲。」

我一說出內心的想法，賽魯卡的臉似乎便有了些微的扭曲。她濃厚的眉毛與大眼睛都滲出了一抹寂寥感。

「說的……也對。果然沒錯……」

看見她垂下肩膀低語的模樣，就連我這個異常遲鈍的人也察覺到某種可能性。

「賽魯卡妳……喜歡尤吉歐嗎？」

「什……才不是你想的那樣呢！」

我原本以為對方會齜牙咧嘴地抗議，結果她只是羞紅了臉並把頭別到一邊去而已。她就這樣低下頭去，隨即用有些緊張的聲音說道：

「……只是覺得很受不了而已……爸爸和媽媽雖然嘴裡不說，但總是拿我和姊姊比較然後在那裡嘆氣。其他大人也是一樣。所以我才會離開家裡住進教會來。但是……就連阿薩莉亞修女在教導我神聖術時，也會表現出『姊姊只要教一次就會』的態度。尤吉歐他雖然不是這種人……可是他在躲我。因為他只要一看見我就會想起姊姊。那根本……根本不是我的錯啊！我明明連姊姊的臉都記不清楚了……」

看見單薄睡衣下的嬌小背部開始顫抖，老實說我心底也產生了動搖。這可能是因為，至今我腦袋裡一直有某個部份認為這裡只是虛擬世界，而賽魯卡與其他居民就算不是程式也只是類似的存在罷了。當我因為不知如何應對「有個十二歲的女孩在身邊哭泣」這種事而整個人僵住時，賽魯卡已經先用右手拭去眼角的淚並將水滴甩開了。

「……對不起，我一時失態了。」

「沒……沒關係，那個……想哭的時候還是哭出來比較好唷。」

雖然這句話連我自己都有點聽不下去，但未受到二十一世紀日本各種媒體荼毒的賽魯卡只是微微笑了一下並老實地點頭。

「……嗯，你說的沒錯。我覺得舒服多了。不過我真的好久沒在別人面前哭了。」

「這樣啊，賽魯卡真堅強耶。我到了這種年紀還是常在別人面前哭得一把鼻涕一把眼淚的。」

我回想著在亞絲娜和直葉面前哭泣的各種情景並這麼說道，結果賽魯卡馬上瞪大眼睛看著我的臉說：

「咦……桐人的記憶已經恢復了嗎？」

「啊……沒、沒有啦。沒有恢復……只是有這種感覺……總、總之我的意思是，妳就是妳。絕對沒辦法成為另一個人……所以妳只要做自己能力範圍內的事就好了。」

雖然這也是從某處借來的台詞，但賽魯卡考慮了一陣子之後便再度點了點頭。

「……你說的沒錯。或許……我一直沒有膽子面對自己與姊姊的差距……」

看見她堅強地這麼說，一想到自己打算把尤吉歐帶離這孩子身邊，心裡便湧起一股罪惡

感。當我正在煩惱時，由鐘樓傳出來的沉穩和弦就此降臨。

「哎呀……已經九點了呢。我也該回去了。對了……結果桐人想問的究竟是什麼？」

我回答歪著頭的賽魯卡說「不用了，這樣就可以了」。

賽魯卡碰一聲從床上跳下來，但她只朝著門口走上幾步便回過頭看著我說：

「那個……桐人也聽說整合騎士帶走姊姊的理由了嗎？」

「咦……嗯嗯。怎麼了嗎？」

「我不知道姊姊究竟為什麼會被帶走啊。爸爸他們又不告訴我……很久以前我問過尤吉歐，但他不願意說。所以究竟是為什麼呢？」

我雖然稍微猶豫了一下，不過一想起那個理由後便馬上開口：

「嗯……記得是因為沿著河川往上游走並進到一個洞窟裡，然後從那邊穿越了盡頭山脈，結果愛麗絲的手不小心碰到闇之國的土地……」

「……這樣啊……穿越了盡頭山脈嗎……」

賽魯卡就像是在考慮什麼事情一般，但她很快就輕輕點了點頭。

「明大雖然是安息日，不過祈禱的時間依舊跟平常一樣，所以你一定要記得起床唷。我可不會再來叫你了。」

「我、我會努力的……」

賽魯卡對我微微一笑，然後打開門走了出去。

我聽著她逐漸遠去的輕盈腳步聲，同時把上半身倒向床上。原本是想多了解一下愛麗絲這個充滿謎團的少女，但當時還只有五、六歲的賽魯卡果然沒有什麼相關記憶。唯一的收穫，就是明白尤吉歐究竟有多麼重視愛麗絲這名青梅竹馬。

我閉上眼睛，試著想像名叫愛麗絲的少女究竟長得什麼模樣。

腦海裡當然無法浮現任何臉孔，不過眼睛深處似乎有一道金色光芒閃過。

隔天早上，我才知道自己究竟有多麼粗心大意。

4

喀啷～我隨著五點半的鐘聲睜開眼睛，想著「只要有決心還是能辦得到嘛」並乾脆地下了床。

我打開東側的窗戶，伸個大大的懶腰，吸進一大口染上東方魚肚白的冰冷空氣。殘留於後腦勺的睡意殘渣，就在不斷的深呼吸當中完全消失了。

豎起耳朵傾聽，能發現走廊對面房間裡的孩子們似乎也開始起床了。決定先一步去洗臉的我隨即迅速換起了衣服。

我的「初期裝備」束腰短衣與木棉長褲，目前看起來沒有明顯的髒污；不過據尤吉歐所說，如果不時常清洗，衣服的天命減少速度便會加快。若是這樣，那麼我可能該想個辦法弄些換洗的衣物了。今天就跟尤吉歐談談這些事情吧——我一邊這麼想一邊從後門來到屋外，然後往水井走去。

我在木桶裡裝了一些水並倒進臉盆裡，接著開始啪嚓啪嚓地將它們潑到臉上。這時，忽然有人從後方快速朝這裡接近。認為可能是賽魯卡的我挺起上半身，甩乾手上的水並回過頭去。

「啊……早安，修女。」

站在那裡的，是已經穿著整齊修道服的阿薩莉亞修女。我急忙低下頭之後，對方也向我點頭示意並答了聲「早啊」。見她原本就相當嚴肅的嘴角閉得比平時還要緊，令我的內心感到有些恐慌。

「那個……修女，發生什麼事了嗎……？」

我畏畏縮縮地問道。修女稍微猶豫了一下之後，簡短地回答：

「──賽魯卡不見了。」

「咦……」

「桐人先生，你有沒有聽說些什麼呢？我看她似乎跟你頗為親近……」

這難道是在懷疑我對賽魯卡做了什麼嗎？一想到這裡我頓時有些不知所措，但馬上又覺得應該不會這樣。這個世界有絕對無法違反的規範──禁忌目錄，所以修女也不可能會想到誘拐少女這種大罪吧。也就是說，她認為賽魯卡是在自己的意志之下去了某處，而她純粹就是想要問我知不知道賽魯卡的去向而已。

「呃……她沒有跟我提過什麼耶……今天是安息日對吧？會不會是回家去了？」

我拚命轉動剛剛清醒的腦袋這麼說道，但修女馬上搖頭否定了這種可能性。

「賽魯卡來到教會這兩年，從沒有回過家。就算真是這樣，我也不相信她會一聲不吭地拋下晨禱離開。即使——並沒有禁止這麼做的規則……」

「那……會不會去買什麼東西了？早餐的材料通常是怎麼處理的呢？」

「昨天傍晚已經買好兩天分的菜了。因為今天所有商店都休息。」

「哦哦……原來如此。」

這下子我貧乏的想像力再也擠不出任何點子來了。

「……想必有什麼要緊的事吧？我想她馬上就會回來了。」

「……如果是這樣就好……」

阿薩莉亞修女似乎還是很擔心般皺著眉頭，但她不久後就嘆了口氣說：

「那麼，我就等到午餐時間為止吧，如果那時候她還沒回來，我就去跟村公所的人商量看看該怎麼辦。抱歉打擾你了，我還得去準備晨禱。」

「別客氣……我也幫忙在附近找找看好了。」

修女點了點頭便轉身走向教會。我目送她的身影離去，並且將臉盆裡的水倒掉，但胸口卻有了些許不安。昨天晚上和賽魯卡的對話中，似乎有件事情讓我有點牽掛。但我無論如何就是想不起來到底是什麼。難道賽魯卡失蹤跟我說的話有關？

於是，我便在不祥的預感下完成晨禱。接下來的早餐時間也在小孩子不斷詢問賽魯卡下落的情況下結束了，然而少女依舊沒有回來。我幫忙整理完餐桌後，朝著教會門口走去。

雖然沒和尤吉歐約好，但八點的鐘聲一響，我便從看見從北邊街道進入廣場的亞麻色頭髮，於是放下心來跑了過去。

「嗨，桐人，早啊。」

「早安，尤吉歐。」

尤吉歐用跟昨天沒有兩樣的表情對我微微一笑，而我也簡短地跟他打了聲招呼，然後馬上接著說道：

「尤吉歐，你今天一整天都是休假對吧？」

「嗯，對啊。所以我才想來帶桐人到村子裡四處走走。」

「雖然我也想到處逛逛，不過在那之前有件事想請你幫忙。賽魯卡一大早就不見了……所以我想去找找看……」

「咦咦？」

尤吉歐瞪大了綠色眼睛，然後擔心地皺起眉頭。

「她沒跟阿薩莉亞修女說一聲就離開教會？」

「好像是這樣。修女也說是第一次發生這種事。我說啊，你知不知道她可能去哪裡呢？」

「忽然這麼問，我也……」

「我昨天晚上和賽魯卡談了一些愛麗絲的事情。所以，我在想她會不會去了和愛麗絲有共同回憶的地方……」

當我說到這裡時，除了終於發現到自己為什麼會如此不安外，同時也為自己的遲鈍感到懊惱不已。

「啊……」

「桐人，你怎麼了？」

「難道說……尤吉歐，以前賽魯卡問你愛麗絲被整合騎士帶走的理由時，你沒告訴她對吧？為什麼？」

尤吉歐眨了幾下眼睛，這才緩緩點了點頭。

「嗯……確實有過這回事。至於為什麼不告訴她嘛……其實也沒有什麼特別的理由……可能只是多少有些不安吧。因為，賽魯卡很可能會追隨愛麗絲的腳步跑到那裡去……」

「沒錯！」

我低頭發出呻吟。

「我昨天已經告訴賽魯卡關於愛莉碰到闇之國土地的事情了……我想賽魯卡一定是跑到盡頭山脈去了！」

「咦咦！」

尤吉歐的臉色瞬間變得十分蒼白。

「這下糟了。我們得在村裡的人發現前追上去把她帶回來……賽魯卡大概是幾點出發的？」

「不曉得。我五點半起床時好像就已經不在了……」

「現在這個季節，大概要五點左右才會開始天亮。再早一點根本沒辦法在森林裡行走。這樣看來，應該是三個小時前出發的嗎……」

尤吉歐往天空瞄了一眼後又繼續說：

「我和愛麗絲到洞窟去的時候，以小孩子的腳程也只花了大約五個小時。我想賽魯卡已經走了一半以上，就算我們馬上追過去，也不知道能不能趕上她……」

「那我們快點走吧。」

我一這麼催促，尤吉歐立刻點了點頭。

「沒時間做什麼準備了。幸好我們會一直沿著河川走，所以水分補充絕對沒有問題。好……往這邊走。」

於是，我和尤吉歐便在不引起村民們懷疑的最快速度下朝著北方前進。

當商店愈來愈少，周圍也沒有其他人時，我們倆便飛快地衝過石板下坡。大概五分鐘左右，我們已來到橫跨水渠的橋邊，趁著值勤室裡的侍衛不注意時趕緊來到村外。

和到處都是寬廣麥田的南側不同，村北是一片深邃的森林。灌溉水渠在構成盧利特村的山丘外繞了一圈，之後便連結到我們眼前這條南北貫穿森林的河川，而它的岸邊已經成了一條長滿短草的小路。

尤吉歐踏上這條沿著河流前進的小路，往前走了十步左右後停了下來。他用左手制止我往前走並蹲下，接著用右手碰了一下稍長的一團雜草。

「這裡……有被踏過的痕跡。」

他低聲說完，隨即畫出印記叫出草的「窗戶」。

「天命稍微減少了。要是大人踩上去應該會減少更多，所以不久前一定有小孩經過這裡。我們快點趕路吧。」

「嗯嗯……走吧。」

我點了點頭，追隨快步向前走的尤吉歐而去。

不管前進了多久，右河川左森林這樣的景色還是完全沒有改變。頂多就是途中經過一個大池子和有些崎嶇的路段而已。這讓我不禁懷疑是不是踏進了ＲＰＧ裡常會出現的「迴圈地帶」陷阱裡了。由於早已聽不見村子鐘樓傳出來的報時聲，要得知時間的手段只剩觀察慢慢往上升的太陽而已。

我和尤吉歐以半走半跑的速度不斷往上游前進。如果是在現實世界裡，我只要像這樣運動個三十分鐘左右就氣喘吁吁了。幸好這個世界的男性平均體力似乎相當不錯，所以目前我不但不會感到疲憊，反而還因為適度的運動而感覺相當舒服。雖然我向尤吉歐提議是否要稍微加快速度，但他表示再走快一點會讓天命不斷減少，到時候若不經過長時間休息將無法繼續往前進。

即使我們已經在這種接近極限的速度下走了兩個小時，還是沒辦法在前方道路上看見少女的蹤影。其實從時間上來看，賽魯卡差不多已經要到達洞窟了。不安與焦躁伴隨著一股汗味在我嘴裡擴散開來。

「尤吉歐啊……」

我在調整呼吸的同時對著尤吉歐搭話，走在右前方的尤吉歐便回過頭來瞄了我一眼。

「什麼事？」

「為了保險起見，我還是想先問你一下……如果賽魯卡真的進入闇之國，會當場被整合騎士抓走嗎？」

尤吉歐的目光不斷游移，似乎是在搜尋自己的記憶；但他馬上就說出否定的答案。

「不……整合騎士應該明天早上才會飛到村子來。六年前就是那樣。」

「這樣啊……那麼，即使真的發生最糟糕的情況，我們也還有解救賽魯卡的機會。」

「……你在想什麼啊，桐人？」

「很簡單啊。只要在今天以內帶著賽魯卡離開村子，說不定就能逃離整合騎士的追捕了。」

「…………」

尤吉歐把臉轉了回去，沉默一會兒之後才低聲說著：

「這種事情……根本不可能辦到。何況還有天職……」

「我可沒說要尤吉歐和我一起逃走唷。」

我故意用挑釁的語氣說道。

「我會帶著賽魯卡逃走。因為是我不小心說溜嘴的，所以必須負起責任。」

「……桐人……」

看見尤吉歐側臉浮現受傷的表情，讓我內心也感覺一陣刺痛。然而，我這麼做只是為了讓他那頑固的「守法精神」產生動搖。雖然這麼做好像是在利用賽魯卡的危機，讓我感到不太舒服，但也該弄清楚一件重要的事了——對生活在這個世界裡的人來說，禁忌目錄究竟只是單純的倫理規範，還是絕對無法違反的強制規則。

幾秒鐘之後，尤吉歐便緩緩搖了搖頭。

「不行啦……那行不通的，桐人。賽魯卡她也有自己的天職啊，就算知道騎士會來逮捕她，她也絕不可能和你一起離開。而且，我想事情應該不會這麼糟糕才對。因為賽魯卡她絕對不敢犯下『踏入闇之國』這麼重大的禁忌。」

「但是，愛麗絲就那麼做啦。」

我簡短地提出反證後，尤吉歐咬緊嘴唇，再度表現出更加強烈的否定態度。

「愛麗絲她……她是特別的存在啊。她和村裡的每個人都不一樣。當然也和我……以及賽魯卡不同。」

說到這裡，他便像是不想再繼續這個話題般。稍微加快了跑步速度。我在從後追趕的同時，也於心裡對那名只知道名字的少女低語。

——愛麗絲……妳到底是何方神聖？

看樣子，對於包含尤吉歐與賽魯卡在內的居民來說，禁忌目錄果然不是能夠隨自己意志去違反的存在。就像現實世界裡的人類無法打破物理定律在空中飛行一樣。這個結果，也可以印證我「他們雖然擁有真正的搖光，卻又不是真正的人類」的考察並沒有錯誤。

然而如果是這樣，違反重大禁忌……應該說能夠違反重大禁忌的少女愛麗絲，又是什麼樣的存在呢？是和我一樣利用ＳＴＬ潛行到這個世界的測試玩家嗎，還是說——

我的兩條腿不停自動往前邁進，腦子則拚命整理著思緒的碎片。此時尤吉歐打破了沉默。

「看得見囉，桐人。」

嚇了一跳的我馬上抬起頭來。確實我們的前方已經不再是森林，可以看見更遠處有一整排相連的灰白色岩石。

我們兩人並肩衝過最後幾百公尺，在腳底下的草地轉變成沙粒處停了下來。呼吸變得稍微有點急促的我，只能默默抬頭看著出現在眼前的光景。

這也太假想世界了吧——眼前兩個壁壘分明的區域實在會讓人忍不住想這麼吐槽。從蒼鬱的樹林邊緣經過些微緩衝地帶後，忽然就是近乎垂直的岩山矗立在那裡。更驚人的是，岩山從手能碰得到的高度開始就覆蓋於薄薄白雪之下，不知高達幾千公尺的山頂附近更是發出了純白亮光。

雪山由我所在之處從左至右一直延伸到視線所能看得見的距離為止，似乎將世界完美地分成了「這邊」以及「那邊」。如果這個世界有設計師存在，我實在很想跟他抱怨一下——這種劃分界線的方式太過粗糙了。

「這就是……盡頭山脈嗎？而這個後面就是闇之國……？」

我在難以置信的狀態下如此嘟囔，尤吉歐馬上就點了點頭。

「我第一次來這裡時也嚇了一大跳。想不到世界的盡頭……」

「……居然會這麼近。」

我嘆著氣接下去講完後半句話，隨即下意識地產生了疑問。這條沒有任何阻礙與分岔的小路加上區區兩個半小時就能夠到達的距離，簡直就像——故意要讓居民靠近禁忌之地，或是反過來讓闇之國的居民入侵……

這時尤吉歐以催促的口氣對茫然的我說：

「快點走吧。我們和賽魯卡的距離應該已經縮短到三十分鐘以內了。如果找到她之後馬上回頭，應該就能在天還沒暗之前回到村子裡。」

「嗯嗯……說的也是。」

我朝他所指的方向看去，發現我們一路溯源而上的小河，看起來就像被忽然出現在岩石上的洞窟給吸進去了一樣——雖然它應該是從那裡流出來才對。

「就是那裡嗎……」

我們小跑步往那邊靠了過去。洞窟的高度與寬度都相當大，而湍急的小河左側則有一塊能讓兩人並肩走在一起的岩石平台。洞窟深處一片黑暗，而且不時有刺骨寒風從裡頭吹出。

「喂，尤吉歐……沒有光線怎麼辦？」

完全忘記攜帶探索洞窟必備道具的我急忙這麼問道，結果尤吉歐隨即露出「交給我吧」的表情點了點頭，然後舉起一根不知道什麼時候撿來的草穗。當我正納悶著那根小草能做什麼而呆呆觀望時，他已用認真的表情開口這麼唸道：

「System call！Lit small rod！」

「System call」？就在我為此驚訝不已之際——

尤吉歐手裡的草穗前端已經發出了藍白色光芒。接著，他便把足以照亮前方數公尺的光源舉在前面，迅速地往洞窟裡走去。

依然十分驚訝的我從後面追了上去，追到他身邊問：

「尤、尤吉歐……剛才那是？」

尤吉歐雖然還是皺著眉頭，嘴角卻閃過有些得意的微笑。他回答：

「是神聖術啦，不過這很簡單。我前年決定要來拿『藍薔薇之劍』時拚命練習才學會的。」

「神聖術……你知道什麼System啦Lit啦的意思嗎……？」

「意思……沒這回事吧，它只是種儀式，是向神明請求降下神蹟的咒語啊。高級神聖術的咒語要比剛才的長上好幾倍呢。」

原來如此，對他們來說那並非語言，只是一種咒語而已？我在內心暗暗點著頭。不過這咒語也太現實了吧。我看這個世界的設計者八成是個很現實的人耶。

「那……我也能施法嗎？」

即使在這種狀況下，我還是有些興奮地這麼問道，但尤吉歐卻用有些不確定的口氣回答：

「我每天趁著工作的空檔練習，持續了兩個月左右才學會這個神聖術。愛麗絲她也曾說過，有天分的人一天就學會了，相對地沒天分的人就算一輩子也學不會。我不知道桐人的天分如何，但應該沒辦法馬上能使用才對……」

換言之，要使用魔法……不對，這裡叫神聖術，就必須經過反覆練習來提升熟練度嗎。看來這確實不是一朝一夕就可以學會的技能。於是我暫時放棄這個念頭，專心凝視前方的黑暗。

濕濡的灰色岩石表面不斷左彎右拐地往前延伸。雖說身邊有個夥伴，但在刺骨寒風吹襲下，手邊沒有任何防身之物多少會讓人感到有些不安。

「我說啊……賽魯卡真的會走進這麼深的地方來嗎……」

我不由得這麼咕噥，而尤吉歐只是默默將光源照向腳邊。

「啊……」

在藍白色光圈照耀下，結了冰的淺水灘隨即浮現。它的中央已經被人踏破，裂痕往四面八方擴散開來。

我試著站到上面去，冰塊便在發出啪嘰的聲音後裂得更大了。也就是說，之前有體重比我輕的人踩過這裡。

「原來如此……看來沒錯。真是的……那小妮子真不知該說她是大膽還是不知死活耶……」

我忍不住這麼抱怨，結果尤吉歐卻一副覺得不可思議的樣子歪著頭說：

「其實也沒什麼好害怕的啊。因為這座洞窟裡早已沒有白龍，連老鼠和蝙蝠都沒一隻呢。」

「說、說的也是哦……」

我再度對自己說，這個世界裡就算有動物也沒有會發動攻擊的怪物存在。至少盡頭山脈的這一邊就跟VRMMO裡的圈內沒有兩樣。

我原本準備放鬆不知不覺間繃緊的背部，但就在這個時候——

有種奇怪聲音跟著前方黑暗處吹過來的風傳進耳裡，使得我和尤吉歐忍不住面面相覷。那種「嘰嘰」的聲音，聽起來就像某種鳥類或者是野獸的鳴叫聲。

「喂……剛才那是什麼聲音？」

「……不曉得……我也是第一次聽見那種聲音。啊……」

「這、這次又怎麼啦？」

「桐人，你有沒有……聞到什麼味道……？」

聽見他這麼問，我便對著吹過的風深深吸了口氣。

「啊……好像有燒焦的味道……還有……」

感覺稍微有點野生動物的腥味參雜在樹脂燒焦的味道裡，而這同時也讓我繃起了臉來。因為那實在不是能讓人安心的味道。

「這到底是怎麼……」

當我說到這裡時，忽然又有新的聲音響起，我立刻倒抽了一口氣。

一道拖著長長尾音的「呀——」聲，無疑是來自於女孩子的慘叫。

「糟糕！」

「賽魯卡……！」

我和尤吉歐同時大叫，然後在難以施力的冰凍岩石上全力奔跑了起來。

自從被丟到這個世界以來，最大的危機感——甚至比不知道身處何方時還要嚴重——像一道冰流般在體內側巡梭，讓我的手腳開始有點麻痺。

這個「Underworld」果然不是完全的樂園。薄薄一層和平底下，包覆著漆黑的惡意。如果不是這樣就無法說明這一切。這個世界恐怕是個夾住所有居民的巨大老虎鉗。某人花費了數百年的時間，慢慢、慢慢地用力將老虎鉗往內夾緊。就為了想要觀察居民們是會團結起來抵抗，還是束手無策地被夾扁。

盧利特村應該是最接近老虎鉗鉗口的地點之一吧。隨著「最後一刻」慢慢接近，村中居民遭到夾扁而消失的靈魂也慢慢開始增加了。

但是，我絕對不允許它選擇賽魯卡當第一個犧牲者。因為讓她來到這座洞窟的人是我。既然已經干涉到別人的命運，那麼我就該負起責任，把她平安帶回村子裡去……

我和尤吉歐就靠著草穗發出來的微弱光線全力向前衝。呼吸愈來愈紊亂，每當為了吸進空氣而喘息時胸口便會感到一陣劇痛，腳底多次打滑而撞上地面的膝蓋與手腕也不停有刺痛感。

雖然不難想像自己的「天命」正在持續減少，但我們也不可能因此緩下奔跑的速度。

隨著我們愈往前進，木頭燃燒的焦味與發酸般的野獸腥味也愈發濃厚，同時還不斷有喀嚓喀嚓的金屬聲混雜在野獸叫聲中傳進我們耳裡。雖然不知前方到底有什麼在等著我們，但很容易就能夠判斷出那絕對不是什麼友善的存在。

既然現在腰間連把小刀都沒有，那我們就必須先訂好計畫再謹慎地前進——我雖以玩家的身份這麼對自己咕噥，但現在不能再猶豫下去的心情卻更為強烈。更何況，不管我說些什麼，帶著凝重表情拚命往前衝的尤吉歐都不可能停下腳步。

忽然間，前方岩壁上出現搖晃的橘色光線。從反射的情況來判斷，裡面應該是個半球形的寬廣空間。這時我的肌膚已經能明確地察覺敵人的存在感，而且敵人不只一個——他們為數眾多。我一心祈禱賽魯卡能平安無事，然後幾乎和尤吉歐同時衝進半球狀空間裡。

看清一切，然後做出最適當的行動——而且愈快愈好。

我遵從這個深深刻在腦海裡的準則，死命瞪大自己的眼睛，然後像廣角照相機一般擷取下眼前的畫面。

這個幾乎是正圓形的半球體，直徑大約有五十公尺左右吧。地面雖然覆蓋著厚厚的冰塊，但中央部分卻有相當大的裂縫，露出了底下的藍黑色水面。

橘色光源是立於水池周圍的兩堆柴火。黑色鐵籠裡的木柴正燒得劈啪作響。

再來就是圍在兩團火焰四周的傢伙。他們三三兩兩地坐在一起，看起來雖然是人形，但很明顯不是人類也不是野獸。總數看起來超過三十。

每個人……或許該說每一隻的身材都不怎麼高大。站起身來的傢伙頭部大概只到我的胸口為止。但他們有些駝背的身軀卻都相當粗壯，特別長的手臂與帶著尖銳爪子的手掌看起來能撕裂所有物體。那些傢伙身上都穿著閃亮的皮革製鎧甲，腰部周圍除了掛著許多毛皮、某種動物的骨頭與小袋子等物品外——還有看起來雖然粗糙，卻感覺得出頗有威力的鐵鑄蠻刀。

這些傢伙的肌膚是暗沉的灰綠色，上面還長出稀疏的硬毛。每一隻頭部都光溜溜的沒有任何毛髮，集中在尖銳耳朵周圍的長毛看起來就像是鐵線。他們沒有眉毛，凸出來的額頭下方掛著異常巨大的眼睛，放出了暗濁的黃色光芒。

我只能說這是種非常詭異——但我長年來已經見怪不怪的模樣。

他們正是在我熟悉的RPG裡幾乎都會登場的低級怪物「哥布林」。在了解整個事態之後，我也得以稍微放鬆了肩膀的力道。哥布林通常都是讓新手玩家練習兼賺取經驗值用的怪物，所以能力值大多設定得相當低。

但是，這份安心感在離我和尤吉歐最近的一隻哥布林注意到我們，並且把視線移到我們身上後便消失了。

發現那傢伙浮現在黃色眼珠裡的感情之後，便有一股寒意直接透進我的骨髓中。他眼神裡先是露出些許疑惑與驚訝，但馬上就轉變成殘忍的欣喜與無限的飢渴。眼前濃烈的惡意，讓我覺得自己像掛在大蜘蛛網上的飛蟲一般完全無法動彈。

這些傢伙也不是程式。

我在壓倒性的恐懼當中，清楚地意識到這一點。

這些哥布林也擁有真正的靈魂。他們的智能，來自於某種程度上和我以及尤吉歐完全相同的搖光。

但究竟——為什麼會有這種事呢？

我被丟到這個世界後的兩天裡，大約已經推測出尤吉歐與賽魯卡等居民是什麼樣的存在了。他們應該不是出自真正的人腦，而是保存在某種人造媒介裡，換言之就是「人工搖光」。雖然我想不出什麼樣的媒介能夠保存人的靈魂，但如果ＳＴＬ能夠讀取靈魂，那麼要複製應該也不是什麼難事才對。

雖然這樣的推測相當恐怖，但我認為複製對象應該是剛出生的嬰兒吧。ＲＡＴＨ複製了無數的「靈魂的原型」，然後讓他們在這個世界裡從一個嬰兒開始成長。除此之外，我想不出有任何假設能夠說明Underworld居民們「擁有真正的智能」、「數量遠超過ＳＴＬ實際存在的機台」等矛盾狀況了。第一天晚上，讓我覺得ＲＡＴＨ正在挑戰神明的恐怖目的便是——創造真正的ＡＩ，也就是「人工智慧」。而且還是拿人類的靈魂來做原型。

而這個目的他們已經成功了將近九成左右。尤吉歐甚至比我還要深思熟慮，而且也表現出許多複雜的情感。也就是說，ＲＡＴＨ這場壯大且傲慢的實驗應該已經可以結束了。

實驗之所以到現在還在持續進行，大概是ＲＡＴＨ對目前的成果仍然有不滿意之處吧。雖然只能經由自己的想像來推測究竟是什麼地方不足，但我認為這點應該和尤吉歐等人無法打破「禁忌目錄」這個基本規則有關。

總而言之，這項假設幾乎可以完美解釋尤吉歐等人的存在。他們跟我的差異，僅止於物理層面的存在次元不同而已；就靈魂本質而言幾乎可說跟我一樣是「人類」。

但是——如果是這樣，那這些哥布林又是什麼東西呢？從他們黃色眼球裡放射出來的強烈惡意又是怎麼回事……？

我實在沒辦法也不願相信他們的靈魂原型也是來自於人類。難道說，ＲＡＴＨ在現實世界裡也抓到了真正的哥布林，然後讓ＳＴＬ讀取他們的靈魂嗎——我的腦袋裡甚至已經開始閃爍著這種荒誕不經的念頭。

雖然和哥布林視線相交的時間根本不到一秒鐘，但已經足夠讓人戰慄不安了。當我正感到束手無策而只能僵在現場時，一隻哥布林忽然發出「嘰～～」的聲音——這或許是他們的笑聲——然後站了起來。

接著，他開口說話了。

「喂，你們看！今天是怎麼了～又有兩隻白伊武姆的小鬼闖進來了～！」

下一秒，半球形空間裡馬上充滿了嘰嘰嘰的叫聲。附近的哥布林先後拿起蠻刀，以飢渴的視線望著我們。

「怎麼辦，要把他們也抓起來嗎～？」

一開始的哥布林這麼叫完後，深處立刻傳出「唬——」一聲大吼，而這也讓所有哥布林笑聲都停了下來。怪物群隨即往左右分開，從中走出一隻看似指揮官的巨大哥布林。

只有這個傢伙身上裝備著金屬鱗甲，頭盔上還插著原色的裝飾羽毛。下方泛紅的兩眼，迸發出光靠視線就讓人差點昏眩的壓倒性邪惡以及冷酷如冰的智慧。哥布林隊長嘴角一歪露出黃色雜亂的牙齒，以沙啞的聲音說：

「男伊武姆就算抓回去也賣不掉。真是麻煩，這兩個就在這裡殺掉直接做成肉塊吧。」

殺掉。

我瞬間不知道該怎麼判斷這個名詞究竟代表什麼意義。

我想應該可以排除真實的死亡，也就是我現實世界身體遭受致命傷害的可能性才對。因為這些哥布林不可能加害我現實世界處於ＳＴＬ裡的肉體。

但是，也不能像一般ＶＲＭＭＯ一樣，把死亡看成只是單純的異常狀態之一。這個世界裡，除了公理教會的中樞部門之外——是沒有復活魔法與道具的。要是在這裡被這些傢伙殺

害，那麼「桐人」的遊戲就會在此結束。

那麼，如果真的死亡，我的主體意識究竟會變成何種狀態呢？

是會在RATH的六本木分公司裡醒過來，然後操縱員比嘉健對我說聲「辛苦啦」並遞上飲料？還是在某座森林裡甦醒後重來一次？又或者是成為沒有肉體的幽靈，只能在旁邊看著這個世界的結局？

到時候——同樣在此地殞命的尤吉歐與賽魯卡會迎接什麼樣的命運？

我擁有自己的腦這個「專用保存媒介」，但他們這些存放在某種大容量記憶裝置內的搖光則不同。一旦他們死亡，會不會就這樣被完全刪除呢……？

對了……賽魯卡，她又在甚麼地方？

我停止思考，把意識移到眼前的景象上。

四名手下遵從隊長的指示，拿著手裡的蠻刀往我們這邊走來。無論是緩慢的步調還是露出牙齒的殘虐笑容，都顯示出他們滿心想要屠殺我們。

留在池子附近的二十幾隻哥布林們，也興奮地開始發出嘰嘰的起鬨聲，而我終於在最深處發現正在尋找的人。由於四周相當黑暗所以很難看見穿著黑色修道服的賽魯卡，但我確實發現她躺在簡陋的台車上。雖然身體被粗大草繩綁住而且還閉著眼睛，但從臉色來判斷應該只是昏過去而已。

回想起來，剛才哥布林隊長確實曾說過，男「伊武姆」——應該是指人類——就算抓回去也很難賣，所以要手下當場把我們殺掉。

反過來說，這也就表示女性賣得出去。他們準備把賽魯卡綁回闇之國當成商品賣掉。要是不想點辦法反抗，我和尤吉歐應該會被他們殺害吧。但是等待著賽魯卡的，卻是比死亡更加殘酷的命運。我實在無法把它當成只是模擬的一部分。絕對沒有辦法。因為她和我一樣是人類——而且是個只有十二歲的女孩子。

既然如此，那我們要做的——

「就只有一件事了！」

我輕聲說道。身邊和我一樣整個人僵住的尤吉歐也動了一下。

無論如何都要救出賽魯卡，即使要犧牲我這條虛擬的性命也在所不惜。

不過，事情當然沒有那麼容易。因為我們和敵人的戰力實在相差太大了。面對擁有蠻刀與鎧甲等武裝的三十隻哥布林，我們身上卻連一根木棍都沒有。但這也是因為我的不小心，才會讓陷入即使如此還是得奮力一搏的狀況。

「尤吉歐……」

我依然看著前方，接著快速這麼說道：

「聽好了，我們要救出賽魯卡。你還能動吧。」

我馬上就聽見了「嗯」的回答。果然就如同我觀察的一樣，他有著相當沉穩的個性與堅強的心靈。

「等我數到三，就一起用身體撞開眼前的四隻哥布林。因為身材有段差距，所以只要我們不害怕就一定能成功。然後我往左你往右，分別把火堆踢進池子裡去。注意千萬別把發光的草弄丟了。火一熄滅，你就從地上撿起劍守住我背後。不用勉強打倒他們也沒關係。而我就趁此時收拾那個最大的傢伙。」

「我……從來沒揮過劍啊。」

「跟揮斧頭一樣啦。要衝囉……一、二、三！」

雖然是在冰上，但我和尤吉歐還是能毫不打滑地往前衝了出去。我在心裡祈禱好運能持續到最後，同時從腹部迸出怒吼。

「嗚哦哦哦哦哦哦！」

遲了一拍之後，尤吉歐也隨我發出「哇啊啊啊」的叫聲。雖然聽起來有點像哀嚎，但已經充分發揮出效果了，四隻哥布林全都瞪大黃綠色眼睛愣在那裡。當然，他們會這樣子可能不是因為那道聲音，而是這兩個「伊武姆小鬼」捨身攻擊讓他們嚇了一跳的緣故。

我在剛好跑到第十步時沉下身子，右肩全力朝著左邊那兩隻哥布林當中的空隙撞了過去。可能是突襲與體格差異所造成的加分效果吧，兩隻哥布林當場被我撞翻，在冰上不停揮動手腳往後滑去。我稍微瞄了一下旁邊，發現尤吉歐的衝撞也順利成功，另外兩隻哥布林就像四腳朝天的烏龜般往後遠去。

我們絲毫沒有停下腳步，而是以更快的速度朝著哥布林圓陣狂衝。幸好他們隨機應變的能力似乎不是很好，包含隊長在內的所有哥布林到現在都還沒站起身，只是呆呆地望著我們。

對，給我呆呆坐在那裡吧。我咒罵般地祈禱著，穿越哥布林之間的縫隙跑完最後幾公尺。

哥布林隊長不愧是隊長。智能高出眾手下的他，便在此時用充滿怒氣的聲音大吼：

「別讓那兩個傢伙靠近火源——」

但他終究是遲了一步。我和尤吉歐一衝到火堆旁邊，馬上就將它朝著水面踢去。兩團火球灑落著大量火花沉進黑水裡消失得無影無蹤，只留下啪啉的聲音與白色水蒸氣。

半球空間當場完全籠罩在黑暗中——但緊接著就有一道微弱的藍白光芒悄悄擊退了黑暗。

那是尤吉歐左手草穗所發出來的光芒。

這時候，第二個僥倖降臨到我們身上。

周圍的大量哥布林全都開始尖聲慘叫，有的遮住自己的臉，有的朝後蹲下身子。仔細一看，就連池子後方的哥布林隊長也挺著上半身用左手蓋住眼睛。

「桐人……這是……？」

聽見尤吉歐驚訝的低語聲後，我簡短地回答：

「這些傢伙……可能害怕這種光線吧。現在正是我們的好機會！」

大量武器隨隨便便地丟在池子周圍，我從中撿起一柄宛如巨大鐵板的粗糙直劍與一把前端十分寬大的彎刀，然後把刀塞進尤吉歐手裡。

「這把刀的用法應該和斧頭差不多。聽好了，用草的光芒牽制他們，只要把靠近的傢伙趕走就可以了。」

「桐……桐人呢？」

「我要打倒那個傢伙。」

簡短回答完之後，我便朝從手指縫隙中以憤怒眼神瞪著我們的哥布林隊長跨出一步，然後試著迅速左右搖晃雙手握住的直劍。它和外表不同，給人一種略輕的手感，但總比藍薔薇之劍那樣重到無法揮動要好多了。

「喂喂～！兩隻伊武姆小鬼……你們難道想和我這個『蜥蜴殺手屋卡奇』大人交手嗎～！」

隊長用單眼瞪著緩緩靠近的我這麼大吼。同時右手也從腰間拔出巨大蠻刀。漆黑的刀身上似乎黏著鐵鏽或者是血跡，散發出一種異樣的壓迫感。

我贏得了他嗎——？

與這名身高差不多但體重與肌肉量遠優於我的敵人對峙，讓我瞬間感到有些膽怯。但我馬上就咬緊牙關繼續前進。要是不在這裡打倒這個傢伙並且救出賽魯卡，我到這個世界就等於只是為了給那孩子帶來不幸。身材差距根本不是問題。在舊艾恩葛朗特裡，我已經跟無數比我大出三、四倍的怪物對戰過了。而且還是在一旦落敗就會真正死亡的條件之下。

「你錯了！不是要跟你交手——是要幹掉你！」

這句話一半是說給隊長聽，而另一半是則說給我自己聽的。喊完之後，我便一口氣衝過最後一段距離。

我左腳用力一踩，劍也隨之從敵人左肩往下砍落。

雖然自認沒有輕敵，但哥布林隊長的反應卻比想像中還來得快，就這麼無視我的劍直接橫向揮動蠻刀。我在千鈞一髮之際彎腰躲過攻擊，但似乎還是有幾根頭髮被掃過，頭皮馬上有一陣被拉扯的感覺。我的劍雖然砍中了他，但似乎只能夠粉碎他金屬製的護肩而已。

要是停止攻勢就會被對方以蠻力壓制，有了這種預感的我，立刻保持低姿勢穿過敵人身邊，然後朝他整個放空的側腹使出一記水平斬。這次雖然有確實命中的手感，但還是沒能貫穿他身上的粗糙鱗甲，只能彈飛上面的五、六塊板金而已。

拜託磨一下劍好嗎！我暗暗咒罵著劍的主人，然後在萬分驚險地躲過從天而降的反擊。看見蠻刀厚重的刀尖整個刺入結冰地板，也讓我再度對哥布林的戰力感到恐懼。

像這樣的單發攻擊沒辦法決定勝負。做出這種判斷的我，為了在哥布林隊長從僵硬狀態回復過來之前反擊而用力往下一踩。我的身體已進入半自動狀態，試著要重現過去在另一個世界裡重複過無數次的動作。也就是名為「劍技」的必殺技巧。

這個瞬間，完全出乎我預料之外的現象發生了。

我的劍竟然散發出極度微弱的紅色光芒。同時身體也以超乎這個世界物理定律的速度揮出手中劍。感覺就像某個人用隱形的手推著我的背部一樣。

從右下方低處往上斬的第一擊砍過敵人左腳，讓對方停了下來。

由左往右掃的第二擊切開敵人的胸甲，淺淺劃過底下的肌肉。

從右上迅速砍下來的第三擊，將敵人為了防御而舉起的左臂由手肘略下方的位置整個砍斷。

由切斷面迸出的鮮血，在藍白色光芒當中看起來一片漆黑。哥布林被砍飛的左手迴轉著掉進左側池子裡，發出了噗通的水聲。

——贏了！

就在我如此確信的同時，也感到了一陣驚訝。

剛才的攻擊……單手劍三連擊技「銳爪」並非虛有其表，是貨真價實的劍技。在揮砍當中，劍身所發出的紅光在空中留下軌跡，而我的身體也藉由無形力量產生了加速度。換句話說，就是「效果光」與「輔助系統」。

這也就表示，這個Underworld裡是有劍技存在的。它也被寫進轉動整個世界的程式當中了。這絕不是只靠想像就能使出來的技巧，因為我幾乎沒有意識到自己正在發動什麼樣的攻擊。系統在確認我的起始動作後便發動了劍技，然後藉由輔助系統協助完成動作。若不是這樣，剛才那一切根本不可能會發生。

但是，眼前又浮現了一個新問題。

昨天為了砍倒惡魔之樹基家斯西達，我以「藍薔薇之劍」使出單手直劍用單發劍技「平面斬」。那是難易度比銳爪還低的初期劍技——只是單純的水平斬。但系統卻沒有幫助我。劍不但沒有發出光芒，身體也沒有加速，而且劍刃根本沒有砍中目標，最後我只能狼狽地趴在地上。

那為什麼現在能發動劍技呢？因為這是實戰嗎？然而系統又是怎麼判斷使用者是否真的在戰鬥呢……？

我只用了一眨眼的時間便閃過這一大串念頭。這在舊ＳＡＯ裡根本不算什麼空隙。因為當我使出連續技而陷入僵硬狀態時，敵人也會因身體受到巨大損傷而後仰導致無法動彈才對。

但是——就算這個世界存在劍技，它也不是ＶＲＭＭＯ遊戲。我竟然粗心地忘了這一點。

左臂被砍斷的哥布林隊長和多邊形怪物不同，根本沒有停下自身的動作。閃爍黃光的眼睛不但沒有恐懼或膽怯之意，反而出現壓倒性的憎恨。傷口不停流出黑血的他，口裡爆發出炙熱

的咆哮——

「嘎嚕嚕嚕嚕！」

同時以猛烈的氣勢揮出右手的彎刀。

這時我已經無法完全避過橫掃而來的厚重刀刃。它的前端掠過我的左肩，光是這樣的壓力就讓我往後飛了兩公尺左右，整個背部重重摔在冰面上。

這時候哥布林隊長才終於彎下腰，用嘴巴咬住彎刀並以右手抓住左臂的切斷面。接著便是一陣恐怖的聲音響起。他似乎是藉由用力把肉捏爛來止血。這個行動，顯示出他絕對不是只有單．反應的ＡＩ。沒錯……當這個傢伙自己報上「屋卡奇」這個名號時，我就應該要注意到這一點才對。這不是玩家和怪物的戰鬥，而是兩個手握武器的高智能動物在生死鬥。

「桐人！你被砍中了嗎？」

尤吉歐的叫聲傳來。稍遠處的他右手拿著彎刀，左手拿著發光草穗，正忙著牽制其他嘍囉哥布林。

我原本想回答只是擦傷，但僵硬的舌頭無法按照自由活動，所以只能發出沙啞的聲音並拚命點了點頭。當我準備站起身來而把左手撐在冰上的瞬間——

左肩忽然傳來一陣讓我以為所有神經都被燒焦的灼熱感，視野中也爆出許多火花。我忍不住流下眼淚，喉嚨裡也發出呻吟。

怎麼會有如此恐怖的痛楚——！

這遠遠超出忍耐的極限。我除了跪在冰上急促喘息之外，幾乎沒辦法採取任何行動。但我最後還是硬轉過頭去看著左肩的受傷部位，隨即發現束腰短衣的袖子已經整個被扯掉，外露的肌膚上出現了一道又大又醜的傷口。與其說是刀傷，倒不如說是被巨大鉤爪之類的物體挖了個洞。皮膚以及下方的肌肉整個缺了一塊，鮮紅的血液不斷往外湧出。左臂這時候已經變成了麻痺的熾熱肉塊，指尖也彷彿成了別人的東西一般完全無法動彈。

我在腦裡嚷嚷著：哪有這種假想世界啊！

所謂的虛擬世界，應該是盡可能去除現實世界裡的疼痛、醜陋與髒污，單純提供一個清潔舒適環境的存在才對。如此真實地刻畫出傷害與痛苦到底有什麼意義呢？不對——應該說，它呈現出來的痛覺甚至超越了現實世界。在現實世界裡如果受到這樣的傷害，身體不是會採取分泌神經傳導物質或是昏倒等防禦措施嗎？想必沒有人能夠忍受這樣的痛苦………

——不過，也可能是我和別人有點不同吧。

我拚命要自己別去注意傷口，然後以自嘲的心情重新考慮當前情勢。

我，這個名為桐谷和人的人類，可以說完全不熟悉真實世界裡的疼痛。在真實世界裡，我自從懂事之後就沒有受過什麼嚴重的傷，而且很快地就放棄了被祖父強迫而開始學習的劍道。

雖然從SAO生還之後的復健相當辛苦，但也靠著最先進的訓練機器及輔助性的藥物讓我可以免受疼痛所苦。

而在假想世界裡就更不用說了。NERvGear與AmuSphere疼痛緩和功能的過度保護下感受不到任何痛楚，對我而言，戰鬥中的負傷也不過就是數值上的增減而已。沒錯，如果艾恩葛朗特也存在這種痛覺，我大概沒辦法離開起始的城鎮吧。

Underworld是人造的夢境，但同時也是另一個現實世界。

雖然已經不知道是幾天前了，但我終於了解自己在艾基爾店裡所說的話究竟是什麼意思。所謂的現實世界，存在著真正的痛苦與悲傷。只有能忍受並且突破這些不斷襲來的情感，才能在這個世界裡變強。哥布林隊長……不，屋卡奇早就知道這一點，但我連想都沒想過。

因為眼淚而模糊的視野裡，能看見屋卡奇已經替左臂止了血並緩緩走向我。從他兩眼所放射出來的強烈怒氣，似乎讓周圍的空氣也為之搖晃。他右手接過咬在嘴裡的蠻刀，接著用力揮動了一下。

「……我看，就算把你們大卸八塊然後吞下肚裡也沒辦法撫平這份屈辱……不過呢，還是先試試看吧。」

我把目光從在頭上揮舞著蠻刀往這裡靠近的屋卡奇身上移開，瞄了一眼躺在遠方的賽魯卡。雖然知道得站起來戰鬥，但身體就是不聽使喚。簡直就像內心所生的負面情緒有了實際的物理拘束力而綁住自己一樣……

沉重的腳步聲，到了蹲在地上的我面前便停了下來。從空氣的流動中，可以感覺到巨大的刀刃從天而降。現在已經來不及迴避或反擊了。我只能咬緊牙關，等待被從這個世界被放逐出去的瞬間。

但是，等了許久斷頭台的刀刃依然沒有落下。反而是從背後傳來沙沙的破冰聲以及相當熟悉的喊聲。

「桐人——！」

嚇了一跳的我睜開眼睛，馬上就看見尤吉歐飛越我身體後直接往屋卡奇砍去的身影。他胡亂揮舞著右手裡的彎刀，把敵人逼退了兩、三步。

哥布林一開始雖然有些震驚，但馬上就恢復正常，巧妙地利用右手中的蠻刀左右格開了尤吉歐的攻擊。我瞬間忘記疼痛，張開嘴巴大叫：

「不要啊，尤吉歐！快點逃啊！」

但他只像是渾然忘我地放聲大叫，然後繼續揮動著彎刀。在長年揮動沉重斧頭的鍛鍊下，尤吉歐每一擊的速度都讓人瞠目結舌，但節奏實在太過於單調了。屋卡奇像是在享受獵物的垂死掙扎般一味進行防禦，不久後便發出「咕嚕啦！」一聲掃向尤吉歐的重心腳。當尤吉歐失去平衡而腳下一個踉蹌時，他眼前的屋卡奇便緩緩將蠻刀往後方拉去——

「住手啊——！」

但在我的叫聲到達之前，屋卡奇的蠻刀便已經粗暴地橫掃而去。

腹部受創的尤吉歐整個人飛了出去，接著掉到我身邊發出沉重的聲響。反射性將身體往他那邊轉去的我，左肩雖然出現有如遭到雷擊般的疼痛，卻依然無視這種感覺直接往尤吉歐身邊爬了過去。

尤吉歐的傷比我嚴重了好幾倍。他的上腹部被橫向切開一條線，參差不齊的傷口不停冒出大量鮮血。在他依然握在左手中的草穗照耀之下，我馬上看見傷口深處不規則跳動著的臟器。

「咳咳」，尤吉歐隨著沉重的聲音從嘴裡吐出血沫。他綠色的瞳孔已經失去光彩，只是空虛地看著上方。

然而，尤吉歐還是不停試著要撐起身體。他從嘴裡吐出參雜著血霧的空氣，奮力伸直顫抖的手臂。

「尤吉歐……夠了……已經夠了……」

我不由得這麼說道。尤吉歐承受的痛苦要比我大得多。這根本已經超越了正常人所能忍受的範疇。

這個時候——他失去焦點的眼睛筆直地看著我，然後隨著鮮血說出這樣一句話：

「小……小時候……不是約好了嗎……我、桐人和——愛麗絲要同生共死……所以這次……我一定要……保護……」

說到這裡，尤吉歐的手臂便失去了力量。我馬上用雙手撐住他的身體，以全身感受尤吉歐那瘦削卻滿是肌肉的身體重量。就在這時——

我的視野忽然被斷斷續續的白色閃光所包圍，接著視網膜深處便浮現矇矓的影像。

被夕陽染紅的天空下，有三個小孩走在貫穿麥田的道路上。我以右手牽住一名有著亞麻色頭髮的男童。左手則牽住另一名綁辮子的金髮少女。

沒錯……當時我相信世界永遠不會改變，也相信我們三個人永遠會在一起。但是，最後我卻沒辦法守住這一切，只能眼睜睜看著它消失。我怎麼能忘了那種絕望與無力感呢？這次……這次我一定要……

我再也感覺不到肩膀的疼痛。輕輕讓失去意識的尤吉歐躺在冰上之後，我便伸出右手，抓住滾落在一旁的直劍劍柄。

接著我抬起頭來，橫劍架開屋卡奇迅速往下揮落的彎刀。

「咕嗚……」

敵人發出驚訝的聲音，身體也微微失去平衡，我馬上利用起身的去勢往他腹部猛撞。哥布林的身體更加劇烈地晃動，接著往後退了兩、三步。

我將右手上的劍對準敵人身體的正中線，用力吸了一口氣，然後吐出。

對於承受肉體疼痛這件事，我確實沒有什麼經驗。不過，我卻很了解某種遠超過這種痛苦的感覺。跟失去重要的人相比，傷口所帶來的疼痛根本算不了什麼。就算機械再怎麼對記憶動手腳，也無法消除喪失好友時的切身之痛。

再也無法忍受的屋卡奇高聲咆哮。周圍不斷出吵雜叫聲的手下們也因此而靜了下來。

「白伊武姆……你別太得意忘形啊！」

屋卡奇說完便以猛烈的速度衝來。我開始把意識全部集中在蠻刀刀尖上，視野裡的其餘部分全都隨著耳鳴呈放射狀往外流逝。這正是我遺忘以久的東西，也就是腦神經彷彿在發燙一般的加速感。不對——在這個世界裡，應該要像是靈魂燃燒起來般的感覺吧。

我往前踏了一步躲開蠻刀斜劈，接著從左下方一劍將敵人整條右臂砍飛。握著蠻刀的巨大手臂，就這樣迴轉著飛進圍觀的哥布林當中，慘叫聲此起彼落。

失去兩條手臂且不斷往後退的屋卡奇，黃色雙眼裡除了憤怒之外，還帶著更加濃厚的驚愕。黑色液體從他的傷口裡迸發出來，落到冰面上造成了水汽。

「……本大爺……本大爺怎麼會輸給伊武姆的小鬼……」

沒等他用帶著喘息的聲音把話說完，我便全力朝他衝了過去。

「你錯了！我的名字不是『伊武姆』！」

我的嘴下意識地爆出這麼一句話來。同一時間，我的左腳腳尖、右手指尖與直劍劍尖都像是一條鞭子般猛烈甩出。而劍身這次則是放射出了淺綠色光芒。無形的手開始用力推著我的背部。這是單手劍突進技「音速衝擊」。

「我是……劍士桐人！」

等屋卡奇巨大的首級高高飛上天際之後，我的耳朵才聽見「咻」一聲撕裂空氣的聲音。

我用左手接住垂直上升後旋轉著落下的頭顱，接著抓住那像是雞冠般豎起的裝飾羽毛，高高舉起仍在滴血的首級大叫：

「你們老大的頭被我砍下來了！還想打的傢伙放馬過來，否則馬上給我滾回闇之國！」

尤吉歐，再撐一下子就好，我在心中這麼吶喊著，然後在雙眼裡灌注最大的殺氣瞪著眼前的集團。哥布林們似乎因為隊長的死亡而產生一陣騷動，彼此面面相覷後便慌張地發出一陣嘰嘰的叫聲。

不久之後，站在前排的一隻哥布林緩緩晃動肩上的棍棒走到前面來。

「嘰嘿，既然這樣，就讓我這個阿布利大爺把你幹掉然後當下一任的老……」

我已經沒有耐心聽他放話了。左手依然拿著頭顱的我猛然往前衝，接著用同樣的招式把這傢伙沿著右腋到左肩砍成兩半。沉重的落地聲之後便是血沫橫飛，遲了一會兒之後那傢伙的上半身才滑落到地面。

這下子，剩下那群傢伙終於下定了決心。他們一起發出尖銳的慘叫聲，爭先恐後地朝角落跑去。幾十隻哥布林就這樣互相堆擠著跑進跟我們來時不同的出口，很快地就不見蹤影了。迴盪在空間裡的腳步聲與慘叫聲逐漸遠去後，剛才還相當熱鬧的冰之半球突然就籠罩在寒冷的寂靜之下。

我深吸了一口氣趕跑左肩再度出現的痛楚，丟下右手的劍與左手的頭顱。接著立刻轉身，跑到躺在地上的朋友旁邊。

「尤吉歐！振作一點啊！」

即使我這麼大叫，他蒼白的眼瞼還是完全沒有動靜。雖然略微張開的嘴唇依然有微弱的氣息吐出，不過感覺上隨時都會停止。腹部嚴重的傷口依然不停地流出鮮血，就算知道得先處理這種情況，我的腦袋仍舊想不出任何止血的辦法。

我用僵硬的右手迅速畫出印記並敲了敲尤吉歐的肩膀。然後邊祈禱邊看向浮現的視窗。

生命力——Durability Point顯示為「２４４／３４２５」。而且目前仍以大約每兩秒就減少１這樣恐怖的速度消逝。也就是說，尤吉歐的生命只剩約四百八十秒——差不多八分鐘。

「……你等一下，我馬上找人來救你！千萬別死啊！」

我再度對他大叫，然後站起身子。全力朝角落的台車跑了過去。

台車上除了內容物不明的桶子、木箱以及各種武器之外，被綁住的賽魯卡也躺在上面。我從附近的箱子裡抓出一把小刀，迅速把繩子割斷。

我抱起那嬌小的身軀，讓女孩躺在寬廣地面後快速檢查了一下，看來她身上沒有什麼特別醒目的外傷，呼吸跟尤吉歐比起來也有力多了。我把手放在賽魯卡穿著修道服的肩膀上，用不會弄痛她的最大力量搖晃。

「賽魯卡……賽魯卡！快醒醒啊！」

她的長睫毛很快便開始震動，接著淺棕色瞳孔便啪嚓一聲張開。可能光靠放在尤吉歐身邊的草穗光芒無法馬上認出是我吧，賽魯卡馬上從喉嚨深處發出慘叫：

「不……不要啊……」

賽魯卡揮舞著雙手試著把我推開，我則是用力按住她的身體且更大聲地喊道：

「賽魯卡，是我啊！桐人！不用怕，哥布林已經被趕跑了！」

一聽見我的聲音，賽魯卡立刻停止掙扎。她畏畏縮縮地用右手指尖輕碰了一下我的臉頰。

「……桐人……真的是桐人嗎……？」

「嗯嗯，我來救妳了。妳不要緊吧？有受傷嗎？」

「啊……嗯，我沒事……」

賽魯卡的臉開始扭曲，接著飛快地抱住我的脖子。

「桐人……我……我……！」

先是有吸氣聲在我耳邊響起，然後馬上要轉變成嬰兒般的嚎啕哭聲——但我已經先一步用雙臂抱起賽魯卡的身體，轉過身子再度跑了起來。

「抱歉，等一下再哭好嗎！尤吉歐受了重傷！」

「咦……」

懷裡的身軀立刻緊繃。我沿路踢飛那些碎冰塊及哥布林們丟下來的各種器具以奔回尤吉歐身邊，接著將賽魯卡放了下來。

「現在一般的治療已經來不及救他了……賽魯卡，拜託妳用神聖術救救他吧！」

我連珠砲般把話說完後，摒住呼吸的賽魯卡便跪了下去，畏畏縮縮地伸出右手。她的指尖一碰到尤吉歐嚴重的傷口，立刻就顫抖著縮了回去。

不久後，賽魯卡開始晃動綁成辮子的頭髮用力搖了搖頭。

「……我沒辦法……這麼……這麼嚴重的傷勢……我的神聖術根本沒辦法……」

她又用指尖碰了碰尤吉歐的臉頰。

「尤吉歐……騙人的吧……都是我害的……尤吉歐……」

從賽魯卡臉頰上流下的淚水，滴進了冰上的血灘之後發出了細微聲響。即使看見眼前少女以縮回去的雙手遮臉啜泣，我還是硬下心腸對著她大叫：

「光是哭沒辦法治好尤吉歐的傷！就算沒自信也要試！妳是下一任的修女吧？妳是愛麗絲

的繼承人對吧?」

賽魯卡的肩膀抖了一下,但馬上又無力地垂了下去。

「……我……沒辦法跟姊姊一樣……姊姊三天就學會的法術,我花了一個月還是學不會。我現在……只能夠治癒小小的擦傷……」

「尤吉歐他……」

我被從胸口湧起的感情所驅使,拚命動著嘴巴說服賽魯卡。

「尤吉歐他是來救妳的啊,賽魯卡!他是為了妳而拚上性命,不是為了愛麗絲!」

賽魯卡的肩膀再次劇烈地抖了一下。

在我們兩個人對話的期間,尤吉歐的天命依然不斷地減少。剩下來的時間大概只有兩分,不,大概只有一分鐘了。經過一瞬間讓人焦躁萬分的寂靜之後——

賽魯卡忽然抬起頭來。她的眼睛裡已經看不見數秒前的恐懼與猶豫。

「——普通的治癒術來不及。只能試試看危險的高級神聖術。桐人,我需要你的幫忙。」

「我、我知道了。妳說吧,我什麼都願意做。」

「把你的左手借給我。」

賽魯卡以右手用力握住我馬上伸出去的左手,接著用左手緊緊抓住尤吉歐癱在地上的右手。

「如果法術失敗，說不定我們也會一起沒命。你最好有所覺悟。」

「那時候只要讓我一個人送命就好了——妳隨時可以開始！」

賽魯卡以堅決的眼睛筆直看著我並點了點頭。接著她閉上雙眼，用力吸了一口氣。

「System call！」

異常清澈的聲音，迴盪於冰之半球當中。

「——Transfer human unit Durability Point right to left！」

隨即有一道尖銳聲響跟著賽魯卡的回音出現並膨脹——下一瞬間……一道以賽魯卡為中心的藍色光柱屹立在我眼前。

這道遠超過草穗亮光的刺眼光源，讓寬廣的半球形空間完全染上了淺藍色。我忍不住瞇起雙眼，但賽魯卡握住的左手卻被奇異的感覺包圍住，令我再次睜開眼睛。

感覺就像整個身體都融化在光線裡，然後從左手流出去一樣。

仔細一看，真的有無數小光粒從我身上出現並通過左臂移動到賽魯卡右手上。我用矇矓的視線追看光粒去處，立刻就發現光的奔流在經過賽魯卡身體時亮度明顯增加，最後被吸進尤吉歐的右手當中。

Transfer durability，應該就是讓天命在人類之間移動的神聖術吧。現在打開我的視窗，應該就能看見數值正在迅速減少。

不用管我，盡量拿去吧，我在內心如此默想，然後又在左手上灌注了更多的力量。身兼能源導線與推進器的賽魯卡看起來也相當痛苦。這點再次讓我意識到，這個世界受到傷害時所需付出的疼痛代價究竟有多麼恐怖。

疼痛、苦楚、悲傷。這些假想世界裡不需要的感覺之所以會遭到強調，很明顯和Underworld的存在理由有相當大的關連。如果RATH的技術人員們想藉由虐待居民們的搖光來獲得某種突破性進展，那麼我這個不速之客在這裡幫助尤吉歐就是明顯的妨礙行為。

不過我必須說句實話，我才不想管他們的狗屁研究呢。就算尤吉歐等人只有靈魂，終究還是我的朋友。我絕對不會讓他在這裡喪命。

隨著天命的移動，我頓時感覺全身籠罩在一股強烈的寒意之下。我移動逐漸變暗的視線，拚命確認著尤吉歐的模樣。他腹部的傷口已經明顯變得比施術前還要小了，但看來要完全治癒還得花上一段時間，而且出血也還沒有停止。

「桐……桐人……你還撐得住嗎……？」

賽魯卡在痛苦的喘息下斷斷續續地問道。

「沒問題……再、再多分一點給尤吉歐！」

我嘴裡雖然這麼回答，但眼睛已經幾乎看不見任何東西了。右手、右腳的感覺也已經消失，只有握住賽魯卡的左手火熱地顫動著。

就算在此喪失這個世界的生命，我也一點都不後悔。如果能解救尤吉歐的性命，即便是比剛才更加強烈的痛苦，我也能忍受下去。唯一讓我牽掛的，就是這個世界究竟將面臨什麼樣的結局。如果這個哥布林集團只是發端，那麼闇之國的侵略應該會愈來愈激烈才對。我實在放不下應該會立刻遭到這股洪流侵襲的盧利特村。由於我很可能在登出時便喪失所有記憶，所以絕對不可能再次登入這裡。

不對，就算我消失了──

親眼見到哥布林並握住武器與他們作戰的尤吉歐，應該也會設法解救村子才對。尤吉歐一定會警告村長，讓他增加村裡的侍衛，然後到其他村子或城鎮裡告知他們即將降臨的危機。

也因為如此，絕對不能讓尤吉歐死在這裡。

啊啊，但是，很遺憾──我馬上就要命喪於此了。不知道為什麼，我很清楚地理解到這點。尤吉歐依然沒有睜開眼睛。難道說，就算耗盡我全部的生命，也沒辦法治癒他的傷勢，把他從死亡深淵當中拉回來嗎？

「……已經……不行了……再繼續下去，桐人的天命就要……！」

我似乎可以聽見從遙遠處傳來賽魯卡的哀嚎。

「不要停，繼續」，雖然想這麼說，但我的嘴巴卻完全無法動彈。甚至連繼續思考下去都相當困難。

這就是死亡嗎？這只是Underworld裡的靈魂模擬死亡……還是說靈魂之死，也會讓現實世界的肉體喪失生命呢。我的身體已經寒冷到令我不禁產生這樣的想法。同時，也有一股異常恐怖的孤獨感襲上心頭……

忽然間，似乎有人把手放在我的肩膀上。

好溫暖。我遭到寒冰封鎖的內心開始緩緩融化。

我──認識這雙手的主人。她的手像小鳥翅膀般纖細，卻比任何人能都能夠緊緊抓住未來。

……………妳是誰…………？

我一用幾乎聽不見的聲音這麼問道，左耳隨即感覺到一陣溫柔的氣息，跟著便聽見一道令人懷念得幾乎要掉下眼淚的聲音。

「桐人、尤吉歐……我會一直等待你們……我會在中央聖堂之頂，等著你們的到來……」

金黃色光芒如同恆星般閃爍並盈滿我的內心。壓倒性的能源奔流傳遍我身體之後，為了找尋宣洩點而從我的左手溢出。

5

打擊樂器般清脆響亮的聲音，在春季朦朧的天空中擴散開來。

尤吉歐揮完五十下斧頭之後，便擦著汗水轉頭看了過來，我則是把裝有西拉魯水的水壺丟給他並問道：

「你的傷怎麼樣了？還會痛嗎？」

「嗯，休息了一整天之後，似乎已經完全沒問題了，不過還有點痕跡就是。而且不曉得是不是錯覺……這把龍骨斧好像變輕了呢。」

「應該不是錯覺哦。剛剛的五十下裡，足足有四十二下正中目標呢。」

聽見我這麼說，尤吉歐馬上揚起眉毛，接著臉上便露出了笑容。

「真的嗎？那今天的打賭應該是我贏了吧。」

「那可不一定。」

我笑著這麼回答，同時用右手輕輕揮了一下接過來的龍骨斧。確實，手感比記憶中的還要來得輕。

在盡頭山脈碰上惡夢般的恐怖事件後，已經過了兩個晚上。

靠著賽魯卡的神聖術，尤吉歐好不容易撿回了一條命。我以右肩撐著他，左手拿著哥布林隊長的首級，走回盧利特村時太陽早已下山了。大人們已經在廣場上協議是否要派出搜索隊，而我們三人就這樣突然出現在眾人眼前，於是他們在鬆了一口氣之後，馬上由卡斯弗特村長與阿薩莉亞修女對我們進行嚴厲的說教。三名年輕人違反了「村民規範」，這樣嚴重的事態似乎已經讓大人們陷入一陣恐慌了。

但是，當我舉起了左手裡的屋卡奇頭顱，讓大人們看見那比人類大上許多且有著黃綠眼珠與長長亂牙的醜惡面容時，他們沉默了片刻，隨即發出比剛才更加驚恐的聲音與慘叫。

再來主要就是尤吉歐與賽魯卡向眾人說明在北方洞窟裡野營的哥布林集團，以及他們可能是闇之國派出的偵查隊等事情。村長等人雖然很想把這些話當成小孩子的胡言亂語，但每個人在看到前所未見的怪物首級就放在石頭地板上之後，也就不得不相信確有此事了。議題馬上就轉變成該怎麼防衛整座村子，而我們也就獲得了無罪釋放，拖著疲憊的腳步各自回家。

在教會房間裡讓賽魯卡處理完左肩傷勢後，我便像灘爛泥般倒到床上並陷入沉睡中。由於尤吉歐隔天得以休息，所以我也跟著躺在床上昏睡，過了一晚後來到今天早上，我便發現肩膀的疼痛與全身的疲勞感完全消失了。

吃完早餐後，我便和同樣恢復精神的尤吉歐一起來到森林，而他剛剛結束了最初的五十下砍伐——這就是大略的經過了。

我看向握在右手中的斧頭，對在稍遠處坐下來的尤吉歐這麼說：

「尤吉歐，你還記得嗎……？在那個洞窟裡，你被哥布林砍中的時候……曾經說過很奇怪的話。好像是說，我和尤吉歐以及愛麗絲以前就是朋友之類的……」

但尤吉歐卻沒有馬上回答。他沉默了一陣子，在讓人感覺相當舒服的風吹過樹梢時，才讓它把自己細微的聲音傳進我的耳朵裡。

「……我還記得。雖然不可能有這種事……但那個時候，我總覺得一定是這樣。我和桐人還有愛麗絲是一起在這個村子裡出生並長大……愛麗絲被帶走的那一天，你似乎也在場……」

「這樣啊……」

我點點頭並思考了起來。

「陷入極限狀態中所引起的思緒混亂」，應該能這麼解釋吧。如果尤吉歐的意識、人格，和我一樣是由「搖光」所構成，那麼在生死關頭時，將幾段記憶混雜在一起倒也不是什麼不可思議的事。

然而問題在於——我在那裡也產生了相同的記憶混亂。目擊尤吉歐的生命逐漸消失時，我也有了跟他一起在盧利特村長大的鮮明感覺。不僅如此，我甚至想起了根本沒見過面的金髮少女愛麗絲。

這種事絕不可能發生。我桐谷和人，腦袋裡清晰地保有在埼玉縣川越市和妹妹直葉一起生活到今天（正確來說應該是在這個世界醒來為止）的詳細記憶。我不相信，也不願相信那一切都是捏造出來的情節。

所以說，那種現象應該是我和尤吉歐同時被某種幻覺侵襲所造成的結果嗎？

但就算如此，依然有一件事無法說明。賽魯卡試著以神聖術把我的天命轉移到尤吉歐身上救他時，我在逐漸稀薄的意識當中確實感覺到第四個人的存在。而且那個人還說「桐人、尤吉歐，我會在中央聖堂之頂等著你們」。

我無法相信那道聲音也是在意識混亂下所產生的幻覺。因為我根本沒聽過「中央聖堂」這個名詞。而且無論是在現實或假想世界裡，我也從來沒有去過那個地方或者聽聞過關於那裡的事蹟。

這麼一來，那道聲音就確實出自除了我與尤吉歐、賽魯卡之外的某人。如果……我推測那個人便是六年前從村裡被帶走的少女愛麗絲，會不會太過於荒誕了？若真是那樣，那麼「我和尤吉歐及愛麗絲曾一起在盧利特村生活」這種不可能的過去也確實存在囉……？

我停止從昨天早上醒來後就一直在腦袋裡盤旋的思緒，開口表示：

「尤吉歐。賽魯卡在洞窟裡使用神聖術時，你有聽見誰的聲音嗎？」

這次他很快就給了我回應。

「沒有，畢竟當時我幾乎沒有意識。桐人聽見了什麼嗎？」

「沒什麼……可能是錯覺，當我沒問吧。那——得開始工作了，我可要超過四十五下喔。」

我拋開在腦海裡盤旋不去的雜念，面向基家斯西達。直接用雙手用力握緊龍骨斧，把意識擴散到身體每一個角落。

揮出的斧頭完全遵循我腦袋所想的軌跡，準確命中刻劃在樹幹上的半月形斷面中心。

我們兩人完成上午共一千次的標準作業量時，比平常還快了三十分鐘左右。這是因為我們兩個都不怎麼覺得疲累，所以也幾乎不用休息的緣故。而且會心一擊的機率跟上週比起來也大為增加，感覺巨樹樹幹上的斷面看起來也變得比之前要深多了。

尤吉歐很滿意地伸了個大大的懶腰，說聲「雖然早了點，不過我們來吃午飯吧」並在樹木根部坐下。待我坐到尤吉歐身旁，他便從旁邊的布包裡拿出一樣的圓麵包，然後把兩個丟到我手上。

我雙手各接下一個麵包，隨即因為它依然跟石頭一樣的硬度發出苦笑並表示：

「如果這麵包也能像斧頭變輕一樣稍微變軟一點就好了。」

「啊哈哈哈……」

尤吉歐愉快地笑了起來，用力咬了口麵包後才聳了聳肩。

「……很可惜，它還是老樣子。話又說回來……為什麼會忽然覺得斧頭變輕了呢……？」

「這倒是真的。」

嘴裡雖然這麼說，但其實我昨晚打開自己的「視窗」時，就已經預測到會有這樣的現象了。那是因為物件控制權限、系統控制權限以及天命最大值都已經大幅上升的緣故。

當然我也知道這些數值之所以會上升，都是因為在那個洞窟裡擊退了一大群哥布林——換言之我們完成了高難度的任務，發生了在一般VRMMO裡所謂的「等級提升」現象。雖然這種事我絕對不願意再試一次，但挑戰困難的戰鬥確實讓我們獲得了等價回報。

今天早上，我隨口問了賽魯卡關於這方面的事，結果她也表示，到上禮拜為止失敗率都還相當高的神聖術，現在卻很簡單就能成功了。至於為什麼就連沒有實際進行戰鬥的賽魯卡也得以升級呢？我想，大概是因為我們三個人被系統認為是一個小隊，所以全部都獲得了經驗值的關係吧。

尤吉歐的物件操作權限應該也跟我一樣上升到了48左右。這麼一來，當然就該再次嘗試看看那個方法了。

我迅速吃完兩個圓麵包後就站了起來。還在緩緩咀嚼當中的尤吉歐好奇地看著我，但我還是朝基家斯西達樹幹上的一個大樹洞走去，然後將手伸向前幾天起就一直放在裡面的藍薔薇之劍包裹。

雖然心裡已經有底，但我還是帶著半祈求的心抓住皮革袋子，接著使勁將它拿了起來。

「哎唷……」

我馬上差點整個人往後仰，於是趕緊踩穩腳步。記憶中它的重量就宛如加上許多鐵塊的槓鈴一樣，不過現在已經輕得跟一隻粗大鐵管差不多了。

雖然手上還是有種沉甸甸的感覺。但真要說起來，這種重量倒讓我覺得十分順手，就像是重新握住舊艾恩葛朗特末期時的愛劍一樣。

我用左手拿住皮袋並解開上方的繩子，接著又以右手握住上頭有著精美刻工的劍柄。對咬著麵包瞪大眼睛的尤吉歐微微一笑，然後隨著足以讓背肌產生震動的出鞘聲拔出了長劍。

藍薔薇之劍已不再像前幾天那樣是匹難以馴服的野馬，這時它就像個高雅的美人般佇立在我手上。再度出現於眼前的它，讓我愈看愈覺得真是一把絕世好劍。除了我所熟悉的多邊形製武器絕對無法呈現的白色皮革劍柄質感之外，劍身夾帶著複雜光線的透明感以及模仿薔薇蔓藤的精細刻工，都讓人能了解故事裡的貝爾庫利為什麼會大著膽子想從白龍身邊把它偷走。

「喂……喂，桐人，你拿得動那把劍啊？」

尤吉歐以驚愕的表情如此說道，於是我便輕輕地左右揮動了一下長劍給他看。

「麵包雖然沒有變軟，但這把劍似乎已經變輕了。來，你仔細看好囉。」

我再度對準基家斯西達的樹幹沉下腰。接著右腳後退只用半身對準它，然後右手隨著這個迴轉把劍橫向用力往後拉。在我短暫蓄力的同時，劍身也被淡藍色光芒所包圍。

「——嘿！」

我發出簡短的叫聲並往地面一蹬。系統輔助在融合了腦裡所想的招式之後，直接讓我的動作加速，使得揮砍有了驚人的速度與精密的準確性。這是單手劍單發劍技「平面斬」。藍薔薇之劍閃電般水平掃出，在命中我所瞄準的攻擊目標後發出了震耳欲聾的衝擊聲。基家斯西達的巨大身軀不停抖動，停在周圍樹梢上的小鳥們也一起飛了起來。

我因為享受到許久不見的「人劍一體」感而沉浸在滿足中，並且將視線移向右臂前端。淡藍色的透明銀質劍刃，有一半以上已經砍進發出金屬般黑色光澤的樹幹當中。

繼眼睛之後嘴巴也跟著一起張大的尤吉歐，手裡吃到一半的麵包滾落到苔蘚上。但是這名以伐木為天職的少年似乎完全沒有注意到這件事，只是用發抖的聲音說：

「…………桐人……剛才你所使的……難道就是『劍術』嗎？」

這不禁讓我感到有些驚訝。從他剛才所說的話來看，這個世界應該也有劍技的概念。只不過不曉得是否為系統上認定的劍技就是了。我把劍收回左手的劍鞘裡，慎重地回答：

「嗯嗯……我想應該是吧。」

「這也就是說……在被闇之神綁架前，你的天職一定是侍衛……不對，說不定是大城鎮的衛兵呢。因為，只有衛兵隊才能學習正式的劍術啊。」

難得快嘴講出一大串話並站起身來的尤吉歐，綠色眼睛裡已經散發出強烈的光芒。一看見他這種模樣，我就了解了。他雖然被命令得用一生的時間擔任樵夫，而且六年來也毫無怨言地每天揮動斧頭——但他卻擁有貨真價實的劍士靈魂。他的內心深處對劍這種存在充滿憧憬，同時也熱切地希望能夠自由施展劍技。

尤吉歐往前走了一兩步，直接來到我面前。他筆直地看著我，以顫抖的聲音問：

「桐人……你的劍術是什麼流派？還是說你連名字也想不起來了……？」

我瞬間考慮了一下，隨即用力搖了搖頭。

「不，我還記得。我的劍術是『艾恩葛朗特流』唷。」

這當然是個臨時想出來的名字。但一說出口之後，我馬上就覺得除此之外也沒有其他更合適的名字了。因為我的劍技全部都是在那座浮遊城裡學習、鍛鍊出來的。

「艾恩……葛朗特流。」

尤吉歐悄悄地重複了一遍並點了點頭。

「真是不可思議的名字。雖然我沒聽過，不過那可能是你師父或過去居住城市的名字唷……桐人，那個……我……」

尤吉歐忽然垂下視線，開始吞吞吐吐了起來。但是他幾秒鐘再次抬起頭時，眼睛裡已經重新出現堅毅的光芒。

「——你能不能教我『艾恩葛朗特流』的劍術呢？當然，我不是衛兵，甚至連村子裡的侍衛都算不上……所以這樣可能會違反某種規定……」

「禁忌目錄還是帝國……基本法裡面，有任何條文禁止不是衛兵的人修練劍術嗎？」

我靜靜地這麼問道。尤吉歐輕輕咬著嘴唇，最後才呢喃著：

「……是沒有這樣的項目……但是禁止『同時兼任複數的天職』。所以一般只有被賦予侍衛或衛兵天職的人才能修習劍術。所以我要是學劍術……可能就會疏忽了自己的天職……」

尤吉歐的肩膀緩緩垂了下去。但他的雙手依然緊握著拳頭，緊繃的肌肉也微微發著抖。

我似乎能看見他靈魂裡的糾葛。生活在「Underworld」的人們——也就是RATH不知道用甚麼手段大量生產出來的「人工搖光」們，擁有某種我們這種現實世界人類所沒有的特質。

恐怕他們無法違逆寫進意識裡面的優先法則。最高支配者公理教會所頒布的「禁忌目錄」，其下進行實質統治的諾蘭卡魯斯北帝國的「帝國基本法」等自然不用說，他們就連盧利特村傳承的「村民規範」都不會主動違反，或者說無法違反。

所以，尤吉歐這六年來雖然一直很想去央都尋找被帶走的青梅竹馬愛麗絲，最後依然只能壓抑下自己的渴望。他扼殺了自己的心，朝自己在世時絕對砍不倒的巨樹不停揮動手中斧頭。

但是，他現在首次在自己的意識下準備開拓自己的命運。他之所以會要我教他劍術，除了對劍的憧憬之外，想必也有一部分是因為藏在內心最深處的希望——想救出被抓走的愛麗絲，因此想獲得戰鬥的力量。

我默默看著低下頭不停顫抖的尤吉歐，在心裡拚命對他說著：

——加油啊，尤吉歐。不要放棄，別輸給束縛自己的規則。第一步……踏出第一步吧。因為你可是個……

劍士啊——

亞麻色頭髮的少年就像聽見我心裡的話一樣抬起了頭。那對漂亮的綠色眼珠散發出前所未見的光芒，貫穿了我的雙眼。從他緊咬的牙關裡，發出了斷斷續續的沙啞聲音。

「…………可是，為了不重覆同樣的錯誤，為了取回……被奪走的東西……我還是……想要變強。桐人……請你教我劍法吧。」

雖然頓時有股感情猛然從胸口湧上來，但我還是努力將它嚥了回去，然後在單邊臉頰上露出微笑並點了點頭。

「我知道了。我會把所有知道的劍技都教給你——不過，修練是很辛苦的唷。」

我將微笑轉為惡作劇的笑容，伸出了右手。這時尤吉歐緊閉的嘴角才終於放鬆了些，並伸出手緊緊回握。

「求之不得。啊啊……這真的……是我一直夢寐以求的事情啊！」

尤吉歐再度低下頭去，兩、三滴透明水滴從他臉上墜落，在透過樹葉間隙的陽光照耀下發出美麗的光芒。我根本還來不及感到驚訝，尤吉歐便已經往前踏出一步，咚一聲把額頭靠在我的右肩上。接著便有一道極細小的聲音透過相交的身體傳來。

「我現在……知道了。我一直都在等你啊，桐人。六年來，我一直在這座森林裡等你……」

「———嗯。」

我也以幾乎聽不見的聲音如此回應，然後以握著藍薔薇之劍的左手溫柔地拍尤吉歐的背部。

「……我一定也是為了和你相會，才會在這座森林裡醒過來的，尤吉歐。」

我強烈感受到自己下意識所說的這句話，其中隱含著無庸置疑的事實。

惡魔之杉、森林的暴君、鋼鐵巨樹基家斯西達終於———或該說很簡單地就被砍倒了。而我和尤吉歐用藍薔薇之劍開始練習「艾恩葛朗特流劍術」還不到五天。

理由其實相當簡單，因為巨樹剛好是我們最棒的練習對象。隨著我一次次演練「平面斬」、加上尤吉歐持續不斷地練習這一招式，樹木上的斷面就跟著愈來愈深，而當它達到直徑的八成左右時，這件事就很自然地發生了。

「——喝！」

承受尤吉歐以漂亮姿勢揮出的水平斬之後，巨樹發出了過去從未出現的詭異聲音。

我們兩個人只能呆呆地互看一眼，接著仰頭看向基家斯西達高聳入雲的樹幹，最後因為過於驚訝而無法動彈。因為我們看見巨樹緩緩朝這裡倒下。

說起來，我們一開始時還不知道是樹倒，反而以為是我們立足的地面開始往前方傾斜了呢。這棵直徑超過四公尺的巨樹居然屈服於重力而垂下頭——這幅景象就是如此令人難以置信。

還有八十公分——以這個世界的單位來說就是「八十限」——左右的樹幹僅存部分，因為承受不住自身的重量，於是灑著石炭般的碎片斷裂了。巨樹死前的怒吼，甚至比連響十下的落雷還要猛烈，斷裂聲似乎穿越了村子中央廣場，直接傳進最北端的侍衛執勤室裡頭。

我和尤吉歐同時發出慘叫，然後一左一右地逃開。黑色的基家斯西達緩緩撕裂開始染上橘色的天空後倒了下去，最後巨大身軀終於完全躺在地上。我們被前所未見的衝擊彈上半空中，接著因為屁股落地而使得天命減少了五十點左右。

「真是驚人……想不到這座村子裡有那麼多居民。」

尤吉歐遞來裝有蘋果酒的杯子，我接下後便低聲這麼說道。

盧利特村中央廣場上有幾處燃燒得正旺盛的火堆，明亮火光照耀著聚在這裡的村民臉龐。噴水池旁邊，有由類似風笛的樂器、非常長的橫笛，還有獸皮製大鼓所組合成的即興樂團。他們演奏著開朗的華爾滋，配合樂聲跳舞的鞋子聲與拍手聲響徹了整個夜空。

我在離喧囂稍遠處的桌子前坐下來，用腳跟著音樂打起拍子，很不可思議地湧起一股想加入村民行列和他們一起跳舞的衝動。

「我可能也是第一次看見這裡聚集了這麼多村民呢。現在的人數啊，一定比年末的大聖節祈禱時還要多。」

尤吉歐說完後便笑了起來，而我則是對著他伸出右手的杯子，做出今天不知道已經是第幾次的乾杯動作。聽說這味道像蘋果西打的氣泡酒已經是村子裡酒精濃度最弱的飲料了，但一口氣喝完還是會讓臉馬上開始發燙。

得知基家斯西達被砍倒之後，村長以及仕紳們只有繼上個禮拜的安息日再度招開會議。聽說他們在會議上沸沸揚揚地討論著——該怎麼處置「巨樹的伐木手」尤吉歐還有我這個跟班。

恐怖的是，居然有人認為由於比預定稍微早了一些——具體來說是早了九百年左右——便將工作結束，所以尤吉歐應該接受處罰，但最後在卡斯弗特村長獨排眾議下，決定先以全村之力舉行慶典，而尤吉歐今後的天職則根據法律來安排。

雖說是根據法律，但我根本不知道實際內容究竟是什麼。雖然我問過尤吉歐，但他也只是露出反正馬上就會知道的笑容。

不過從他的笑容來看，至少可以知道我們不會被吊起來接受嚴刑拷打。我把杯裡的酒喝完，隨即抓起身邊還在滴著肉汁的串燒大口咬了下去。

現在想起來，才發現我來到這個世界之後，吃下去的除了那已經快受不了的麵包之外就是教會以蔬菜為主的料理，這還是我第一次嚐到肉類食物呢。才剛入口的肉塊，吃起來就像是淋上重口味醬料的柔嫩牛肉一般，那種芳醇的香氣與甘甜口感，實在讓人很難相信這裡是假想世界，光是能夠嚐到這樣的美味，就讓我覺得和基家斯西達的苦鬥也算是有代價了。

不過，事情並不是到此就畫下完美的句點。應該說整件事現在才終於到了起點而已。我移動視線，稍微瞄了一眼尤吉歐腰間那把他引以為傲的藍薔薇之劍。

這五天裡面，我已經讓他以基家斯西達為目標，練習了無數次單手直劍用的初期基本技——「平面斬」了。

正如艾恩葛朗特流這個我隨口胡謅的流派名所示，它是設定於過去名為「Sword Art Online 刀劍神域」這個VRMMO遊戲裡的系統劍術技能。

我能夠理解可以重現這種動作的原因。以前轉移到以槍戰為主的VR遊戲「Gun Gale Online」世界時，我也曾經靠著幾種劍技而得以度過艱辛的戰鬥。但那不過是用角色依樣畫葫蘆地比出動作而已，不但沒有效果光，也沒有讓劍加速的輔助系統。不過劍技本來就沒有被寫進遊戲程式當中，所以這也是理所當然的事。

但是——這名為Underworld的異世界裡，劍技卻能夠完全發揮作用。只要做出規定的起始動作，然後腦袋裡拚命想像技能全體的動作，劍便會隨之發出光芒，身體也會跟著加速。修行的第一天裡，我本來以為只有我能做到這一點而慌了手腳，但第二天下午尤吉歐就成功地發動了「平面斬」，而這也證明只要能夠滿足條件，無論哪一個居民都可以使用劍技。

問題在於，為什麼會有這種現象產生呢？以RATH所開發的STL技術來運作的假想世界Under world，和目前已經不存在的企業ARGUS所發售的SAO之間，應該沒有任何關連才對啊？如果兩者之間真的有某種關係，那麼……過去屬於SAO事件國家對策小組，這次介紹我到RATH去進行奇怪打工的那個男人…………

「該不會……」

我低聲嘟囔，接著又咬下今天的第二根串燒。如果現在的想像是事實，表示那個男人根本不是什麼介紹人，而是最接近整起事件核心的人物——但目前也無法確定這一點。想要得到更多情報，就一定得離開盧利特村到遙遠南方的央都去才行。

現在已經把這個計畫最大的阻礙基家斯西達解決掉了。接下來要做的，只剩下一件事。

把金屬叉子上的肉以及蔬菜全部吃光之後，我便朝著在桌子對面凝視村民們的搭檔說道：

「我說啊，尤吉歐……」

「嗯……什麼事？」

「你今後……」

但就在我繼續說下去之前，就有一道尖銳的聲音從天而降。

「啊，原來在這裡！你們兩個可是祭典的主角耶，在這裡愣什麼啊？」

我花了一點時間，才發現這名雙手叉腰並挺起胸膛的少女就是賽魯卡。她平常總是綁成辮子的頭髮，現在已經完全解開並戴上了髮箍；此外她身上穿的也不是黑色修道服，而是紅色背心與草綠色長裙。

「啊，沒有啦……因為我不太會跳舞……」

我學著吞吞吐吐搪塞的尤吉歐拚命搖著手與頭。

「妳也知道我喪失了記憶……」

「只要學一下就會了啦！」

賽魯卡同時抓住我和尤吉歐的手，把我們從椅子上拉了起來。接著她不管三七二十一就把我們拖到廣場正中央，然後用力把我們推了出去。周圍立刻發出震天價響的歡呼聲，而我們倆也被跳舞的人群給吞沒了。

幸好這裡的舞蹈跟學校運動會裡所跳的一樣簡單，換了三次舞伴之後我大概就能跟著跳出與大家差不多的動作了。隨著簡單節奏來運動身體，讓我感到愈來愈有趣，腳底下的舞步也變得輕快起來了。

這些女孩健康紅潤的臉頰上掛著開朗笑容，長相也看不出是東洋人或是西洋人。和她們牽手跳舞後，很不可思議地讓我覺得自己確實是來自於某個村落的失憶者。

——話說回來，我以前也曾經在假想世界裡跳過舞。而對象則是妹妹直葉在阿爾普海姆裡的分身，風精靈劍士莉法。這時她的微笑和眼前這名女孩的面容重疊在一起，讓我不禁感到有些鼻酸。

當我沉浸在這突如其來的鄉愁當中而覺得有些難過時，音樂聲變得愈來愈大而速度也逐漸加快，最後倏然而止。往樂團那裡一看，馬上就發現一名留著鬍子的魁梧男性走上設置在樂器類旁邊的演講台。而那人當然就是盧利特村村長——賽魯卡的父親卡斯弗特先生了。

村長拍了兩下手，接著以清晰的男中音大聲說道：

「各位村民，雖然還在宴會當中，不過要先請大家聽我這裡一下！」

村民們為了讓因跳舞而發燙的身體冷卻而人手一杯啤酒或蘋果酒。大家高舉酒杯，對村長發出歡呼聲，接著便安靜了下來。村長環視了一下眾人，然後再度開口說道：

「——建立盧利特開村祖先們長久以來的願望，終於得以實現！從南方肥沃土地奪走提拉利亞與索魯斯恩惠的惡魔之樹總算被砍倒了！我們將會獲得更多的麥田、豆子田以及牛羊的放牧地！」

再次響起的歡呼，蓋過了卡斯弗特優美的聲音。村長舉起雙手等待眾人安靜下來之後，接著又表示：

「成就這一番事業的年輕人——歐力庫的兒子尤吉歐啊，到這裡來吧！」

村長對著廣場的一角招了招手，臉上露出緊張表情的尤吉歐就站在那裡。他身邊那名身材略顯矮小的壯年男性，可能就是他的父親歐力庫先生吧。除了頭髮的顏色之外兩個人的長相完全不同，而他父親臉上這時的表情與其說是驕傲，倒不如說是有些困惑。

尤吉歐在父親之外的村民催促下往前走去。就在他來到村長身邊並轉向廣場的瞬間，群眾便發出第三次，同時也是最為熱烈的歡呼聲。當然，不認輸的我也不斷用力拍著手。

「根據規範——」

村長的聲音響徹廣場，村民們開始閉起嘴巴並豎起耳朵傾聽著。

「成功完成自己天職的尤吉歐，擁有選擇下一份天職的權利！他可以繼續在森林裡伐木，也能夠繼承父親的事業耕種；當然也能夠自由選擇成為牧人、釀酒師或者是商人等各種道路！」

——他說什麼！

我感覺舞蹈的餘韻立刻冷卻了下來。

現在可不能握住少女們的手高興跳舞了。早知道就應該先對尤吉歐推上最後一把才對。他要是在這裡宣布準備待在村子裡種小麥，那一切就完蛋了。

我摒住呼吸凝視著尤吉歐的樣子，發現他像是很困擾般低下頭去，然後右手搔著頭，左手不停地握拳又放開。當我想乾脆衝上台去，直接抱著他的肩膀大叫我們要一起去央都時——旁邊忽然有一道細微的聲音響起。

「看來……尤吉歐是打算離開村子……」

不知道什麼時候，賽魯卡已經站在我身邊。她的嘴角露出有些寂寞又有些高興的微笑。

「是、是嗎？」

「嗯，不會錯的。否則還有什麼事會讓他如此猶豫呢？」

尤吉歐就像聽見了賽魯卡的聲音般，以左手用力握住藍薔薇之劍的劍柄。他抬起頭來，依序看了一下村長以及所有村民圍成的圈子，然後才以宏亮且清晰的聲音說：

「我要——成為劍士。然後進入薩卡利亞城鎮的衛兵隊，在那裡磨練自己的劍術，有朝一日更要前往央都去。」

一片寂靜之後，村民之間忽然出現一陣像海浪般的騷動。但我不認為那是支持尤吉歐決定所發出來的聲音。每個大人都皺起眉頭和附近的人交頭接耳地談論了起來。連他的父親以及旁邊兩名年輕人——應該是尤吉歐的哥哥們——也都露出了看來相當苦澀的表情。

這時，依然是由卡斯弗特村長平息了現場的騷動。他舉起一隻手讓村民們安靜下來，接著

自己也露出嚴厲的表情開口表示：

「尤吉歐，你不會是想要──」

說到這裡他便暫時停了下來，摸了摸下巴上的鬍子然後說：

「……算了，我也不需要問你的理由了。因為教會所訂下的規範裡，你確實有權利選擇下一份天職。好吧，那麼我以盧利特之長的身分，承認歐力庫之子尤吉歐的新天職為劍士。只要你想，就能夠離開村子去磨練自己的劍術。」

這下子我才從嘴裡吐出長長的一口氣。

這麼一來，我終於能用自己的眼睛確認這個世界的核心了。雖然就算尤吉歐選擇當農民我還是會獨自朝央都前進，但我既沒有知識也沒有盤纏，只能夠像無頭蒼蠅般亂闖，可能要花上好幾個月甚至是好幾年才能到達目的地吧。想到這幾天來的辛苦終於有所回報之後，肩頭也顯得輕鬆多了。

村民們在聽見村長的決定後似乎也接受了這個結果，雖然仍有些猶豫但還是開始拍起手來。但就在拍手聲變得熱烈之前，忽然就有一道尖銳的叫聲響徹了夜空。

「給我等一下！」

一名大塊頭的年輕人推開人牆衝了出來。

我曾經看過那枯葉色的頭髮以及嚴厲的臉龐，還有他吊在左腰上那把造型相當簡單的長劍。這人就是經常待在南方執勤室裡的侍衛。

年輕人像是要和台上的尤吉歐較勁般挺起胸膛，然後以渾厚的聲音大叫：

「我應該有優先成為薩卡利亞衛兵隊的權利！尤吉歐離開村子的順序，再怎麼說也該排在我後面才對吧！」

「沒錯，正是如此！」

此時又有個人大聲喊叫著走了出來。這名中年男子和年輕人有著同樣髮色與類似的長相，不過還挺著一個大肚子。

「……那是？」

我把臉靠近賽魯卡身邊並這麼問道，她繃著臉回答我：

「那是前任侍衛長朵意克先生，和他的兒子現任侍衛長吉克唷。他們一家老是喜歡說自己是村裡最強的劍士。」

「原來如此……」

我靜靜地觀察事情會有什麼發展，而卡斯弗特村長在聽完吉克與他父親的說法之後，便像要安撫他們般舉起手表示：

「但是吉克啊，你繼承侍衛的天職到現在是第六年對吧。按照規定，你必須要在四年後才能參加薩卡利亞的劍術大會啊。」

「那尤吉歐也得再等四年才行！尤吉歐的劍術不及我卻比我早參加大會，這太不像話了吧！」

「嗯，但你要如何證明你的劍術優於尤吉歐呢？」

「什……」

吉克和他父親的臉馬上同時紅了起來。這次換成他父親怒氣沖沖地逼近卡斯弗特說道：

「就算你是盧利特村村長，我也無法容許你說出這種話！如果你認為我兒子的劍術會比不上一個伐木手，那就當場讓他們兩個比試看看吧！」

聽見他這麼說，村民們之間也傳出了看熱鬧的同意聲。他們把這當成是慶典裡突發性的餘興節目，不但開始高舉起酒杯還用力踏著地面，大聲嚷著比啦比啦。

因為過於驚訝而只能默默看著這一切的我，發現吉克瞬間就向尤吉歐提出了比試要求，而尤吉歐也只能接受他的挑戰，很快地演講台前已經清出一個空間讓兩人對決了。我帶著難以置信的心情在賽魯卡耳邊悄悄說道：

「我過去一下。」

「你、你想做什麼？」

我沒有回答她的問題，直接撥開人群來到噴水池前面並跑向尤吉歐。這時他的對手已經像隻馬上就要破閘而出的悍馬一樣，但尤吉歐卻還是一臉不清楚事情怎麼會演變至此的表情。看見我之後，他才像鬆了口氣般低聲說道：

「怎、怎麼辦啊桐人，事情變得這麼嚴重……」

「事到如今也不能道歉了事了。話說回來，所謂的比試是來真的嗎？」

「怎麼可能，雖然會用劍，但還是點到為止唷。」

「這樣啊……不過你那把劍要是沒停住而砍中對方，很有可能會要了他的性命。聽好，你等一下別對吉克出手，只要攻擊他的劍就好。朝他的劍身來一記『平面斬』就搞定了。」

「真、真的嗎？」

「相信我，我向你保證。」

我拍了一下尤吉歐的背，然後對在稍遠處以懷疑眼神看著我的吉克與吉克父親點點頭，接著走回到觀眾群當中。

講台上的卡斯弗特村長拍了拍手並大叫著：「保持肅靜！」

「那麼——雖然原本沒有這樣的預定，不過我們還是臨時決定舉行侍衛長吉克與伐木手……不對，應該是劍士尤吉歐的比試！比試當中只能點到為止，絕對不能損及雙方的天命，知道了嗎！」

他的話才剛說完，吉克便大聲拔出腰間的配劍，而尤吉歐遲了一會兒後也緩緩抽出了長劍。這時村民們之所以會發出「哦哦～」的驚嘆聲，一定是因為看見了藍薔薇之劍在火光照耀下所發出的美麗光輝吧。

吉克看起來也被尤吉歐手中長劍所散發出來的氣勢給嚇到了。他把頭稍微往後一仰，但馬上就恢復成原來的姿勢。年輕侍衛臉上隨即出現更強烈的憎恨表情，接著用左手指著尤吉歐，說了出乎我意料之外的一段話。

「尤吉歐，那把劍真的是你的嗎？如果是借來的，那麼我有權禁止你使用……」

在他還沒叫完之前，尤吉歐便以毅然的態度如此回答：

「這把劍——是我在北方洞窟裡得到的，因此現在所有權屬於我！」

村民之間馬上發出低沉的騷動，而吉克則是啞口無言。原本以為他會繼續要求尤吉歐證明劍的所有權，不過看來他並不打算這麼做。我想，可能是因為在這個沒有竊盜行為的世界裡，只要宣告物品的所有權屬於自己，那麼該物品從那一刻起便確實變成「宣言者的所有物」。要是繼續抱怨下去，或許會構成某種侵權行為也說不定。

——雖然不清楚我的猜測究竟對不對，但吉克也沒多說些什麼，只在雙手各吐了一口口水，然後便將自己的直劍高舉過頭。

相對地，尤吉歐則是將右手握住的劍舉在正面，左手左腳稍微往後拉並且沉下腰部。

在幾百名村民屏息注視之下，卡斯弗特高舉右手，然後隨著「開始！」的聲音用力揮下。

「嗚哦哦哦哦！」

果然不出我所料，吉克馬上就衝了出去。他一面發出粗野的吼叫一面用讓人覺得「這樣真能點到為止嗎？」的速度從尤吉歐頭上往下砍——

「…………！」

我頓時輕輕吐出一口氣來。因為吉克的劍在空中忽然改變了軌道。上段斬只是他的假動作，實際上這是一招右水平斬。雖然這是相當基本的欺敵招數，但現在使出來對尤吉歐可是大大的不妙。因為尤吉歐聽從我的建議，準備用「平面斬」來對付吉克的劍，但要用橫向斬來迎擊橫向斬是相當困難的一件事。要是揮空，很有可能就此敗給對方…………

「嘿……嘿呀！」

與吉克相較之下略為缺少氣勢的吼叫聲，停止了我瞬時的思考。

尤吉歐使出來的劍技不是「平面斬」。

那是個彷彿把劍扛在右肩上的起始動作。劍身發出濃厚的藍色光芒，然後他便隨著足以震動地面的踏步，在空中畫出傾斜四十五度的銳利圓弧。這是……我還沒教過他的「斜斬」。

尤吉歐晚了一拍才開始揮動的劍以閃電般速度掃過，直接擊中了吉克才使出一半的水平斬。我凝視著鋼鐵劍刃輕易遭到破壞的模樣，捫心自問。

想必尤吉歐回家後也用了棍棒之類的物體練習劍技，而且在過程中領悟了「斜斬」。但剛才的動作絕對沒有任何一絲臨時抱佛腳的生硬感。尤吉歐和藍薔薇之劍合為一體的模樣，看起來甚至讓人覺得相當美麗。

當他經過不斷的鑽研而學會更多劍技，並且經過實戰的艱辛磨練時，究竟會成為一個多麼了不起的劍士呢？如果……如果到時候得和他來場認真的對決，我真的能贏過他嗎——？

村民們看見這沒有人料到卻又精采萬分的結果後，馬上產生了一陣騷動。雖然我也在人群當中用力拍著手，但也同時意識到自己的背部流下冷汗。

吉克父子以一副茫然自失的模樣離開之後，音樂立刻重新開始在廣場上響起。慶典變得比剛才更加熱絡，等到教會的鐘聲宣告已經是晚上十點時，眾人才依依不捨地離開。

我多喝了三杯蘋果酒才好不容易忘記沒來由的不安，接著便任憑已經有些微醺的自己衝進跳舞圈子中，最後還是在賽魯卡硬拖著我的情況下才回到了教會，尤吉歐在門口看見我這種模樣，也不由得露出了苦笑。和他約好明早出發旅行並告別後，我總算回到房間裡，整個人癱倒在床上。

「真是的，就算是慶典你也喝太多啦，桐人。來，喝點水吧。」

一口氣喝完賽魯卡遞過來的冰涼井水，頭腦才終於冷靜了下來，我也跟著呼出長長的一口氣。在艾恩葛朗特或阿爾普海姆裡，無論喝再多的酒也不會真正喝醉，然而Underworld的酒看來會讓人不省人事。我心想以後一定得特別注意，然後抬頭看著身邊露出擔心表情的少女。

「……幹、幹嘛？」

以為我從她臉上發現了什麼的賽魯卡，表情轉為訝異。但我卻又悄悄低下頭去。

「那個……真是抱歉。妳一定想和尤吉歐多說點話吧？」

依然穿著盛裝的賽魯卡，臉頰隨即染上一抹粉紅色。

「你忽然在胡說些什麼啊？」

「因為明天早上……不對，應該要先就這件事向妳道歉才對。抱歉，結果好像變成我把尤吉歐帶離這個村子一樣。如果那傢伙一直在這個村子裡伐木，將來可能會和賽魯卡，那個……共結連理也說不定呢……」

賽魯卡先是用力嘆了口氣，然後才在我身邊坐了下來。

「真不知道該怎麼說你……」

她像是很受不了我般搖了幾下頭，這才又接著說：

「……算了，這樣也好——我只能說，尤吉歐離開村子我當然會有些寂寞……但我還是覺得很高興唷。因為啊，愛麗絲姊姊不在後一直過著行屍走肉般生活的尤吉歐，現在臉上又有了那樣的笑容，而且還自己決定要去尋找姊姊呢。你別看爸爸他那個樣子，我想他內心一定也對尤吉歐沒忘記姊姊這件事感到相當高興才對。」

「……這樣啊……」

賽魯卡點點頭，然後抬頭看著窗外的滿月。

「我呢……其實並不是想學姊姊那樣觸碰闇之國土地才到那座洞窟去的。我也知道，自己不可能辦到那種事情。我只是想……走到自己再也無法前進的距離，然後了解自己無法取代愛麗絲姊姊而已……只是想確認這件事而已。」

我稍微思考了一下賽魯卡的話，然後才輕輕搖著頭回答：

「不，我認為妳已經很了不起了。換成了一般女孩子，應該在離開村子的橋上或森林途中、洞窟入口等處就會走回來吧。但就是因為妳已經走到那麼深的洞窟裡面，才能發現哥布林偵察隊啊。妳已經完成只有妳才能做到的事情了。」

「只有我……才能做到的事情……？」

我對瞪大眼睛並露出懷疑表情的賽魯卡用力點了點頭。

「妳不是愛麗絲的替代品。妳應該也有屬於自己的才能，所以妳只要慢慢發揮出妳的長處就可以了。」

其實，我也確信今後賽魯卡在神聖術上的才能應該會獲得飛躍性的進步才對。因為她也和我與尤吉歐一起擊退了哥布林，系統上的權限等級想必也因此而上升了。

但進步的本質並不是在數值的增減上。而是因為她主動挑戰了「自己究竟是什麼人」這個問題並獲得了答案。這件事情將會給她的進步帶來強大的動力，因為「相信自己」正是人類靈魂所能產生的最大力量。

之前我一直把內心的某個問題拋在一旁，看來也該是時候找尋它的答案了。

這個意識——名叫桐人或者是桐谷和人的自我，到底是什麼？是在動物腦中的搖光，也就是「真正的我」？或者只是由ＳＴＬ讀取我的腦部之後，保存在記憶體裡的「複製品」呢？

確定這個問題的方法，就只有一種而已。

尤吉歐與賽魯卡等Underworld居民，也就是人工搖光們，無法違背「禁忌目錄」以及「帝國基本法」。但就算我能夠抵觸這個世界的禁忌，也沒辦法證明我不是人工搖光。因為我根本不知道禁忌目錄裡有哪些條款……也就是說，我的靈魂裡並沒有寫上這些規則。

如此一來，我就只能藉由是否能以自身意志突破至今為止一直堅守的人生準則……也就是道德倫理來確認了。這幾天來，我一直在思考著該怎麼做這件事，但真要實行起來可以說相當地困難。我當然不可能用劍去傷害村民或者盜取財物，要把說別人壞話這種小事當成能夠確認自己身分的行為又很難。而我最後所能想到的，也只有這個行動了。

我轉過身體，筆直地凝視著身旁賽魯卡的臉。

「……什麼事？」

她帶著莫名其妙的表情不停眨著眼睛，於是我把手往她的臉頰伸去，同時在內心向亞絲娜以及結衣道歉。在對賽魯卡本人也說了聲「抱歉」之後，我便把臉靠過去，輕輕在她髮箍下方的雪白額頭上親了一下。

賽魯卡的身體雖然抖了一下，但除此之外就沒有其他動靜了。大約三秒之後，我把臉移開，她這才用面紅耳赤的表情狠狠瞪著我說：

「你……剛才……那是什麼意思……？」

「這個嘛……應該可以算是『劍士的誓約』吧。」

我一邊說出相當牽強的藉口，一邊在內心確定了一件事情。

我做出了真正的我原本不會去做的行為，所以是真正的我。如果我是搖光複製品，大概在賽魯卡額頭前幾公分處身體就會自動停下來了。

賽魯卡依然凝視著陷入這種沉思當中的我，接著用右手碰了一下自己的額頭，然後輕輕吐了口氣並呢喃道：

「誓約……這或許是你們國家的風俗習慣吧，但如果不是額頭而是……的話，現在整合騎士應該已經朝著村子飛過來了，因為這違反禁忌目錄啊。」

雖然途中有一部分聽不清楚，但我決定還是不向她確認比較好。賽魯卡再度搖了搖頭，表情轉變成「真是受不了你」的微笑，然後對著我問：

「那麼……你立下了什麼樣的誓約？」

「那還用說嗎……我會和尤吉歐一起救出愛麗絲，然後把她帶回這座村子裡來啊。我向妳保證……」

暫停了一會兒後，我才緩緩接下去說：

「因為我是劍士桐人啊。」

6

隔天早上的天氣非常晴朗。

我和尤吉歐各自感受著右手上賽魯卡特製便當的重量，踏上這條應該很久之後才會回來的路往南走去。

沿著小路來到進入基家斯西達森林前的分歧點時，我發現有一名老人正站在那裡。他滿是皺紋的臉孔已經被白色鬍鬚所覆蓋，但腰桿還是挺得相當直，而且雙眼依然炯炯有神。

一見到老人，尤吉歐便露出滿臉笑容朝他跑了過去。

「卡利塔爺爺！你來送我的嗎，真是謝謝你。昨天都沒看到你呢。」

我聽過這個名字。他應該就是前任「基家斯西達的伐木手」了。

名為卡利塔的老人在鬍子底下露出溫柔的笑容，然後把雙手放在尤吉歐肩上。

「尤吉歐啊，我只能砍出手指長度的基家斯西達，你終於把它砍倒了嗎……能不能告訴我，你究竟是如何辦到的？」

「都是靠這把劍……」

尤吉歐稍微拔出左腰的藍薔薇劍然後將其收了回去，接著回頭看著我說：

「還有……我朋友的幫助啊。他的名字叫桐人。真的是個很誇張的傢伙唷。」

雖然心裡在想「這算什麼介紹」，但我還是急忙低下頭去。卡利塔老人來到我面前，像是要以銳利目光看透我這個人般緊盯著我——但他馬上就再次露出了微笑。

「你就是傳聞中的那個『貝庫達的肉票』嗎。原來如此……你有一副變動之相啊。」

我有生以來還是第一次聽見別人這麼說。當我正感到不解時，老人已經用左手指著森林並繼續表示：

「雖然打擾你們的行程有些不好意思，但能不能跟我到裡面去一下呢？不會耽誤你們太多時間的。」

「嗯。桐人，沒問題吧？」

由於沒有什麼拒絕的理由，於是我也點頭同意了。老人再度笑了一下，說聲「那跟我來吧」之後便朝通往森林的小路走去。

雖然每天經過這條路的日子只維持了一週，但我的內心還是湧起一股懷念感。走了將近二十分鐘之後，我們來到一片寬廣的空地。

數百年來，森林的支配者一直聳立於此，然而現在它巨大的身軀就只能靜靜躺在地面。漆黑樹皮上已經有細微的蔓藤爬了上去，不久的將來，它應該就會完全腐朽而回歸大地了。

「……卡利塔爺爺，基家斯西達怎麼了嗎？」

聽見尤吉歐的聲音後，老人還是一言不發地走向樹幹前端。我們急忙跟在他身後往前走，但基家斯西達的樹枝以及它所掃倒的木頭已經糾纏在一起，讓我們一路上就像走在迷宮裡一樣。仔細一看，能發現基家斯西達上頭無論再怎麼細的樹枝都沒有折斷，只是直接插進地面或岩石當中，這也讓我們再次為它的強韌感到震驚不已。

我們任憑樹枝在我們外露的手臂上不停刮出傷痕，艱辛地往前進，最後終於來到早已一臉輕鬆地站在那裡的卡利塔老人身邊。尤吉歐邊用手掌擦拭額頭上的汗水邊用抱怨的語氣說：

「這裡到底有什麼東西嘛？」

「就是這個。」

老人所指的，是基家斯西達樹幹的最頂端，也就是一根筆直往上延伸的樹枝。這根頗長的樹枝上沒有任何旁枝，而且前端就像細劍般尖銳。

「這根樹枝怎麼了嗎？」

我一這麼問，老人便伸出骨瘦如柴的右手，撫摸著大約有五公分寬的樹枝。

「基家斯西達所有樹枝裡頭，吸取最多索魯斯恩惠的就是這根樹枝了。來，用那把劍把它從這裡砍斷。要一劍就砍斷喔，重複砍可能會裂開。」

老人用手刀在距離尖端一公尺二十公分處比出切斷的姿勢，接著往後退了幾步。

尤吉歐和我面面相覷，接著決定先按照老人的指示去做。尤吉歐把便當交給我，而我則是向後退去。

藍薔薇之劍出鞘後，在陽光照耀下發出淡藍色光芒，我身邊的老人看見後便輕輕吐露出讚嘆聲。我原以為嘆息裡可能也帶著「年輕時如果能有這把劍，那麼一切都將不同」的感慨——但瞄了一下老人的側臉後，卻發現他依然相當平靜，讓人根本無法看透內心的想法。

尤吉歐雖然已經擺好架式，卻一直沒有動作。劍尖映照出他內心的猶豫而微微顫抖了起來。看樣子，他大概沒自信能夠一擊斬斷這隻足有手腕那麼粗的樹枝。

「尤吉歐，讓我來吧。」

我伸出手之後，尤吉歐也就老實地點了點頭，把劍柄往我這裡遞來。這次換我把便當交給他，然後交換了彼此的位置。

我放空思緒，只是凝視著黑色樹枝，接著舉起長劍筆直地往下砍。一陣清澈的聲音與輕微的應手感過後，劍刃便通過了瞄準的地點。我用劍身接住遲了一會兒才落下的黑色樹枝並將其往上挑，然後用左手抓住在空中旋轉著落下的樹枝。手腕立刻傳來一股沉甸甸的重量，而像冰塊一樣的冰冷手感更是讓我腳底有些踉蹌。

我將藍薔薇劍還給尤吉歐，然後雙手高舉著黑色樹枝來遞給卡利塔老人。

「你就把它帶著吧。」

說完，老人便從懷裡拿出一片相當厚的布，慎重地把我手裡的樹枝包了起來。接著他甚至還在上面用皮繩將其牢牢綁住。

「這樣就可以了，等你到達央都聖托利亞之後，就拿著這隻樹枝到北七區去找一名叫做薩多雷的工匠。他應該會幫你把它打造成一把強力的劍才對。我想，威力應該不會輸給那把漂亮的青銀劍唷。」

「真、真的嗎，卡利塔爺爺！那真是太棒了，我們正為兩個人得共用一把劍而感到困擾呢。你說對吧，桐人。」

面對高興地這麼說道的尤吉歐，我也邊笑邊點頭同意他的看法。不過老實說，我雖然感到相當高興，但也覺得漆黑的樹枝有些過於沉重了。

看見我們兩個人同時低下頭，老人也露出了開心的微笑。

「這沒什麼，就當成我送你們的一點餞別禮物好了。路上要小心啊。現在這個世界已經不是只有善神在管理了。我準備繼續待在這裡觀察一下這棵樹……再見了，尤吉歐，還有旅行的年輕人。」

再度沿著小路回到街道上之後，剛才還是一片晴朗的天空，已經從東方邊緣湧起了一塊小小的黑雲。

「風裡的濕氣增加了。還是趁現在多趕一些路比較好。」

「……說的也是。那我們走快點吧。」

我點頭同意尤吉歐的看法，接著便用皮繩把裝有基家斯西達樹枝的包裹綁在背上。遠處傳來的雷鳴與樹枝產生共振，讓我的心跳也稍微開始加速。

成對的兩口劍。

這難道是帶著某種暗示的未來信號嗎？

我瞬間有種應該把這個包裹埋在森林深處的感覺，而且也真的停下了腳步。然而，我卻不曉得自己究竟在怕些什麼。

「快走吧，桐人！」

抬起臉之後，馬上就看見了尤吉歐那對未知世界充滿期待的開朗笑臉。

「嗯嗯……走吧。」

我和這名一個禮拜前相遇卻像兒時玩伴般的少年並肩走著，快步朝南方——那個Underworld的中心，同時也是擁有所有謎題解答的地方前進。

（完）

後記

我是川原礫。為您獻上二〇一二年第一本書《Sword Art Online刀劍神域9 Alicization Beginning》。

第八集的出版時間是去年八月，所以說起來已經隔了半年左右。雖說是因為這段期間裡發生了種種事情的緣故，但首先還是要為讓各位讀者久等了這件事情向大家道歉！接下來我會盡量不拖這麼久的！

……那麼，以下所寫的就是關於本書內容的部分了，不過……究竟要寫什麼才好呢……雖然不想讓喜歡先看後記的讀者在這裡就了解劇情發展，但不論怎麼避免都還是會寫出一大堆關於劇情的內容啊！所以我決定在這裡拉一條警告線。警告線後就是毫無顧忌的黑暗領域了，請大家要小心！啊……現在就已經在洩漏劇情了……

——破梗警告線——

在隔了以亞絲娜為主角的第七集，以及滿是外傳的第八集之後，終於又來到以桐人老師出發到新世界為主要劇情的第九集了。一路在SAO、ALO與GGO等各種幻想世界裡旅行的他，在這次的世界裡終於沒辦法「以堅強實力開始新遊戲」，得從等級1慢慢努力挑戰……原本的構想應該是這樣……關於他馬上便開始用劍技這一點，只能請大家多多擔待了……

身為作者的我，已經在本集登場的「Underworld」裡進行了各種新嘗試。至於具體的例子嘛，比方說桐人這次遇見的不是女孩子……等一等，不是這樣啦，應該說是以網路遊戲的文脈能夠寫出多麼正統的奇幻小說，還有把焦點放在一直以來都沒有特別描寫過的NPC，也就是AI身上，再來就是試著把「VRMMO故事」發展到最大極限等等。至於能不能順利收線等事後再來考慮就好了。而我也會以這樣的決心來撰寫下一集與之後的故事內容！

雖然已經接近尾聲，但我還是想在這裡跟各位讀者談談《Sword Art Online刀劍神域》將推出電視動畫的事情。從二〇〇一年開始創作，隔年起以網路小說形式在網路一角悄悄連載的《SAO》，竟然會有成為動畫的一天……如果對剛開始創作時的我這麼說，我應該會表示「只是GIF動畫而已吧」而絕對不相信會有這種事發生。能有這樣的結果，真的要再次感謝幫忙實現這種奇蹟的插畫家abec老師，以及三年多前對我說「這部作品也一起出版吧！」的責任編輯三木先生，還有因為過於忙碌而HP條早已降到鮮紅狀態的副責任編輯土屋先生，最後就是一直支持著本作品與作者的各位讀者了。當然，原作小說也會繼續寫下去唷！

二〇一一年十二月某日

川原 礫

哈囉，天才少女 1~3 待續

作者：優木カズヒロ　插畫：ナイロン

另一名「天才」來到學園都市。
與天才共度的青春劇第三彈！

第二科學的社員舉辦讀書會準備考試。高行在這時察覺八葉的身體狀況不太好，過著擔心八葉身體狀況的每一天，此時「特化領域」是生物工學的另一名「天才」克里斯多夫·歐藍德來到學園都市。他宣稱要將八葉帶往法國進行治療……

台湾角川

各 **NT$180/HK$50**

Kadokawa Light Novels

打工吧！魔王大人 1~2 待續

作者：和ヶ原聡司　插畫：029

第17屆電擊小說大賞〈銀賞〉得獎作
神祕和服美少女成為魔王城新鄰居？

一位穿著和服的美少女搬到了魔王城隔壁，接著就開始照顧起魔王一行人的生活！這對愛慕著魔王的高中女生千穗以及目標在奪取魔王性命的勇者而言，又將掀起怎樣的風波？同時晉升代理店長的魔王，隨著勁敵店鋪登場也遭遇前所未有的難題？

各 **NT$200~220/HK$55~60**

Kadokawa Light Novels

美少女死神 還我H之魂！ 1~3 待續

作者：橘ぱん　插畫：桂井よしあき

神秘死神推動「從乳房開始的世界革命」！
壓抑系情色喜劇第三集，變幻登場！

高中生良介以「色慾之魂」為代價和美少女死神．莉薩菈過著同居生活。由於某些緣故，他從色情變態男轉職成了超級美少女！就在良介的妄想無限延伸之際，居然出現了一位身分不明的死神，而且他還要推動一場「從乳房開始的世界革命」！

各NT$180/HK$50

Kadokawa Light Novels

惡魔高校D×D 1~3 待續

作者：石踏一榮　插畫：みやま零

愛西亞＋莉雅絲，兵藤一誠的同居越來越熱鬧！
然而此時家中突然出現的不速之客究竟是誰？

青春暴走、爽快痛快的校園戀愛故事!?當然不是只有如此，這可是個惡魔VS墮天使，不為人知的戰鬥席捲整個世界的壯闊奇幻物語喔。話雖如此，隨處可見的胸部描述是怎麼回事？不過沒關係，這就是青春！

台湾角川

各NT$180~190/HK$50

Kadokawa Light Novels

魔法科高中的劣等生 1~2 待續

作者：佐島 勤　插畫：石田可奈

激進團體的魔手伸入了校園!!
劣等生達也該如何面對!?

才貌雙全的妹妹深雪，依照首席入學新生的慣例，受到學生會延攬加入。而哥哥達也同樣因為解決某件糾紛為契機，受到風紀委員會延攬。身為雜草劣等生卻成為風紀委員的達也，在執行任務的過程中，察覺到某個神祕組織正在默默地侵蝕著這間學校……

各 **NT$180/HK$50**

台湾角川

Kadokawa Light Novels

奮鬥吧！系統工程師 1~4 待續

作者：夏海公司　插畫：Ixy

突然站上統籌複數業者地位的工兵。
還是新人的他能完成這件工作嗎!?

立華和工兵參與某出版公司的總公司遷移工程。由於狀況過於慘烈，導致專案經理逃亡。而六本松一如往常地暴走，強迫工兵接下專案經理的職務。問題堆積如山、困難重重的專案，最後結果將如何呢!?

台灣角川

各 NT$180~190/HK$50

Kadokawa Light Novels

魔王女孩與村民A 1~2 待續

作者：ゆうきりん　插畫：赤人

最討厭人類的《魔王》女孩，
動不動就說要消滅人類!!

我是《村民》佐東。大概是我平息了上回的騷動，於是獲得老師們的信賴吧，他們這下真的把監視《魔王》龍之峰櫻子的工作交給我了。這次，龍之峰居然開始在學校養起牛來。想必又是她的人類殲滅計畫吧……不過，為什麼是牛？她到底打算如何消滅人類？

NT$180~190/HK$50

台湾角川

平行戀人（全一冊）

作者：靜月遠火　插畫：越島はぐ

突然接到因意外過世的他來電，
電話裡的他卻說：死的明明是妳啊……!?

平凡的高二生遠野綾每天都會和參加社團認識的外校男生——村瀨一哉通電話。在頻繁的電話交流之下，他們開始有了超乎朋友的感覺，但一哉卻在暑假尾聲之際意外過世。就在替一哉守靈那一晚，綾竟接到他打來的電話，還對她說：死的明明是妳啊……？

NT$180/HK$50

Kadokawa Light Novels

青春紀行 1~3 待續

作者：竹宮ゆゆこ　插畫：駒都えーじ

陷入低潮的柳澤光央，
被迫與香子和万里進行留宿大會！

喪失記憶的男人多田万里，與自稱超完美大小姐的加賀香子，終於可喜可賀地成為了男女朋友關係。另一方面，與琳達過去的關係被攤在陽光下，使得万里一直無法好好面對琳達。由竹宮ゆゆこ與駒都えーじ搭檔，聯手獻上的青春愛情喜劇第3彈！

各 **NT$180/HK$50**

台湾角川

國家圖書館出版品預行編目資料

Sword Art Online刀劍神域. 9, Alicization beginning /川原礫作 ; 周庭旭譯. ——初版. —— 臺北市 : 臺灣國際角川, 2012.08—
冊 ; 公分——(Kadokawa fantastic novels) ——

譯自：ソードアート・オンライン 9
アリシゼーション・ビギニング
ISBN 978-986-287-820-0（平裝）

861.57　　　　101011273

Kadokawa
Fantastic
Novels

Sword Art Online刀劍神域 9

Alicization beginning

（原著名：ソードアート・オンライン9アリシゼーション・ビギニング）

2012年8月9日 初版第1刷發行
2021年12月15日 初版第25刷發行

作者：川原礫
插畫：abec
日版設計：BEE-PEE
譯者：周庭旭

發行人：岩崎剛人
總編輯：蔡佩芬
主編：朱哲成
美術設計：李思穎
印務：李明修（主任）、張加恩（主任）、張凱棋

發行所：台灣角川股份有限公司
地址：104台北市中山區松江路223號3樓
電話：（02）2515-3000
傳真：（02）2515-0033
網址：www.kadokawa.com.tw
劃撥帳戶：台灣角川股份有限公司
劃撥帳號：19487412
法律顧問：有澤法律事務所
製版：尚騰印刷事業有限公司
ISBN：978-986-287-820-0